艾格尼斯·凯斯 作品集

万劫归来

一个家庭三年半的日本集中营经历

[美]艾格尼斯·凯斯 著

Agnes Keith

穆青 译

三联书店

—

献给我的丈夫

以任何理由

—

1956 年，乔治（中间高个少年）前往利比亚与父母团聚

摄影：戈登·格朗特（Gordon Grant）

授权：皮特·格朗特（Peter Grant，橡树湾编年史创始人：oakbaychronicles.ca）

Books of the Times

By ORVILLE PRESCOTT

BORNEO is one of the largest islands in the world, but until the tide of the late war swept over it many people thought of it only as the place the mythical wild man came from and as the home of the White Rajahs of Sarawak. Those who had read "Land Below the Wind," by Agnes Newton Keith, knew a little more about it, for that enchanting book was a record of Mrs. Keith's life in British North Borneo, where her husband is Conservator of Forests and Director of Agriculture. Because she had drawn a portrait of herself as a woman of charm, humor, good sense and courage (with engaging frankness and attractive modesty) many readers bombarded Mrs. Keith's publishers with anxious inquiries about her fate. Did she escape the Japanese? Did she hide in the jungle as she had suggested in a magazine article that she might? Was anything known about her at all? In "Three Came Home"* Mrs. Keith has written a sequel to her earlier book which tells of her adventures during the war.

Agnes Newton Keith

They were not ordinary adventures, although far too many persons have known more tragic ones in recent years, and this is no ordinary book. It is a record of life in a Japanese prison camp, and there have been others before. But none that I know of has been such an unusual combination of expert reporting of exterior events and physical circumstances with as deeply moving an account of spiritual experience.

A Story of Love and Courage

Mrs. Keith may have devoted most of her space to prison camp life, but it is as a story of love and courage that her book is certain to be cherished by its readers. It was her love for her husband and child which sustained Mrs. Keith during her most horrible trials and which gave her the courage to win through to her own personal victory. It was a notable victory, over despair and humiliation as well as over bodily suffering.

Japanese forces landed at Sandakan, the capital of North Borneo, in January, 1942. Until May the Keiths lived under their capricious and despotic rule. They were ridiculed, spat upon and struck by Japanese soldiers, and because of the brutal treatment she received Mrs. Keith lost the baby she was expecting. In May of 1942 all the Europeans of Sandakan were herded into prison camps on the tiny island of Berhula. The Keiths and their friends were civilian internees, but they were treated as prisoners of war. The women and children were separated from their husbands and fathers and were never reunited until the end of the war.

A Japanese officer welcomed his prisoners as follows: "You are a fourth-class nation now. Therefore your treatment will be fourth-class, and you will live and eat as coolies. In the past you had proudery and arrogance! You will get over it now!" The filth and stench and crowding and horrible food on Berhula might well have broken down anyone's "proudery." Malaria, dysentery, influenza, beriberi, boils and worms sapped the strength of adults and children alike. Japanese guards alternated between callous brutality and unexpected deeds of kindness. Nerves wore threadbare, tempers flared and a few of the prisoners even served as stool pigeons for the guards.

Psychological Strain Hardest

When they were all transferred to a better-organized prison camp at Kuching in Sarawak, conditions seemed better at first. The women prisoners defied the Japanese with their own good cheer and courage. They sacrificed everything for the sake of the children. They learned to bribe guards and procure smuggled food. But nothing they could do could make their life anything except intolerable. Japanese guards slapped them and insulted them. Mrs. Keith narrowly escaped a vicious attack and was tortured because she protested. The Japanese insisted on the women's performing hard physical labor while they were starving, reduced to eating rats, snakes, worms, grass and weeds in a pitiful effort to supplement their diet.

Mrs. Keith and her husband in an adjoining camp were each reduced to a weight of eighty pounds. Smuggled food kept the children alive. Worse than the hardship was the psychological strain, the fear, the degradation and the worry about her son, aged two when he began his prison life. Mrs. Keith knew that not only his survival, but his chance for a normal life uninjured by psychic wounds, depended upon her own resourcefulness and ability to be a loving, normal mother when she was a physical wreck and almost a mental one. Soon she "learned that it isn't the outward circumstances which determine what one can bear, but something in one's self which either breaks, or stays intact, under strain. It isn't the difference in strain, it's the difference in tensile strength of people."

It took all kinds of people to make the Japanese Army in Borneo. The children were always kindly treated. The Japanese commander, who was directly responsible for the murder and torture of many male prisoners, went out of his way to give the children treats and was beloved by them. Most officers were cruel and offensive. Many of the men were also, but many of them were genuinely kind when no officer was in sight. Mrs. Keith is inclined to blame the hatreds of war for atrocities rather than any particular Japanese villainy.

Rescue did not come until September, 1945. On the American transport home the Keiths were treated with an arrogance and callousness not much better than the Japanese variety. That discouraging experience confirmed their belief that it is international human nature, not just the Japanese variety, which presents the real threat to peace.

*THREE CAME HOME. By Agnes Newton Keith. 317 pages. Atlantic: Little, Brown. $3.

奥维里·普里斯科特（Orville Prescott）是《纽约时报》历史上最重要的书评人之一，为《纽约时报》书评专栏写了 24 年，此文是普里斯科特为《万劫归来》所写的书评，刊登在《纽约时报》1947 年 4 月 9 日版

岂都林当集中营航拍图，摄于 1945 年 8 月 29 日。画面前景是罗马天主教士营，中间的空地是广场，广场上方是英军、印尼军队以及平民男营。平民妇女和儿童营在画面的右上角（本书所描述的主要经历即发生在此）

（图片来自澳大利亚战争纪念馆网站）

澳大利亚军官营的一座，安置了约 60 名军官
（图片来自澳大利亚战争纪念馆网站）

集中营病房和停尸房。图片右前方树下的盒子，便是本书前面章节描述过的可重复利用的、带活页的棺材
（图片来自维基辞典）

从山打根集中营逃出来的6名幸存者中的3位：尼尔森·歇尔特（Nelson Short），威廉·斯特波维奇（William Sticpeiwich），凯斯·伯特雷尔（Keith Botterill）

（图片来自澳大利亚战争纪念馆）

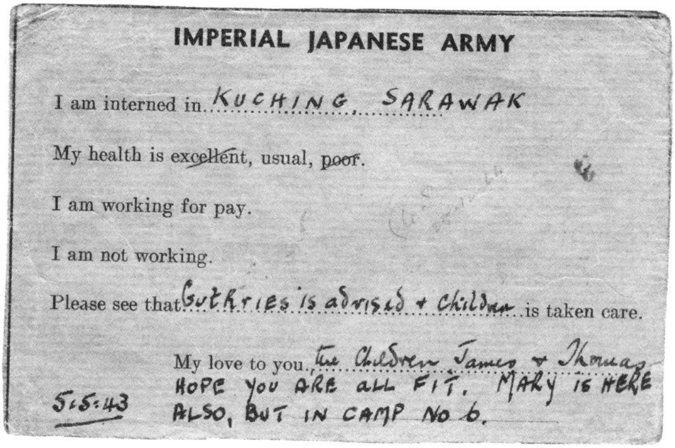

IMPERIAL JAPANESE ARMY

I am interned in KUCHING, SARAWAK

My health is ~~excellent~~, usual, ~~poor~~.

I am working for pay.

I am not working.

Please see that Guthries is advised + Children is taken care.

My love to you, the Children James + Thomas

HOPE YOU ARE ALL FIT. MARY IS HERE ALSO, BUT IN CAMP No 6.

5.5.43

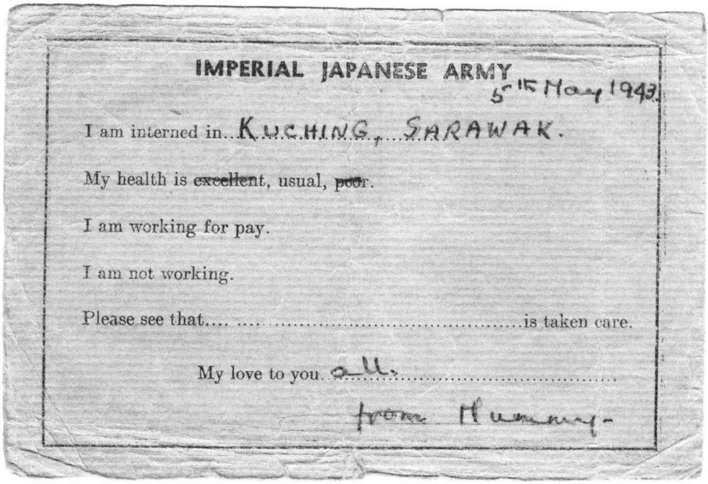

IMPERIAL JAPANESE ARMY

5th May 1943.

I am interned in KUCHING, SARAWAK.

My health is ~~excellent~~, usual, ~~poor~~.

I am working for pay.

I am not working.

Please see that.... ....is taken care.

My love to you all.

from Mummy -

1943 年 5 月 5 日一对英国夫妇发回家的明信片

（图片来自澳大利亚战争纪念馆）

（上图）战俘向抛撒胜利传单的 RAAF（澳大利亚皇家空军）的飞机挥手

（图片来自澳大利亚战争纪念馆网站）

（下图）空军准备空投“鱼雷”，上面写着“面包”

（图片来自澳大利亚战争纪念馆网站）

莱昂纳多·贝克特与他的“老妇”以及发电机“金尼”

（图片来自澳大利亚战争纪念馆网站）

须贺上校（右一）与伊斯蒂克准将（左一），瓦尔西上校（中）在投降仪式后。须贺 5 天后在狱中割喉自杀

（图片来自澳大利亚战争纪念馆网站）

澳大利亚第九军伊斯蒂克准将（右），第二野战维修连连长 T.T. 约翰逊（中），艾格尼斯·凯斯（左）于 1945 年 9 月 11 日集中营解放不久后谈话

日军占领婆罗洲期间流通的货币（1942~1945），每一张都有“日本政府”字样

Contents

目录

前 言

基于以下三个缘由，我写下此书：

对战争的恐惧。我希望所有的人，跟我一起战栗。

对我丈夫的爱。当战争几乎夺走我的生命时，是对我们之间爱的信念支撑我活了下去。

令我儿子铭记。我在战俘营里为他而战，他因我而生存下来。我希望他记住：付出永远比索取美好，维护和平永远比战争美好。

书中的日本人是战争的产物，但并非天生如此。我们都不是天使。战争就是关于恨的故事；无论谁与谁战都一样。这种恨，从精神上消灭你，就像战争从肉体上消灭你一样。

如果这里有眼泪，那是为那些逝去的美好而流淌；如果这里有恐惧，那是被那些随口而出的“下一次战争”而触发；如果这里有恨，那是对那些可恨的品质，而不是对哪一个民族；如果这里有爱，那是因为，唯有爱，才让我清醒地活了下来。

A.N.K

《时代周刊》的推荐序

当日军于 1942 年 7 月进驻北婆罗洲时，英国保护领地政府给此地的英国公民发出一条冷峻的指令："面对敌人，消极抵抗，不合作。我们已无力保护你们。珍重！"

美国作家艾格尼斯·牛顿·凯斯和她的丈夫哈里，以及 2 岁的儿子乔治，是收到这条阴冷消息的众人中的几位。此后，经过 3 年半的拘押生活，到婆罗洲全面解放时，他们仨全都设法从集中营里活着走了出来。当凯斯一家 1945 年 9 月走出集中营时，他们几乎被饥饿和疾病耗尽,凯斯太太一度体重不足 80 磅[①]。但她带出来大量的日记。这些日记写在各种能找到的纸片上，被分散藏于各种地方：床褥、地下、她亲手给乔治缝制的玩具里。正是因为这些零星庞杂的日记，才有了这本《万劫归来》。

对凯斯太太来说，这一切始于 1934 年。那时的日子，后来回想起来，像一首浪漫的田园诗。那一年，她在加州的家里，做

---

① 80 磅，大约 36 公斤。艾格尼斯·凯斯以个子高著称，从照片看，与欧洲男士站在一起，她的身高也十分挺拔醒目。——译注

过新闻女、时装模特、好莱坞龙套演员。这时，她哥哥童年时期的一个朋友出现了。他是大英北婆罗洲政府的林业、农业长官哈里·凯斯，从任上休假，前来看望老朋友。哈里与艾格尼斯两人闪电般坠入爱河。

婚后，凯斯夫妇在北婆罗洲首府山打根建立家园。那时的山打根是一个有着 1.5 万亚洲人口、70 名欧洲人的繁华小镇。凯斯太太在本书中描述道："这里，在婆罗洲的丛林边缘，在苏禄海和南中国海温润蔚蓝的水边，英国殖民者的生活平静，却也并不像传统的英式生活那样烦琐。社交俱乐部、金牌俱乐部、网球俱乐部、壁球俱乐部、桥牌俱乐部、英式橄榄球、橄榄球、足球，组成了这些英国人的白天；而馥郁的热带花木香气充盈了他们在异域的慵懒的夜晚。"

凯斯太太的第一部书《风下之乡》是一本关于她在婆罗洲生活的生动回忆录，获得 1939 年《大西洋月刊》的"非虚构类作品奖"，被誉为当年"最有趣、最有特色的非虚构作品"。这本书在美国和其他地区的成功带给凯斯一家的红利，据后来的经历证明，远非名声和版税可衡量。人们相信，它在日本读者中所引起的巨大影响在一定程度上救了她一家三口的命。

到 1941 年末，日军飞也似的入侵北婆罗洲。凯斯太太拒绝离开丈夫回美国，相反，她开始为乔治囤积紧急物资。日军进驻时，她和乔治与其他殖民家庭的妇女儿童一起，在殖民政府的总督府中等候救援。

在卡尔·迈当斯为本书新版所写的序言中，这位自己也身陷日军集中营21个月之久的《生活》周刊摄影记者，为战时的集中营生活提炼出了具有揭示性意义的结论。在迈当斯的观察中，他发现那些从集中营走出来的幸存者之间，通常都建立起惊人的强烈的像亲人一样的关系，几乎类似于一种集体认同。将他们联系在一起的核心经历，是共同的贬抑遭遇——在集中营里，无可避免地，生命价值被贬低，生存条件降至最低水平。

当凯斯太太挣扎在她早期的集中营生活时，出现了一位“恩人”。这就是须贺上校，本书中最复杂、最难以理解的一个角色。一位精明、骄傲的日本军官，掌管着整个婆罗洲战争期间的犯人，从战俘到平民。他读过凯斯太太上一本书《风下之乡》的日文版，非常喜欢，因此他命令凯斯替他写作，将她在集中营里的思想和经历记录下来。她小心翼翼地、有选择地记录下“事实”，定期送给他审查。须贺也回报以善意和照顾，比如给乔治饼干，还以写作为名，降低她的犯人劳动量，并在她丈夫命悬一线之时，出面交涉。如果没有须贺的帮助，凯斯一家也许已经被战争抹去了。

“原谅”是本书的基调。凯斯太太作为一名快速修复者，对一遍一遍地舔旧伤没有表现出强烈的兴趣。她通过理解痛苦来原谅痛苦；通过拒绝个人层面的评判，来原谅有敌意的朋友，以及残暴的卫兵。

当本书1947年第一次面世时，获得了极为一致的欢呼和好评，很大程度上，便是因为凯斯太太所表现出来的对人类深刻的同情和关怀。书评家们认为,凯斯太太描写“捕猎者”时不见苦涩,而对自己也没有自怜自艾,或者胜利后的沾沾自喜。她甚至在最艰难的时刻,还一如既往地保持了可贵的幽默,从而给这样沉重的题材带来了阅读的快意。无怪它登上畅销书榜,也无怪它持续成为读书俱乐部的经典,以至于后来好莱坞改编、搬上银幕。

战后,哈里被召回婆罗洲,凯斯太太不久带着7岁的乔治前往,一家团聚。其后3年的婆罗洲生活,构成了她的下一部书的素材。那以后不久,凯斯一家作为联合国粮农组织的代表被派往菲律宾,在那里,他们见证了菲律宾的民主运动,这一事件促成了艾格尼斯·凯斯于1955年出版著作《宫殿里的赤足》。

此后他们便远离东南亚丛林,以联合国官员的身份在非洲沙漠国家利比亚服务。本书里的小男孩乔治,在那里长成了6英尺高的青年。成年以后,他成为越战中的心理医生,职责是安抚老兵。

自序

在我们被囚禁在巴哈拉岛后的一天，一位干净整洁、十分具有军人风范的小个子男人来到巴哈拉破败的码头。我们被告知，这是须贺少校，婆罗洲所有战俘和平民犯人的日军总指挥官。

我们在正午集合，站在大太阳下等候了2个小时。其间，妇女中有晕倒的，也有发生歇斯底里状况的，孩子们哭，男人们无精打采。随后，须贺抵达营地并发表讲演，他说："要努力让自己快乐和满足，维持士气，保持健康。我为你们感到遗憾。你们今后必须学会在纪律和约束之下生活。你们将很有可能被转移到沙捞越的古晋，那是我的总部所在地。那里的犯人们非常快乐。记住，这将是一次持久的战争，因此，做好准备听从安排吧。不要抱怨，好好表现，服从命令，保持士气，保重自己。祝你们快乐。"

讲演后，两个营里派出代表与他单独会谈。代表们向他表达了对生活条件的不满，须贺少校说："就'昃'[①] 样啊？看来，你

① 原文："Is zat so?"（应为"Is that so?"）调侃日本人讲英语的口音，这是作者标志性的幽默笔风。——译注

们的待遇已经很好了。”日本人普遍认为我们对生活缺乏耐力。接着他继续说：“就‘昃’样啊？好吧，你们会学会的！”

他命令我去卫兵室单独会谈。深知自己犯下的众多过错，我恐怕自己将要面临处罚，因此带上乔治，以增添一丝母婴气氛，并且乔治也想要跟着来。我猜，即便不遭遇暴力，起码也会十分严厉。然而须贺以礼相待，这在我经历过的日军军官中是前所未有的。

他在说话，我则饶有兴味地研究他。他身材精干，这是我们对日本人的普遍印象，可他的体型既无棱角，又不肥胖。长着圆圆的头和蛋形的脸，与通常盎格鲁—撒克逊人长方的头形形成强烈的反差。前额很低，一丝皱纹也没有，嘴唇线条明显，略有些厚。头发又黑又硬，蓄着典型的军人胡须。当他谈到一些抽象的事物时，棕色的眼睛显得愉快而诚实，可一谈及战争，眼睛又变得闪烁而冰冷。通过观察他的眼睛，我懂得了，哪些话题应该避免。

他告诉我说，他读过我的书，《风下之乡》日文版，而且他很喜欢，想向我要一本西方出版的英文原版。我说，他的战士从我家里都抢走了。他说：“‘昃’样啊？那我去找我的士兵要吧。”

他又告诉我，他是美国华盛顿大学的毕业生，并且问我，为什么美国人对日本人有偏见。我说，因为廉价日本劳动力抢走了我们的工作，这是经济原因造成的偏见。可他认为，那只是很小的一部分。他说：“他们排斥我们，也许是因为劳动力；但他们歧视我们，却仅仅因为我们是日本人。这你心里肯定清楚。”

我当然清楚。可我只能回答说，我个人没有这样的偏见，而且战前我拥有真正的日本朋友，开战后，是他们疏远了我，而不是我排斥了他们。

我又说，我们每一个人在战时都被国家宣传机构训练来恨敌人，否则我们不愿意杀敌，那就只能被杀。因此，他和我都在这样的宣传下，被教育得恨对方。也许战争结束以后，我们再相见时，可以像人类本来应该的那样相处。

他问我："你会将这里的生活也写成一本书吗?"

我说："我怎么能呢? 你们把我的纸和笔都收走了。"

"哦，是吗? 我还给你。你应该为我写一本书，由我来审查。"

"营里的活很苦很重，我没有多余的体力写作，也没有空余的时间。"

"可一个人最忙的时候，往往是写作的最佳时机。很多事情发生，有好有坏，这样你会产生很多想法，有好有坏。这不就是最好的写作时机吗? 对，我认为你应该考虑在这里写一本书。你有一天会写出一本，给我写的。"

后来我们迁到古晋，在那里我频繁地见到须贺，这时他已经是须贺上校了。每次见面，他都会把我为他写作这个话题提起来，喋喋不休地让我写。

我一再告诉他，这不可能，我太累，也没有纸和笔。于是他保证会让它变成可能，因此他减轻了我的劳动量，给我提供用于写作的材料，以便我为他写，他来审查。

他总是强调他要审查这个事实；他也一再质疑，我是否私下在为自己写。

一天下午，他将我叫到办公室，拿出一本书，那是前田先生从我山打根家里拿走又被他从前田手里拿来的。他翻开书的前言，那里有一段关于狮子和绵羊的故事，让我解释给他听。随后他要求我将那本书送给他，具体要求就是在那里写上他的名字，并在扉页上画一幅画。他从衣服口袋里掏出哈里的墨水笔，递给我，让我画。

艺术工作完成之后，长官才拿出菠萝、饼干，以及特别甜的咖啡来招待我们。这时他透露了最后的消息。

“你要写一本‘一个拘押犯人的思想和生活’，利用你的业余时间为我写。这是我的愿望，不用争论了。”他说。

我还是回答他，我没有业余时间，没有可以用来写字的用具，也没有任何想法。大概有几分钟，交流的口气还维持在友好的气氛之中，随后他就变成了须贺上校，婆罗洲战俘和平民拘押犯总指挥。

“这是我的命令，你必须服从，”他说，“我下令。我给你所有写作需要的东西。另外，如果有必要，我会将你从营地劳动中解脱出来。不要再说了，这是命令。”

我说：“如果您命令我写，我一定会写。但您不能指挥我怎么写。”

“行了，行了，好，好，好！”

然后他给了我笔、墨水、铅笔，还有纸，同时下令办公室将我的打字机还给我，这才叫我走。

那天晚上我很难入睡。不知道他会用我写的东西去做什么。我害怕我的文字将对我不利，不是这一方就是另一方。而且我也知道，营里的活需要我，我们一向劳动力不够，但我绝无可能一边干活，一边给须贺提供文字。最后，经验告诉我，这由不得我来做选择。

第二天，命令下达到我们牢头那里，遵照须贺的指示，将我从营地工作的劳力名单中去掉。日军办公室将向营地基金每月支付三块钱作为我的工资，我也将继续作为替补劳动力，在有人生病时顶替。

于是我开始为须贺上校写作，我将它命名为《囚禁》①。我当然据实记录，却并没有把所有的事实都写上去。有太多太多，为了我和营里其他人的安全和利益，我不能写；也有太多太多，我不敢写下来让须贺知道。他不时地显露出强烈的东方式统治意识。

但是他也容忍了很多很多我本来以为他根本不能容忍的内容。我一遍又一遍地抱怨我们所遭受的冤屈和虐待，我持续地呼吁好一点的食品和轻一点的劳动。我说，我相信在我们两个民族之间的麻烦，都是因为误会而产生，因此我希望在接下来的岁月中，

① “Captivity”.

两个种族的人之间会有更多的容忍和关爱。我说，我相信须贺为妇女营尽了力，善待所有的妇女和儿童，那么，能再给我们一些吃的吗？这些故事，我都断断续续地提交给了他。

但是囚禁期间，我还写下了别的故事。

这些“别的故事”，我用可能的最小字体手写下来，在标签背面，在包烟草的印着中文的纸上，在旧报纸边缘……甚至，有可能时，也在须贺上校给我提供的纸上。我把这些纸塞进乔治的玩具，缝进乔治的褥子，藏进他的枕头，还把它们放到罐子里，埋在营房的地下。

日本士兵频繁地搜查我的日用品，把我的箱子翻得底朝天，不认识英文的士兵，会倒着读我写着字的纸片。因为这个原因，我失去了所有写着字或印着字的东西：文件、护照、婚礼誓言、

存折 —— 一切，唯独没有失去我的日记。

基于那些日记，我组成了这个真实的囚禁故事。这不是我在须贺命令下写的那个故事，它是我的故事。

艾格尼斯·凯斯

01. 天赐儿子

我们一直想要一个儿子。蜜月里，在日本各地的寺院中，我们用铜板向欢喜佛请求，请他赐予我们一个儿子。又在家里的院子里种下竹子，等待竹笋发芽，那是我们心目中儿子的象征。后来也去求医。“没有什么问题。”大夫说。可那是为什么呢？欢喜佛、竹子、儿子，都没有动静。看来，在我们与自然的交流中，一定出了什么问题。整整过了6年，我们的祈祷才收到回音。

1940年4月5日，在北婆罗洲，山打根，亨利·乔治·牛顿·凯斯，简称乔治，出生了。用一位男性友人的话说，这个成就来得简直不费吹灰之力。的确，比起前一年完成《风下之乡》的写作所耗费的力气来说，这太容易了。

《风下之乡》是一部关于婆罗洲的书，写下它，是因为我幸福地嫁给了一个人，一个国家，还有一个比较抽象玄乎的概念。北婆罗洲的林业长官和农业部长，是我的丈夫；婆罗洲是那个国家；而远东是一群生动的人类，便是那个玄乎的概念。

自1934年起，我便与我的丈夫，一个不喜欢被描述的英国人，一起开始了在婆罗洲的生活。我刚一动笔，他就告诉我，他不喜欢女人写的旅行书籍，因为那些书里面说的都是女人，而不是旅行，再加上毫无准确性可言。最终，在经过了4年的婆罗洲生活后，我不得不承认，自己所知确实远不及他，但我所见却真实地打动了我的双眼。

在黏湿的热浪中，空气里夹杂着汗味的赤道地区，婆罗洲

比任何小说都精彩，因为它是真实的。那里的季风，半年这个方向，半年那个方向，但一直刮着。雨下起来像一注小溪流淌，和着一束穿过雨水的炙热阳光，一起泼到你身上。这里能见到的人类也各式各样，喝酒的、吃饭的、睡觉的、流汗的、爱着的、恨着的，像我自己一样，过着他们自己的生活，在哈密瓜一般的金色月亮下面，在粉色葡萄柚似的太阳下面，在赤道上，在不可穿透、却时时被穿透的丛林里。

我见识过至今还存在的婆罗洲猎头文化，摩罗[①]海盗也依然从菲律宾群岛上过来打劫，穆鲁特人[②]还是留着长发，光着身

① 摩罗：Moro。
② 穆鲁特人：Muruts。

子。治理本地事务的政府只是一个渣打公司，听从皇室指令，却由公司给职员发饷。与家乡往来的信件要穿越遥遥 6 个星期。

这里，在婆罗洲的丛林边缘，在苏禄海和南中国海温润蔚蓝的水边，英国殖民者的生活平静，却也并不像传统的英式生活那样烦琐。社交俱乐部、金牌俱乐部、网球俱乐部、壁球俱乐部、桥牌俱乐部、英式橄榄球、橄榄球、足球，组成了这些英国人的白天；而馥郁的热带花木香气充盈了他们在异域的慵懒的夜晚。

这就是北婆罗洲首府山打根的城市生活。这里有 1.5 万名亚洲人，70 名欧洲人。

一旦日复一日的绅士淑女的日子令我和丈夫心生厌倦时，城市外面的另一种生活便开始向我们召唤。于是我们向清凉的婆罗洲河流进发，经过那些白水险滩，穿越丛林高山，跨过平原，去遇见和了解这片土地上的人们，去看、去感受、去尝试探险的滋味。这样的旅途有时艰辛疲惫，有时甚至令人厌憎，以至于我总是发誓再也不来了，但事实上我们一直在重复这样的旅途，而且深深地爱着它。通过这些旅途，我们的林业长官和农业部长还得以使过去荒芜的土地都铺上了森林。

那是美好的生活，是值得记住的快乐。那是我在婆罗洲的最初 4 年，那便是《风下之乡》(*Land Below the Wind*)。

随之而来的，是 4 年一次的休假，可以回家待 8 个月。因为路上患了疟疾、伤寒，我险些没能回去。书稿就这么在行李箱里待着，只写了一半，就像我一样，只有一半的命。

回到家，我活过来，书稿完成了，还获了奖。出版社决定出版之前，坚持要加一段自传和一些数据。他们说，美国的读者追求事实，并且希望了解作者。哈里特别紧张，他说，如实地写一段自传，跟让一个陌生人到你床上来睡觉一样可怕。

书稿危机最后的解决，还是让陌生人上了我们的床。以下就是我写给出版商的一些事实：

尽管我的出生证明找不到了，但我父母十分肯定，他们有证据说明我出生在伊利诺伊州的橡树园。很小的时候，我被他们带到了加州好莱坞，在柠檬树和柑橘树中间长大。我每日推着玩具车走过的那条泥路，很快通过赛璐珞电影胶片而变得出名。

10 岁那年，我们又搬到了不远的威尼斯[①]，住在一个海边的别墅里。这是出于对我哥哥埃里克斯健康的考虑。免费游乐证让我们一遍又一遍地坐过山车、摩天轮，直到站都站不起来。这大概是我们最早接受的抗呕吐训练，以至于后来我们在海上航行都毫无不适。我们的家庭生活十分美满，爸爸妈妈彼此相爱，父母和子女之间也互相关心。对于父母子女两代人来说，再没有什么比这更重要的。

我在中学的成绩，足够被加州大学伯克利分校录取。大学

① 此处的“威尼斯”为美国加州地名。——译注

毕业时，我获得了一枚联谊会胸针，一个写作奖项，一个学业勋章，以及一份《旧金山观察家报》[1]的工作。在这份工作中，我从工资最低的一个职位做起。记得那时我坐在办公室里，祈祷着火灾、谋杀、自杀的发生，却对于我自己即将成为这样一起事件的主角一无所知。

在这里工作8个月以后，发生了两件事：一是我差点被一个人杀死，二是我的心被另一个人击碎。这次心碎的经历其实也并非全无价值，因为至少我从中明白了，我想要嫁的丈夫应该具有什么样的品质。可我被人敲坏的脑袋却没有那么容易修复。

一个我从没见过的瘾君子加酒鬼，在旧金山大街上游荡，他认定《旧金山观察家报》登载的系列漫画“疯猫”[2]，意在讥讽他，他说，他就是那只“疯猫”。于是，他决定杀掉第一个从这楼里走出来的人。那个人恰巧正好是我。他挥舞着一根2英尺长的钢管向我跑来，在旁人还没来得及做出任何反应去阻止他之前，他已经对着我的头连砸两次，分别将前后颅骨敲裂。这几乎让我丧命。命保住之后，又险些丧失了记忆和视力。从此，我再也不认为这个世界是上帝优先为我建造的了。

攻击者被判入狱，我回家养病。如果真要让我承认的话，

---

① *San Francisco Examiner.*

② 疯猫：Krazy Kat。

从身体到精神到情感，当时确实被彻底击垮了。但我绝不肯就这么认了。我在自己描绘的一幅勇敢而坚毅的蓝图中，活了下来。没人知道，我其实多么想就此沉沦，躲在屋角抽泣，大声哭喊："没用的，我知道我已经完了，我没有什么明天了。"我没有这么做。相反，我去参加派对，去骑马、游泳、骑摩托，假装玩得很开心，并相信可以因此而忘却痛苦。

抱病在家 2 年之后，父亲认为换个环境兴许对我有好处，便将我和哥哥埃里克斯一起送去了欧洲。埃里克斯在那里有工程项目要调查。离开家的那天晚上，埃里克斯说："可别死在我手里，我没法向老爸交代。"

我没有死。相反，我开始恢复活力。埃里克斯是世界上最好的旅伴，因为他绝不会让任何事的优先级高于旅行的乐趣。如果列车出发时间到了，而我们正玩得高兴，那就让列车走吧。在这样的原则下，我们靠着双脚、马背、福特汽车、火车，游遍了英国、法国、德国、奥地利、匈牙利、捷克斯洛伐克、阿尔巴尼亚以及黑山。我根本不用刻意地去忘记病痛。等我们回到家里时，所有人都说："你是真的好起来了！"

刚回到美国时，我的确对自己又开始信心百倍，租了一个车库和一个打字机，准备当一个作家。可忽然间，我失去了视力。这是前颅骨受伤留下的后遗症。一共 2 年时间，我不能阅读。治疗眼睛的同时，我开始在好莱坞的一个舞蹈班学习跳舞，这又伤了脚；然后因为我长着一副好骨架，便又开始学做模特；

再因为脸孔上相，还参加了一点电影拍摄。与此同时，所有人都看着我同情地说："可怜的艾格尼斯，原本有这么多的天赋！"

通过这一系列学习，我弄明白了一件事：这些都不是我想要的。

就在这时，一个年轻的英国人来了。他从北婆罗洲任上休假，特意来看望我们。他是哥哥的朋友，从我还是个孩子时就认识，叫哈里·凯斯，曾经在加州的圣地亚哥上学。第一次见到他时，他还是个长着生姜颜色头发的男生，在科罗拉多一家酒店的游泳池里。他站在那儿，穿一条蓝色游泳裤，浑身湿淋淋地滴着水，赌我敢不敢被他抱着从滑梯里滑进泳池。当然敢，那以后便再没有逃开他的怀抱。

这一次他来，是 1934 年，距离上次见面已经有 10 年。乍一见，我们便都认定了嫁娶的念头。3 天的结婚登记生效期一到，立刻完婚，双方都感到十分地满足。在分开的那 10 年里，我们各自经历并见识了不同的生活，带着新的渴望重逢。两人都相信：是命运，安排我们在一起。

婚后，我做了颅腔手术，治好了眼睛，跟他回到了婆罗洲。出发时，我斩断了我与过去那个世界的一切联系，同时对他的世界还一无所知。那时我对他说："这个世界上，没有任何别的事情比现在这件事更让我乐意去做的了，那就是，与我最希望相伴的人在一起。"

他说："但愿 4 年后你还能这样想。"

现在5年过去了，一点也没有变。

这便是我在1939年写给出版商的一些“事实”。

回家休假这一年，我们从太平洋海岸飞到波士顿，哈里去给哈佛博物馆送一些婆罗洲的骨头标本。回到洛杉矶后，我们买了一辆二手车。带着我身上来路不明的肝机能综合征和哈里的疟疾，开着这辆二手车，我们南下墨西哥，北上加拿大。到1939年8月，我们来到卑诗省①的维多利亚，哈里在那儿有一幢小房子。

我们打算在这里等船去英国。他获准延长了一段假期，利用这段假期去牛津大学进修一份林业课程。我们十分期盼将要在英国度过的这3个月的一边学习一边游玩的生活。

然而出发前，9月3日来临，战争爆发了。欧洲各国瞬间被击溃，德国军队滚滚向前，大英帝国亦被撼动。从那一天起，哈里便处于随时待命的状态。我们的英国假期被取消，他必须立即赶回婆罗洲。他的工作在那里，他的战场也在那里。

每一场战争，总有一首与之匹配的曲调，会让所有听过的人永远心碎的歌。《滚酒桶》②是当时维多利亚征兵用的歌曲，加拿大的苏格兰后裔们在每个街角演唱它。这曲调随时随地跟着

① 卑诗省：加拿大西海岸省份，又称不列颠哥伦比亚省，首府为温哥华。——译注

② *Roll Out the Barrel.*

我们，去加拿大太平洋轮船公司换票，去邮局发电报，在街上的公示牌前读新闻——读那些让我们的心一沉到底的新闻，也跟着我们去面包房、去酒馆、上巴士、搭电车。

还跟着我们去看医生。在那里，我被告知，这么久一直在治疗的"肝机能综合征"其实是一个婴儿。从此，那首《滚酒桶》的音调，再也不能与孕期的恶心反应分开来。

然而医生的另一个诊断非常令人伤心。由于在东方生活造成的严重贫血，以及长期不愈的疟疾，加上过量的奎宁[①]，他认为我不应该要这个孩子；更加不应该的，是去婆罗洲生这个孩子；甚至，根本不应该去东方，去战争的中心。

可所有这些医疗诊断和建议，都忽略了一个事实：我是我丈夫的妻子，而且我们双方都认为，我们的生命是连在一起的。眼下我们一致决定：要相伴度过，面对战争时，尤其如此。而且，我俩都想要这个儿子。

于是，储备好铁、钙补充片——这两样是婆罗洲的蔬菜里不具备的微量元素，以及一本《人生的最初五年》[②]，还有满满一箱子的人字呢、毛料外套、天鹅绒晚装，这些原本为英国的冬天准备的衣服，这些我从来没有穿过的高级衣服，这些眼下一无是处的衣服；而我们真正需要的，在热带穿的棉质衣以及

---

① quinine，当时广泛用于治疗疟疾的药品，又称金鸡纳霜。——译注

② *The First Five Years of Life.*

婴儿服，却一件也没有。就这样，我们登上了“俄国皇后号”，这艘开战后的第一班跨太平洋汽轮。

一经登船，反而松了口气。尽管时局一点也没有缓解，但起码我们做出了选择，起锚的轮船将我们的未来与过去一刀划断。

在维多利亚，我们听说了很多关于那场遥远战争的种种可怖描述。而现在，在船上，我们已然身处其中。对我来说，这反而更容易：处在潜水艇的威吓之下，与哈里在一起，这一切都远远好过独自在远方等待，打听各种消息。我甚至更加坚定了一个念头：这场战争，我们躲不过去。

因为美国护照如今在东方已经不能通行，我便用英国护照作为旅行证件。“俄国皇后号”上的所有乘客都是从英国匆忙返回远东任上的政府职员或军官，因为不能通过苏伊士运河才绕道美国。我是他们中间唯一的异类。

在船上，我总躲不过两场仗要打。一是每一次吸烟室的交流中，美国的孤立主义都是被指责的对象：如果美国加入战争，兴许有胜算。然而这是生命与死亡的选择。站在美国的立场，我认为它当然应该避免参战。没有哪一个国家会因为拯救别国而加入战争。英国卷入，当然也是为了自救。而且我相信，到了必须自救的时候，美国人也会，只有时间才能证明这一点。可是我的内心，我的生命，我的婚姻，都与我的丈夫联系在一起，而他是个英国人。我因此而渴望着一切能够拯救大英帝国的力量。

从沟通和交流的角度来看，这是我所经历过的轮船旅行中最好的一次。那些烦琐的英式社交礼节通通让位，大家全都就事论事。每个人也终于开诚布公，无论是理智上，还是情感上。在这艘危机四伏的轮船上，我与英国的亲近感，胜过了4年间在山打根的日子的总和。

在日本海域我们遇上了台风，通讯中断了3天。当轮船终于在晚点几天之后到达横滨时，看见报上说“俄国皇后号”已经被一艘德国潜艇击沉。去邮局发电报告知家人我们并未葬身海底时，横滨警方出现，把我们带去了警局。离开维多利亚之前，我们未能取得日本签证，想着像从前一样，可以来横滨办理。可这次日本不合作了，他们很成功地一句也听不懂我们说的话，在轮船的整个停留期，将我们羁押在警局里。

到了长崎，我们用美国香烟俘获了当地的一些官员，才能及时地奔向岸边，截住了一辆破烂的出租车，沿着海岸线一路开过去。就像版画里看见的一样，日本的壮丽海岸线，真的有着刀砍斧削一般的湛蓝色海浪。我们开到一个沉寂火山地带的山间旅馆。一旦离开了穿着铜扣制服的官员，眼前所见到的日本人，又重新是我们所熟知的那种友好而礼貌的模样。

在长崎的干船坞上，我们见到正在秘密建造中的军舰。据说它将是世界上最大、最快、最有威力的战舰，因为保密的原因，它被围了起来。我们忧心忡忡地望着那围船的高墙。

一到香港，立即就进入战事之中。唯一的话题是，日本人将何时开战？大多数人认为,将在6个月内。妇女会随时被转移，那些想要与丈夫共守的太太们，都当上了紧急状态护士，以此作为留守的理由。

抵达婆罗洲时，凯斯家的新成员，已经像一个海军士兵一样，通过舷窗饱览了这个世界，一路拳打脚踢。这时的他，被叫作“小久”。小久不惧艰险，顽强地生存了下来。他在波士顿被种下，却被诊断为“肝机能综合征”。他飞越美洲大陆两次，驾车从墨西哥到加拿大，险些当了谨慎医疗的牺牲品。他被太平洋台风拥抱，在日本警局里被抚慰，在香港的热浪中登陆，最后被风暴中的一艘货轮送到了婆罗洲。他依然坚守着。这么看来，产前的训练正在将小久变成一个强壮的人。

与此同时，妈妈也在铁片、钙片、维生素和妊娠考验中，变得越来越有力量。所有的人都说，我比过去任何时候看上去都要好。可没人知道这背后的缘由。哈里说，这就像人在路上走，路边有一个空瓶子，忽然有一天，瓶子里装满了威士忌，却没有人停下来去拾起这只瓶子，他们默认它还是空的。

于是，在他父亲的生日这天，在北婆罗洲的山打根，我们的儿子出生了。乔治从出生那一刻起，就有着漂亮的深色皮肤，以至于每个人都不得不对此发表一点看法。医生管这叫黄疸，乔治像是完全煮熟了的模样。他长着如哈里一样的黄头发，却

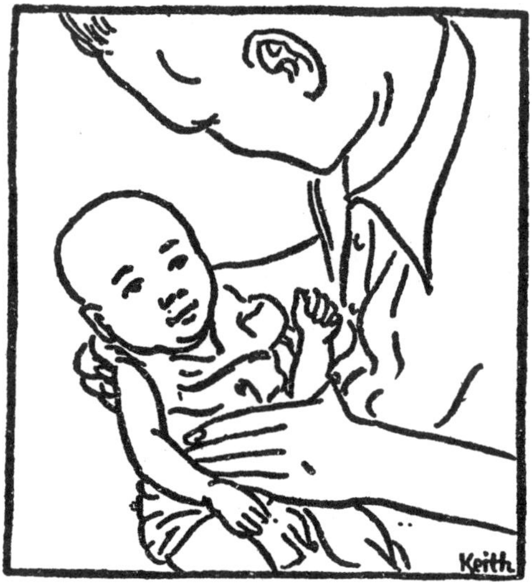

没有那一缕一缕的姜色混在中间，也不卷。他总共有两个表情，都像哈里，一个是被彻底逗乐了，一个是处于严重的担忧之中。头形长长的，这像我，还长着我的额头和我的灰蓝色眼睛。他没长湿疹，也没长鼻子。我不明白这鼻子是怎么回事，因为哈里和我都有着醒目的鼻子。可哈里说，一个刚出生的婴儿，长一个罗马鼻子是很令人讨厌的。每次我想藏起我的自豪，批评乔治两句时，哈里都不高兴，他毫不掩饰他的骄傲，他说乔治太棒了。

对很多人来说，那是一个糟透了的春天。我躺在医院里，空气里混合着若有若无的麻醉剂气味、热带鲜花的香味，夹杂着《风下之乡》读者来信带给我的兴奋、威士忌苏打水的嘶嘶声，和旁边摇篮里乔治的嘶嘶声，还有蚊子的嗡嗡声和蝉的鸣唱声。收音机里传来的是欧洲上空的雷声，穿越法国的撤退，德国人对挪威和丹麦的入侵。每一道电波，每一张报纸，每一个访客，都在告诉我同一件事：慢慢地，但是毫无疑问的，灾难正在向我们走近。我们知道要面对它了。欧洲很远，日本却就在眼前。那时的世界，只有一件事是美好的，那就是乔治。

这个春天，哈里和我买了第一个收音机。这东西在婆罗洲用处不大，因为岛的四周充满了巨大的噪声，每个人都说："来听我的新收音机吧，可以听见新加坡的莱佛士交响乐团，香港大酒店，还可以听见大笨钟报时！"

可你去听吧，听见的只是放大了的电波轰鸣声，还有主人家忙不迭地解释："这我就不懂了——明明昨天晚上还好好的！"

可哈里和我还是买了一个。听新闻时的感受固然很糟糕，但更糟糕的是什么也不知道。无论如何，战争总是要来的。这台收音机能够搜集到所有的暴力、愤怒、恐惧、苦难，从世界的每一个角落，传递到婆罗洲，我们的身边。我们赤脚坐在山顶的家里，客厅的所有窗户都打开，向着夜晚的热空气，向着院子里的热带花木。风夹杂着下面市镇的噪声，从码头吹上来。乔治安稳地睡在楼上的蚊帐中，后屋里人们用的木屐踢踏响着。而伴随这一切向我们袭来的，是整个欧洲的阵痛。

那一个个像我们这样的家被拆散，像乔治一样的孩子被杀死，像我们自己这样的一个个生命被摧毁，像我们之间一样的爱被撕碎。在欧洲被蹂躏的阴影中，我们在确实的恐惧中，一直等到珍珠港事件的爆发。

再一次，我们将所有的选择过了一遍：我该回家去还是该留下？再一次，我非常肯定地知道，我的生命是和我的丈夫连在一起的，乔治是我们的一部分，这也是他命里注定的。如果注定了我们要经历战争，那么我们一定是一起面对，我们仨。

在乔治出生的同一年，山打根还有另外 7 个白人婴儿诞生。这对于我们这个小小的欧洲社区来说，可是个不小的成就。要知道过去总是可怜巴巴的一个小孩。所有的母亲都说："这真是太好了！我们的孩子不会孤单了！可以开生日会、圣诞派对，所有所有好玩的活动。如果，如果战争不来的话。"

我们是一群简单的妈妈，推着孩子散步，每天比较每个小孩的变化，讨论湿疹和尿片，照着书把他们一天天带大。喂他们配方奶，每天蒸煮消毒他们的餐具，挑剔着各种喂养的辅食，只希望他们能获得最好的一切。我们不能让家里寄太多的东西来，因为眼下所有的东西都会沉没到英格兰和婆罗洲之间的海底；也因为财政禁令，不允许我们从美国购物，因此摇篮、奶粉、维生素以及尿片通通都从澳大利亚来。

乔治基本上不怎么穿衣服，一是我没有，在婆罗洲我也买不到；再说，我相信这么热的天气，婴儿不穿衣服是最舒服的，于是乔治一直都保持着他漂亮的深色皮肤。

在他生命的头 1 年半，什么也没发生。欧洲被摧毁了，礼崩乐坏，整个世界为之震撼。但是在乔治这里，什么都没有发生。对于一个婴儿来说，他的世界就在他的摇篮里。

那 18 个月中，只有一次，乔治的生活发生了一点危机。事情是这样的，他每天上午都在花园的推车里睡觉，在一个绿色的帆布篷下、挂着蚊帐的摇篮里换尿片。我总是提醒哈里，当心别针，因为乔治作为小男孩的那个部分，确实在换尿片时有点碍手碍脚。

一天，我正在给他换尿片。将手伸进蚊帐，嘴里咬着一个别针，一边将另一个深深地穿进尿片中。这时乔治喊了一声，原来那别针所钻进的深度，已经不仅仅是尿片！我吓得魂飞魄散，立即检查：那针已经穿透，看上去像土著人的阴茎装饰。

我战战兢兢地将它拔出来，乞求乔治原谅我。他原谅了，整个过程就叫了那一声，随后便带着一点责怪的神色看着我。可就是那一声，把哈里和阿银都叫来了。他们根本不容我解释，便认定再也不能信任我，不能将照看乔治的工作交给我了。

那伤口既没有发炎，也没有感染，甚至都没有红肿。我因此相信那并不是个敏感区域。乔治后来也没再对我提过这事，可是哈里和阿银，却用了很长时间才肯原谅我。

乔治的名字叫“迷死他[①]格罗格[②]”（格罗格少爷），阿银这么叫他，还有另一个中国女佣阿秋、中国厨子、我们的穆鲁特男孩阿鲁萨普、一个本地人园丁乌森，也都这么叫他，因为他们发不出乔治这个音。哈里是“骂死他”[③]或者图安[④]，我是“迷死”[⑤]或夫人，这些都是我们被小心翼翼地称呼着的敬语。在当时的婆罗洲，这些称呼都有着很明确的象征意义。“迷死他格罗格真棒！”举家上下都这么认为。全家如今为他而存在，他吃得香，睡得甜，嚎得欢。

但是我们的婆罗洲长臂猿安吉碧，以及它丈夫赫尔曼，却始终不肯原谅我。安吉碧，是一只银灰色毛发、黑色天鹅绒脸蛋的大个子母猿，眼神幽怨美丽。小个子赫尔曼，现在也长大了，跟了我们好几年。它俩住在花园里一个铁丝围成的房子里，四周都是兰花树。

尽管我们都相信它们俩的婚姻美满，却一直没有后代。猿猴很少在圈养的情况下繁殖，于是它们很疑惑，我们怎么会有了孩子呢？

我希望乔治能够了解它们，喜欢它们，也希望他别怕它们。所以每次我去看这对夫妇的时候，总是抱着这个光溜溜的婴儿：

---

① 东南亚人的英语口音将 Mister（先生）一词发作 Mistah。——译者
② George 的误读。——译注
③ 东南亚人的英语口音将 Master（主人）一词发作 Mastah。——译者
④ 马来语的主人、先生等尊称：Tuan。——译注
⑤“迷死”：小姐，Missee。——译注

当我将安吉碧的黑手牵在我手里时，胳膊同时被另一个粉色的小拳头紧紧拽着；当我跟它聊天，聊一些我们大人才懂的事情时，又总是被婴儿的咯咯声打断；当我告诉它，它很美，特别美时，它知道，它的美在我眼里，已无论如何不能与乔治相比了。

我过去用来抱它的手，现在抱着这么一个没有毛的小东西。这小东西不跳不闹，一点也不像它，既不强壮也不漂亮。但它知道，那是我的骨血、我的种，属于人那一类，真真正正是我的。这个没有毛的小东西不用动一下手指头，已经把它的魅力彻底击败。

安吉碧记得，曾经属于它和我之间的一些东西，那些联系和纽带，尽管不来自血脉，却充满了关心和爱。这些还在吗？它对此很迷惑。它不相信，却又不愿意放弃，因此总是试图要找到答案。

一天，那个铁丝房的门不小心没有关好，安吉碧便开门出来了。它开始寻找乔治。先去了花园，在推车里看了看，发现不在。于是上楼，轻巧无声地跳、跃、荡，穿过这个曾经是它的家，穿过它与我共享过的卧室，穿过大厅，来到房子的另一侧，乔治就在那儿。

那儿躺着这只不长毛的小猿猴，取代了安吉碧地位的小猿猴，被放在一个装了蚊帐的小空间里。这一刻，安吉碧无人看管，小宝宝在笼中束手待毙！安吉碧痛苦的脸贴在宝宝的笼子

上，黑色的眼睛发出质问，乔治也瞪着它，他才不管呢。

然后安吉碧唱了起来，长声悠扬的曲调穿堂拂过。这是丛林中绝无仅有的悲声，唱尽了一切生命的疯狂、优美和哀伤，它让你战栗，也让你害怕，直入心底。乔治咂着手指，安吉碧唱着。

阿鲁萨普、阿银、哈里，全都跑了起来。阿银开始大叫："安吉碧跑出来了，先生！夫人！快去抱迷死他格罗格！它会伤了他的。走开，安吉碧，走！坏，你这个坏安吉碧！走开！"

哈里转向我："哦，你在这儿呢，艾格尼斯？最好你去牵安吉碧回笼，我来抱乔治。”

又一次我被降格为猿猴，我赌气地说：“我要抱乔治，我是他妈妈，不是安吉碧的。”

可接着我就羞愧起来，看着安吉碧，它此刻蹲在隔断墙上，看着我，即便它会说话，我们这一刻也没太多好说的。这可怜的、美丽的野东西，万物都有命啊。无论动物还是人。国王也会死，不是说国王万岁吗？

1941 年，山打根青年女子会成立。成员每天在总督府的绿草坪上集合，穿着黑白色长裤的华人保姆推着澳大利亚产的大个子婴儿车，里面装着山打根社区的英国后代。若有不速之客，可能会以为总督家特别高产。当然事实上他们的确也不差。

宽阔敞亮的总督府，怡人的树下，空气里是凤仙和昙花的香气，这是生活应该有的模样。这里是婴儿们的时髦俱乐部，是保姆们的麦加，这是我们的社区。

每天下午，阿银换上浆过的白裤子、整洁修身的高领上衣，给乔治穿上最帅的一条苏格兰式裤子，把他放进塞满了大象、斑马、兔子的毛绒动物的推车中，说：“再见夫人，我带迷死他格罗格去总督府了。”就走了。

这一高级俱乐部里，得意扬扬的成员有：苏珊、阿拉斯泰尔、大卫和德里克、希娜，还有罗纳德、卡洛、迈克尔、艾迪斯和

艾迪[1]、吉米、芬妮拉和菲奥纳，加上乔治。

这也是一个生日会之年。头一个是苏珊，在她家高高的树篱后的花园里，母亲们都来了，每个孩子都带着最好的礼物。派对上有冰激凌、蛋糕、三明治、甜点和茶，孩子们个个圆滚滚的，都喂得很好，也很享受的样子；妈妈们交换着八卦；保姆们另起一圈，开着她们的派对，直到孩子们纷纷累倒，睡在

① 中华民国驻婆罗洲领事卓还来的一对儿女。据百度百科，其中文名应为：卓以佳和卓以强。——译注

自己的推车里。

最大的一个生日会，是在阿拉斯泰尔家。那是山顶上一座漂亮的屋子，一个本地园丁把草坪、树篱和树都收拾得整整齐齐。那家的英国主妇特蕾莎·米切尔让那座花园繁花似锦，开满了杜鹃花、兰花、玫瑰和秋海棠。特蕾莎挖坑、播种，在我喷洒杀虫剂的地方，她似乎只浇灌爱和心血，用魔法抚摸每一块根，一觉醒来，便奇花满眼。

在这座花园里，阿拉斯泰尔庆祝了他的第一个生日，那是9月。所有的孩子和保姆、妈妈都收到了邀请，爸爸们负责在活动结束时来接我们回家。那时妈妈们都不用名字彼此称呼，我们还都是米切尔太太、罗宾逊太太、卓太太，如此这般。我有好一阵没有见到中国领事夫人卓太太了，她说刚给艾迪换了辅食，我便问起情况，说是很好。

爸爸们来了以后，我们坐在夕阳下，看着脚下的山谷。“一年后，将是日本人坐在这里欣赏这山谷的风景。”哈里说。然后派对就散了。

如今很少再有正式的社交生活。男人们都在拼命地工作，年轻一些的男子应征入伍。婆罗洲一下子人手短缺，政府职员白天做正常的工作，夜里加班，干非常时期与战争相关的工作。社区的一切变得紧张起来，没有帮手，资源匮乏。

再没有人打扮起来去赴晚宴，也再没有人做东开席，我们浪费不起了。人们依旧互相走动，来就是为了说说话。这在从前的山打根是不可想象的。男人们敞开衬衣领子坐在那儿，大家都说："可再也别回到从前那装腔作势的生活方式了吧，这算是战争带来的唯一好处了。"

这一次，我大概干了生平最聪明的一件事。花大本钱从新加坡邮购了一批浓缩鱼肝油，尤其适合喂婴儿，小小的包装，每一瓶够喂 1 个月，一滴管一天。尽管我不相信日本人会占领婆罗洲超过 6 个月，但我准备了一年半的量。我想，就一次，我得有备无患，还买了 300 粒钙片。一旦我们的正常饮食供给被切段，这些可以用来保证乔治的牙齿和骨骼健康生长。我把它们都打包放好。

1941 年初，美国海军观察员墨菲上校带着他的年轻副官罗杰斯来了。我们都认为他们是美国情报处的人，大家因此有些惊惶。"美国人一定也在担心了，他们肯定以为战争很快就要爆发，不会太久了。"

墨菲和罗杰斯都十分地"美国"。比如为了凉快，把衬衫吊在裤子外面打高尔夫球。这在山打根，几乎和战争一样让人不可原谅。

可是渐渐地，大家都喜欢上了他们，认为他们都是很宽厚的人。当然，他们在大家眼里仍然很疯狂，毕竟还是美国人嘛。墨菲上校调的那"美国佳丽"鸡尾酒，还有他那些跟各种饮料一起上的"小吃"：橄榄、凤尾鱼、咸杏仁、鱼子，统统都是从美国运来的，我们买不到。

到了 1941 年的最后几个月，墨菲上校变成了山打根一个让人不安的因素。他劝说所有的妇女都撤离、回家、离开东方，越快越好！这让本来已经惶惶度日的我们愈发不安。

哈里、乔治和我乘坐一种叫作“贝能”[①]的小汽轮，沿着海岸线南下，去荷属婆罗洲走了一趟。这是乔治的第一次渡轮旅行，他喜欢得不得了。我们去了塔拉干[②]的油田。每一座山峰，每一个角落，每一道缝隙，树上、田里、山洞、房屋、灌木，全都藏着枪。每一寸土地都武装了起来，随时准备开战，欧洲妇女已全部撤离。

荷兰人对我们说：“我们都准备好了，他们就快来了，我们要为每一寸土地而战，不行就摧毁焚烧一切，直到我们全部战死。”这是荷兰人灵魂中的钢铁意志。

乔治出生不久，我就被要求承担一项战时的紧急工作，以缓解男丁人手不足的问题。那些在公署里工作的男人们个个都不堪重负，劳累而紧张。他们在英国老家的亲人们被炸死，儿子在前线阵亡，家被摧毁。对于他们来说，战争已经实实在在地存在，比我和哈里的境况要糟糕得多，毕竟我们的家人还待在这个和平的大陆上。

---

① 贝能：Baynain，荷兰制造的一种汽轮。——译注

② Tarakan.

我并不喜欢这些战时的工作。我宁愿坐下来完成那一部已经开了头的关于婆罗洲的小说。然而世界就在我们眼前坍塌，我不能袖手旁观。我讨厌红十字会，也不喜欢织毛活，于是我就承担了一份紧急作战工作。

这时的山打根，人们一碰面，无论是平民还是政府职员，毫无疑问地都会争论，政府会不会下令妇女和儿童撤离。如果有撤离令，我们也就无须自己纠结来做决定。当然，我已经决定留下，而且我有工作这个最好的理由不撤。然而撤离令终究没有来。

可我一直相信，这是一个错误。妇女和儿童应该被统一撤离，而这样的决定，不应该抛给每一个人、每一个家庭自己去做。战争时期，个人对于军事和防卫的事实是茫然一无所知的，那些知道实情的人和部门应该负起这个责任，来决定谁留在战争的烽火之中。不下达这样的决定，那是逃避责任。

对我来说，我自己为留下而承担全部责任。我对安全并没有幻觉，也知道战争正在向东方逼近，知道日本人正在向婆罗洲走来。他们在过去的几年里，一直用英语给我们发一些小册子，叫作“南海通告”，说的就是这样一些事实。但有一点我不知道，那就是，这些日本人最终占据了婆罗洲3年零8个月。

那时我还想过，当日本人到来时，与乔治藏起来，藏到一个侵略者找不到的丛林中的营地去。有了这个计划，我想我便能一直与哈里待在一起，直到婆罗洲对日投降那一刻。这一逃亡理论的最终成立，基于我们的一个假定，那就是日本人不会占领婆罗洲超过6个月，最多1年。

有了这个打算，哈里和我在森林保护地带的深处搭起了帐篷，储备了食物、药品、床品以及衣物。我们还把值钱的书籍和银器也运到了那个营地。

我写了一篇关于这个逃亡计划的文章，描述了我们丛林中的帐篷，唯独隐去了具体的地址。我把这篇文章发给了《大西洋月刊》。极具讽刺意味的是，就在日本人将我们全部封锁在婆罗洲的那1个月，这篇文章发表了。

后来的事情证明，如果我们真的藏到那密谋的藏身之地，一样会被找到并被抓回来。我们的书和其他物资，全都将被发现和没收。如果我们像这些物资一样被缴获，命运将更加不堪设想。时间证明，结局只有两个版本：被虐待；或大多数情况下的，被枪杀。

当战争一周一周地临近，我开始逐渐放弃任何一种逃亡计划。既然已经决定了留在战区，那么仅靠自己的一双手逆洪流而动，无疑是徒劳的。

在灾难逐渐降临的过程中，有两件事一直支撑并且抚慰着我。第一，我彻底相信留下来的决定是正确的，这无关自私，也许并不明智，甚至可能被证明是错误的，但这是我唯一的选择。第二，我有几个可以信赖的好朋友，她们中间有两位也选择了留下，并且像我一样坚信留下是正确的。无论日本人到来之后将有什么样的命运降临到我们这些女人身上，我们都会共同面对和承担。她俩都没有孩子，而且都十分喜爱乔治。

维奥莱特·拉特是乔治的教母，她修长而庄严，气质文雅。这一方面来自她天性中对人、对主的善意和感激，另一方面也因为她在良好的环境里出生长大。她有一头卷曲的灰金色短发，白皙的肌肤，蓝色的眼睛，典型的英格兰人特征；她的手修长而敏感，能够自然而优雅地弹奏各种弦乐器：小提琴、大提琴、柔音中提琴。

维奥莱特的丈夫是一名政府职员，聪明而善于调侃。维奥莱特和我都认为，他对我们来说有点太隐晦高深。每次他一说话，当我们还在试图琢磨他最初那几句话的含义时，他已经对我们绕了好几个圈子。

另一位朋友是佩涅洛普·格里。佩涅洛普以她的花园闻名。她魔法般的绿手指，凡她摸过的任何植物都能打苞、开花。她在婆罗洲住过的房子比所有人的都要多，每到一处，便会留下一个经典的花园，后来的人一看这园子就知道：“哦，这是佩涅洛普·格里住过的房子。”那些花园布局讲究，有着精致的边界，蓬勃地生长着香甜的、荫翳的、淡雅的、枝叶繁茂的各类花草，甚至那些只习惯于生长在伦敦的雾和晨露之下的植物，也会被她手指上的魔法迷惑，不知自己已身处热带异乡。

佩涅洛普长得一如她的英式花园，穿得也一如她的英式花园。她生得恬淡、柔弱而矜持，新鲜、明亮而真实。每一个生日、圣诞节、纪念日，她都会送一束花给我。

这天是汽轮开船日，也是邮件到达日，是星期一。这是“珍珠港事件”的第二天。哈里和我早上 6 点喝咖啡时，从收音机里听到了这个消息。我们告诉了阿银和所有的用人，阿银说：“夫人，好事，这下美国要参战了。”

忽然间又说：“夫人，你得带着格罗格少爷赶紧回家，新加坡船今天走。如果日本人来了，会很糟糕的！”

哈里和我那天上午下山，去山打根工作。天很热，每个人都在没命地写信，以便赶在今天的轮船出发前交出去，这极有可能是最后一班去新加坡的轮船了。人们还一边警惕地留意着天空，耳朵随时在分辨是否有飞机飞来。几个妇女在匆忙地打包，她们将要坐船离开。

这船还能如期出发吗？会的；不，开不出去了。最终，它在半夜时分像往常一样地开走了。这是最后一趟去新加坡的轮船，再没有回来。

我们于是坐下来等，等着坏消息的到来。日本人，不再叫日本人，他们是日本皇军占领部队。他们像火山岩浆，喷发流淌在整个东方。

每次碰见墨菲上校，他都会重复：“快撤呀，撤呀，撤！”

现在走还来得及。快到圣诞节时，“贝能”，就是那个我们乘坐去了塔拉干的小汽轮，被命令开往荷属东印度群岛，以避开日本皇军的掌控。任何想要撤离的本地妇女均可乘船离开。

那是一个十分难过的周末。我们把所有的问题又搬出来过了一遍。我还是决心留下。等待得越长,我留下的念头也越坚决。

我碰到苏珊的妈妈，阿拉斯泰尔的妈妈，卡洛的妈妈，希娜的妈妈，大卫的妈妈，以及所有的妈妈，大家都想问同样的问题:“你走吗？你留下吗？你怕吗？”可没人问出口。这样的话，谁都不愿意说出来。

夜晚降临，“贝能”出发了，上面只有6位妇女。这是山打根码头的最后一班船。那之后，一切只能听天由命。

香港沦陷了，那似乎不让人吃惊，我们心里有准备；马来半岛开始流汗战栗，这就不太妙了，我们还没准备好呢；新加坡也岌岌可危，哦，天哪，新加坡可不能倒!

电波里传来故土官员的慰问，对被困官兵和无助的城池说着：“再见，好自为之，十分抱歉，我们不能提供援助。你们是在坚守自己的职责，愿主保佑你们！”

日本人已经拿下了沙捞越的首都古晋[①]。这天是圣诞节，我们在婆罗洲闻到了烽火的硝烟，他们已经北上美里[②]，依然乐此不疲，还在继续进发。1月初，日本人已经抵达北婆罗洲亚

① 古晋：Kuching，婆罗洲沙捞越首府。——译注
② Miri.

庇[1]，我们的领地。

这时来自山打根政府的命令为：“销毁一切资源，遵从不合作、消极抵抗的原则，各自驻守岗位。面对敌人，消极抵抗，不合作。我们保护不了你们了，再见！”

于是我们开始销毁资源。整个高尔夫球场上满是高辛烷值的汽油，船只尽数沉没，机器被砸毁，电锯被拆除，锯片沉入大海，桥梁被炸垮。我们自己也真的无处可逃了。

墨菲上校一天深夜来电，声音听起来很激动。我站在哈里身边也能听见听筒里传来的说话声，几乎和身边哈里的声音一样清晰：

“我们今晚乘一艘小船离开，你太太和乔治跟我们一起走吗？劝她离开这儿吧。我告诉你，把她送回家吧，哎，你问问她吧……她不想来？唉，好吧。我告诉你，她应该走。我不会相信这些日本人的，唉，那好吧。转告她，再见了。告诉她，我真的希望她能跟我们一起走，如果她不来……我也不知会怎样。好吧，再见，好运。我们争取尽快带着海军回来救你们！”

这是与外界的最后一次联系。

1月中旬的一个上午，哈里给我来了一个电话：“城里来了一些美国人。他们新年那天下午从马尼拉逃离，正好在日本人占领前1个小时跑掉。然后乘坐当地人的小筏子来到了婆罗洲，

---

① Jesselton，今沙巴首府哥打基纳巴卢。

这会儿在我办公室里，你过来看看他们吧。”

那几个美国人，两星期前刚结婚的乔治和玛嘉烈·科里夫妇、贝蒂和哈里·韦伯夫妇及阿西顿·雷德罗医生。乔治·科里和哈里·韦伯是工程师，在马尼拉修筑防御工事，阿西顿·雷德罗是一名美国牙医，刚刚离开上海，在取道马尼拉回美国的途中，险些被困在那里。乔治和玛嘉烈这一对正在度蜜月的新人，刚刚在马尼拉结婚。后来我听说活力充沛的乔治是与我同一年从加州大学毕业的校友；玛嘉烈很年轻，非常苗条的美国女孩儿，她这种美国式的苗条，没有柔弱，只透着速度和活力。她的模样十分耐看，金色的皮肤，长长的棕色头发，栗色的眼睛。

贝蒂·韦伯则是一副国家栋梁的模样，热心而直率。他们说，她是个了不起的厨师。哈里·韦伯修长而清秀。雷德罗医生沉稳可靠，讨人喜欢，看样子应该还挺擅长穿着打扮。

他们拼出这条路，乘坐小筏子来到婆罗洲，饱尝了晕船和逃亡之辛，以为能在婆罗洲得到片刻的安宁和保障。他们说，除了英国人，没有人会稀罕婆罗洲这个地方！

哈里引用了墨菲的话，对他们说：“离开这儿！离开！再去找只船赶紧离开。一直走，别在这儿停留，我们是不得不留下，你们不用！”

“噢，除了你们，没人想要婆罗洲的！”他们还是说。

于是他们留下来，休息放松。两天以后，日本人更近了。哈里再一次警告他们，科里夫妇、韦伯夫妇以及雷德罗这才惊慌起来，找了一艘小船和几个船夫向码头去了。可是已经太晚，他们没走多远就被抓住了。

星期六下午，哈里听说，已经可以从婆罗洲海岸看见日本船队的身影正在与一场大风暴的搏斗中向我们进发。

02. 黑暗时刻

接下来所面临的，是我生命中最黑暗的时刻。

山打根当时有45名欧洲男子，24位妻子以及11个孩子，一起来执行消极抵抗。按照计划，当日本人登陆的警报降临时，妇女和儿童立即分散到三个指定地点，分处于城市的三个方位，这样以避免军队来到时有人落单在自己家里。计划制订时，我便要求留在家，遭到拒绝。而那些在政府部门就职的男子，当然要坚守在各自的岗位上。

三个住宅被选来作为妇女集中的地方：山顶上米切尔家，孩子们曾经在那里举行过最盛大的生日会；菲利普斯先生的家，在城市的另一端，临海；再就是总督府，我被安排去那里。从我家到总督府，只需步行5分钟，于是我把行李箱先放了过去。

一整个星期天都下着瓢泼大雨，像有一块灰色的天幕，从码头一直覆盖到山顶，再到路上。镇上一点声音也没有，猿猴、用人全都静悄悄的，除了那下了一整天的雨。

这时电话响了。“海上有恶劣风暴，他们靠那些小登陆舰可能很难着陆，但是仍然请准备好，就我们所知，日本人已经过了古达[①]。”

6点钟，电话再次响起。“请立即去总督府。”

我在卧室里向哈里道再见，这是我最不擅长的事。那一刻，我曾经对他说过的所有难听的话，都一起涌出来令我自责；我

---

① Kudat。

心中藏着的所有的爱，也都一起涌出来让我不能自已。我总想在这一刻把所有的愧意和爱意全都表达出来。可我只说了再见，又加了一句："多希望我们能在一起呢！"

哈里说："我们以后再也不会像这次这样分开！"

乔治穿着他最漂亮的那条蓝格子裤，蓝色套头衫，下巴上还有没擦干净的牛奶，抱着熊猫和一个铁皮罐子，里边装着贝壳。他显得很兴奋，灰蓝色眼睛里闪着光，圆圆的前额光洁平滑，一丝一毫的焦虑也没有。哦，感谢主，他是如此年少，不谙世事。

我抱着乔治下楼，哈里跟在后面。他什么也没对乔治说，他说不出来。

我把乔治在他手里放了一下，接着就把乔治放进推车，盖上防雨盖，撑上车篷。阿银打着伞，我们跌跌撞撞地沿路而下。哈里在门廊上看着我们离去，乔治像平常一样，把头伸出去大声地说着再见，但他没有得到来自爸爸的回答。

当夜，我与其他妇女一起，坐在总督府那长长的客厅里，说着一些无关紧要的事。有的在做针线，有的在织毛衣，我就那么坐着，后来各自躺下睡去。

夜里我起来几次，看看乔治，他一直睡着。我不知哈里是否还在家等信号，便向窗外望去，雨已经停了。再回到床上，试着祈祷。

第二天我们早早就起来。早饭前女人们在门廊上集合了一次，大家都面色苍白，孩子们一切如常：吵闹着，饿了，要吃。

总督阁下和秘书在接待室里等候着，等着日本人发现我们对这个城市以及它的资源所实施的破坏。

那是星期一早晨7点，1942年1月19日。头一天晚上，在风暴中受到重创的日本登陆舰在离岸处锚定，现在已经到了码头，正在登陆。一位东海岸的英国居民代表，站在岸边迎候，孤零零地，手无寸铁。第一艘日本登陆舰的船首，站着一位西海岸的英国居民代表，孤零零地，手无寸铁。日本人将他带到这里，放在船头，若有炮火枪击，他将首当其冲。我后来一直想知道：这两位英国人在擦肩而过时，对彼此说了什么吗？

接着，大家听见一声枪响。我们都以为是这两位居民代表中的一位被日本人射杀，后来才知道，是镇上的一位欧洲人在家里开枪自尽。

那声枪响之后，喧哗、躁动、困惑一下聚集起来。这之前，成群的华人妇女、苦力以及跑单帮的商贩，在总督府门前的路上向山打根城里涌去。这时人群又开始朝相反的方向挤，那是出城的方向，人们越走越快，不一会儿就全都在跑了。

电话响了，总督先生务必立即下山到城里去，不得延误。去接受日军将领的问讯。

这时总督府门外的路上，那一队奔流的亚洲人群中，增加了日本兵。松垮垮的裤子，沉重的军靴，小个子配着大长枪，刺刀明晃。只一瞬间，他们便铺满了总督府的花园和草坪。包

围了，进来了，把守了室内室外的每一个角落。他们一副威风凛凛的样子，其实大可不必，这里的我们，全都手无缚鸡之力。

他们对我们威胁吓唬，欺凌羞辱，接着在总督府与我们一起，住了下来。开始几天，从我们身上拿走手表、钢笔、刀叉，以及所有我们没有来得及藏起来，而他们又感兴趣的东西。

他们还想狂饮烂醉，我们便把酒锁起来，随后趁他们不备全部倒掉。有时我们虚张声势想骗过他们，可大多数时候他们并不上当。有时他们也会和颜悦色，甚至和小孩子们玩儿，可随时身上都带着枪。与他们友善交往的企图就像对眼镜蛇：你永远不知道它何时会突然进攻。但是，他们没有杀掉我们，也没有强奸我们。

从那天起，一直到 1945 年 9 月 11 日，我们一直被关押着。暴行在我周围发生，也在我自己身上发生。但我一生中，再没有经历过比等待日本人到来的那 48 小时更可怕的精神折磨。

当日本人终于意识到手上物资短缺时，他们非常不高兴。他们说这是我们这一方在表达战争的意愿；正是我们销毁资源的行为，将他们原本打算和平占领的计划彻底打消。他们似乎认为，我们应该把所有的石油、钢铁、机械、轮船全都留下来，用来换我们的命；而我们通过销毁所表达的态度，便是不友好。

有个年轻人被当场抓住。当日本人开进来时，他正在高尔夫球场上倒汽油，因此被判枪决，立即执行。可有人忘了执行这个判决。几天之后，总督替他申诉。而这个善于画画的年轻人，正在给看管他的卫兵画一组好玩的画像。很多天过去了，什么事也没有发生。他一直未被重新判决或缓刑，但他的死刑就是一直没有执行。

他们把所有政府公务员集中在山打根市立医院的二等病房中，讨论枪毙哪些，留下哪些，一直争论了一个星期。经过这一段时间，大家也都熟悉了日本人拷问信息的方式。每天晚上卫兵们每隔 1 个小时会到病房来一次，故意吵醒所有人。最终日本将领们在枪毙谁这个问题上，没有达成一致。于是他们开始指派一些人，出来协助他们工作。

我在总督府待了两天，知道我家已被洗劫。那时还存有抢救财物的念头，便向日本军官要求，请他们将我的房子退还给我。那时，他们将日军与妇女之间的关系命名为“保护性拘押”。因此在这个名头下，我获准回到了我山顶的家里。

这有可能是因为敌军里有我上一本书的读者。听说该书的日文版在日本流传很广。书的主题，婆罗洲，这片有着丰富石油资源的土地，他们志在必得。我在心里默默感谢了上帝，没有在书里鲁莽地说一些日本人的不是。如果所有写书的人，都知道他有一天将落在书中人物的掌控之下，文学将被驯服。

就这样，我带着乔治，阿银和阿秋陪在身旁，我们再一次打开了家门。荷枪实弹的士兵守护在两侧，但军官说，我家将不会有军事保护。这意味着，每隔 48 小时，我叫一次翻译，士兵会来巡视一次；余下的时间，我得自己扛着。宪兵说，但我可以告诉士兵，令他们不得入内。起初我信以为真，很快就发现这是个笑话。阿银和阿秋像母狮子一样勇敢，她们向士兵脸上吐口水，可士兵们全不理会，当着我们的面，把家具一件件搬走。

于是我去问宪兵，士兵是否可以从我家搬走任何他们想要的东西。宪兵答复说，他们有权拿走任何战争需要的物资。可我发现，色彩鲜艳的衬衫、钢笔、折叠水果刀、丝袜、枕头、窗帘、毛衣、奶酪以及酒类和香烟，都以这个名义消失了。

一天，我用榔头和钉子给楼下一个房间的门窗都钉上了木条，只剩楼上的空间供我们活动。草地上踉踉跄跄地走来一个日本人，穿着哈里的蓝色丝衬衫，哈里的灰色长裤子和拖鞋。他试了每一扇门，想要打开，一边撞一边咆哮。见他没穿制服，我便从窗户探出头去，用英语对他说："出去！走开！这是我家，我获准住在这里。"

他听懂了,还真走了。可很快就带着一个扛刺刀的士兵回来，开始敲门。我下去把门打开，怀里还抱着乔治，那人向我挥舞着拳头，倒并没有真打上来。

我把乔治放在隔壁房间里玩积木，又返回身去解释，我是获准住在这里云云。那人更加生气。我只好回头给宪兵打电话，想着他们也许能在电话里向他解释。可他一边猛击电话，一边打我。这时乔治从门外狠狠地向他掷积木块，一个又一个。这人顿时像一只公牛一样狂躁起来，举起拳头向乔治扑过去。阿银抱起乔治站在他面前，他俩的黄色脸孔都变得铁青。随后，他先平静下来。我知道他不会打乔治，日本人对孩子并不残忍。

然后他给宪兵打了电话，紧跟着宪兵来了，并且向我解释，这个人读过《风下之乡》，他来，是进行一次友好的拜访。可发现门上都钉着木条，有种受辱的感觉；加上我又伸头出去冲他喊叫。作为一名日军上尉，他也就是临时穿着哈里的衣服和裤子放松一下，被如此对待，他和天皇的尊严都一并受到了侵犯。

我花了 3 个小时道歉，才获得上尉的谅解。到最后，上尉和宪兵都告诫我，紧紧关好房门，别让士兵进来！

此刻的山打根，遭受着亚洲人中的犯罪团伙、日本兵以及失业的苦力三股力量的打劫，就像离开了机器的锯片。饥饿的人四处可见。我们睡觉时，枕头下总是放着高尔夫球杆，这是唯一没有被日本人拿走的武器。

与此同时，应日本方面的要求，婆罗洲总督认为，一些关键部门的公职人员应该被释放，回到岗位上配合日军，将市政工作恢复到正常轨道上去。接下来，医务、警务、市政供水、饮食制造被归入此类。

这个国家在食物方面从来没有真正自给自足过，如今要在短时期内，彻底没有外援供给的情况下满足需要。我的丈夫，作为农业部长，被当作达成这个目标的关键人物，也因此而获释。

他回家了，我们又在一起了。那是一次令人心碎的团聚，我们感谢上帝让我们重逢，获得新生。可很快我发现，他的归来让这里的紧张气氛愈发浓重。我本来已经准备好了一切服从占领者，哈里可没有我这样的想法。当只有阿银和我的时候，我们可以跑、抵抗、抽泣、藏起来、回避、哀求，或者必要的时候，妥协。然而一旦哈里在家，我随时都在担心，万一他骑士气概发作，会代表我们所有的人闯祸。

在这种形势下，与敌人合作不可能，反抗却更不可能。我后来真正体会到了，下贱逢迎，是被征服者最适合的生存态度。那时我们尚有足够的食物和精力去对降临到我们身上的羞辱表达愤慨；肉体上的折磨和打击也尚未开始，更残酷的侮辱和迫害的全景还没有在我们眼前展开。

起初我还去城里走走。可是被士兵们嘲笑、吐口水，或者被他们打。倒不是每次都会遇到，可也频繁到足以让我再也不想出门，只待在家里。

一天，当又一次疟疾发作时，我正躺在床上。来了三个士兵，阿银跟他们说我在生病，可他们坚持要我下去。我穿了件便服，来到楼下的门廊上，他们正坐那儿喝我家的啤酒。见我来，便拿出一张地图，让我告诉他们地图上道路和房屋的名字，我便把知道的一一说了。

他们来的时候我正在发汗，门廊上的风特别凉，这时我开始发抖。他们坚持让我把地图上所有房屋的名称都指出来，但地图画得并不准确，我因而办不到。那会儿我的身体虚弱难受到极点，人也在发抖，险些晕倒，于是便坐了下来。他们因此大发雷霆，我居然敢坐下，还敢说他们的地图有误。几个人一边咆哮，一边抽打我。我一站起来，他们便把我推倒在地，继续打。终于，他们走了。

我回到楼上，浑身战栗，病得更重了。当时我怀有身孕，这天下午流产了。

就像这样，我们又过了4个月。人不会因为这些事情就死去。说起来，这些事都不致命，在战争中，根本算不得什么。

下午 3 点，天异常地热。这天距我失去腹中的那个宝宝刚好 1 个月。我衣衫不整，躺着读那本《人生的最初五年》。乔治在卧室里，把柜子抽屉全部打开，检查里边的内容。这个时候，他跟猿猴没什么两样，我这么想着。明知道他此刻在胡闹捣乱，可这让我心安。

这本书让我不要对婴儿的坏习惯焦虑，因为它会随着他们的长大一一消失，每个阶段又会有新的麻烦出现。既然总是有麻烦，那干吗还要去焦虑呢？

“乔治，把拇指从嘴里拿出来！”

我再回到书上，对比着 2 岁的乔治与那个“应该是这样”的乔治，基本上正常！无论如何，这书说，别担心！是啊，乔治会走，会跑，能睡，能吃，有想法的时候还会说，想要从任何人那里得到他想要的东西时，基本上都能办到，还能控制摄入和排出。没问题，乔治！

阿银光脚小跑上楼的声音传来，慌张地进来。“太太！太太！日本兵说快出来！我告诉他太太生病，太太在床上，可他说必须来。”

到现在，我早已明白绝不要与敌人争执，便披上一件黑色的睡袍，把口红从乔治手里拿回来，把粉盒放到他够不着的地方，再把他关进我刚才躺着的蚊帐里，便朝楼下走去。我现在再也不能泰然自若地听见“日本兵”几个字，而不本能地生出恶心反应。身后传来乔治愤怒的哭喊声。

扛着枪的士兵站在门边，递给我一张签了名的手谕。读过之后，知道是一条命令，所有欧洲人，必须于 1942 年 5 月 12 日下午 3 点到皇军总部报到。那正是今天，此刻。

我赶紧上楼换衣，穿上白色斜纹呢套装。无论将要到来的是什么，我知道，都会很糟糕。我告诉阿银照看乔治，然后在太阳底下一路小跑下山，来到位于旧政府秘书大楼的皇军总部。

我看见哈里，以及大约 30 名男女，山打根白人统治者的遗老们。哈里没有和我说什么。房间里充斥着热气、汗味、紧张和不自在的笑声。谁讲了什么笑话？没有；那我们笑什么？不知道。我们笑，只是为了可以不哭。

当前景如此险恶，以至于你根本无法面对而又不得不面对时，你能怎样呢？人类已找不到适当的反应。当忍耐力被超负荷地测试时，人们惊叫、哭喊，有人发怒，有人笑。我们猜测了这天把我们集合起来的原因，试着不用眼泪地去接受它，于是我们只好笑了。

等了一个钟头，日军总司令来了。全程用日语向我们讲话，在几个日本翻译官争论词汇准确性时，我们已大致猜到了自己无助的命运：我们将在 1 个小时后被送进犯人营，每人允许带一只行李箱，男女分别关押。

知道这一天会来，这只是向结局又迈出了一步。

哈里和我被押解着回到家里，上楼把我们已经完成了一半的打包任务完成。在我的箱子里，我放了一本《圣经》、一本字典、一本罗氏辞典，以及一些书写材料。还有两双帆布鞋、一双加利福尼亚便鞋、两件斜纹呢运动裙、三条短裤和三件男式衬衫、两条便装裤、三件羊毛针织衣、一件粉色的和服式睡袍，以及一些睡裙和内衣，还有毛袜和长筒袜、两顶贝雷帽、浴巾、床单、卫生用品、针线包，加上几件首饰、四把剪子、身份国籍证明文件、一壶威士忌和一些常用药。乔治的鱼肝油和钙片分散着藏在衣服的口袋以及缝隙中。

之前还早已收拾好一个单独的小医药箱，里面配备了全套药物。

乔治的箱子里，我给他装了棉质的防晒衣、一些应急用的尿片、两双帆布鞋、袜子、几件羊毛套头衣和披风，加上全部的婴儿用床品，如小毯子等，当然还有他的玩具。

另外又打了一个小小的被卷，单独包了一个小的露营床垫。虽然被明确告知，每人只能带一件行李，但我们还是希望他们能网开一面。同时我也必须考虑自己能拿得了多少，因为除了行李之外，我还有乔治要照顾。

另外装了一小箱子压缩食物，尤其是小孩子需要的，比如奶粉、听装黄油、麦片、白糖、蜂蜜、酸梅干、葡萄干、咸牛肉，加上一小篮子的瓷器餐具。

我从阿银手中接过乔治。她这时已经彻底歇斯底里了，不停地要去抱乔治，疯了一样地抽泣，求我带上她。这绝对不行，我跟她说，可能俩人都会因此被杀死。我们收拾妥当，可以离开卧室了。哈里与我吻别，他还亲了亲乔治。这次连乔治也意识到是有麻烦了，郁闷而不解地抽搭着。我瞥见那本《人生的最初五年》，还翻在我离开时那一页，便匆匆把它也塞进包里。

拖着行李来到楼下。这 1 个小时里我们干了很多事。而此刻除了等军队卡车来拉我们去犯人营外，无其他事可做。于是走进储藏间，挖出两瓶藏起来的酒，其中一瓶是上好的，老年份三星白兰地；另一瓶不那么好，也不那么老。出来到了门廊上，卫兵在那里守着，我们把那瓶不太好不太老的递给他，自己拿着那瓶好酒坐了下来。

我们喝，是想用它来麻醉自己，让自己迟钝，试图借此让这离别前最后的时刻可以忍受，让即将到来的漫长旅途有力气承担。我们需要勇气，如果这办不到的话，那就醉倒吧。喝完了一整瓶，可一点效果也没有。我们的神经所承受的压力已不是酒精能缓解的。

卫兵也喝完了他那一瓶，走到下面树丛中呜咽起来。他忽然说一口很好的英语："我真替你们难过，爸爸妈妈和孩子不得不分开，这太伤心了，我实在忍不住想哭。"他哭了起来。

军用卡车来了。我们从自己的家里走出去，墙上依然挂着我父母的相片，餐厅里依然摆着我们引以为豪的绿色水晶高脚杯，陈列架上还放着古青瓷碗。行李箱里装不下所有的想念。

背后是我们曾经拥有的这个世界，背后是那些无可替代的物件：哈里的全套婆罗洲书籍收藏，那恐怕是全世界现存最完整的一套，那是他的一个奢侈嗜好，16 年间收集所得；那些我们兴奋地从小贩手里讨价还价得来的中国陶器；那些华美而充满记忆的结婚礼物；还有我衣柜里的漂亮衣裳——我真的爱它们！就这样，我们转身而去，将这一切留在身后，这些身外之物。眼下只有一件事，是需要去为之抗争奋斗的，我们的生命。

阿银和阿秋在门廊上哭着，安吉碧和赫尔曼在笼子里叫唤，卫兵在树丛里抽泣，我们沿着门前的小径向卡车走去。

负责的日本军官准许我们带上那个额外的被卷，但拒绝了那个卷起来的小床垫，他将那个装药品的小皮箱扔了出去，把乔治的食品箱也扔了出去，一罐奶粉散开，撒在了土路上。这些瓶瓶罐罐里的生命和健康，融进了婆罗洲的泥土里。卡车开走了，我并没有回头看一眼。

下一站是赫尔斯家，苏珊和她妈妈上来了。负责管她们的是另一名军官，行李都被允许带上，被卷、毯子、食品，以及苏珊的一只很大的红色木马。乔治看了一眼那木马，又回头狠狠地看着我，为什么我没带上这个？

男人和女人在码头被分开，全都接受了搜查，看有没有带钱，查到的全部被没收。每个妇女的行李都与清单所准许的进行了对比，一些人比另一些人获准多带了一些，全凭军官各自的兴趣。这时的码头上聚集了那些生日会上的孩子：阿拉斯泰尔、希娜、罗纳德、大卫和德里克、卡洛、迈克尔、苏珊，加上乔治。

24 名妇女和 9 名儿童，被装进了一艘小舰艇。从山打根到巴哈拉岛[1]是20分钟的路程，可是在日本人反反复复的高效率装载卸载之下，我们花了5个小时。好多人都像哈里和我一样，曾经去寻求过荷兰式的勇气，而到了这个舰艇里，各种反应却都一一出现了。在黄昏暮色中，我们哭泣、祈祷、笑、诅咒敌人，给孩子们唱催眠曲。这时已是晚上10点，孩子们没有吃晚饭，他们又累，又兴奋，又害怕，哭喊着直到睡着。

巴哈拉岛终于到了。岛的一端是麻风病院，我们在另一端，中间隔了1英里路。这里是一个废弃的隔离站。黑暗中，依稀可见一个破败的码头。我们大多备了手电，在手电光的帮助下，抱着孩子、拖着行李，爬过破码头来到陆地上。顺着路走下去，走进一座肮脏的木屋，那曾经是政府修建的隔离室。

那间漏水、腐烂、不通风、阴暗、带着木窗格的屋子，是对我们这一群欧洲人的报应。过去无论是让谁住在里边，曾经允许这样的房子存在，曾经用作隔离初来的亚洲人，这都像报应。就在5个月前，当北婆罗洲还属于英国的时候，就在这同一间屋子里，还关押过日本战俘。当晚，我走进它的时候，我多希望从来没有任何人有过占领这片土地的念头。

黑暗中，有妇女上前来打招呼，是她们，让我们得到了刚刚过去那3个半月的自由。她们是另外一批政府职员的妻子，她们的丈夫没有被释放回岗位协助日本人，所以她们一直被关

① Berhala Island.

在山打根的一座房子里，丈夫们被另外关在总督府的一个房间里。今天，皇军总部忽然下令，除了医生之外的所有欧洲人都被运到巴哈拉岛上，彻底隔离羁押。这才得以让所有的人关在了一起，她们是今天下午刚到的。

这些人中，有佩涅洛普·格里、玛嘉烈·科里以及贝蒂·韦伯，这几个是从菲律宾逃过来、又在山打根被日本人抓住的美国人，还有卓太太以及她的孩子艾迪斯和艾迪，这是中国领事的一家子。

远处传来男人的声音，我们才知道他们也被运到了这个岛上，而且离得不太远。

现在，一片漆黑之中，就在我最需要平静和振作时，那瓶白兰地却忽然起作用了。这里没有食物，没有饮用水，门外水龙头里的水，不敢不烧开就这么喝。没有火，没有床，没有浴室，连灯也没有。孩子们又累又怕，一直在哭，紧紧地抱着我们，令眼前的一切都加倍地艰难。

我发现自己昏昏沉沉，拼命集中精力才勉强挂好蚊帐，铺了一张毯子在里边。还仍然穿着我的白色斜纹呢套裙，此刻已经又脏又乱，身边满是老鼠和蟑螂，我和衣躺下，怀里搂着乔治。

这是我们被关押的第一晚，无力而虚弱，愚蠢而无助。

几天后，在监狱营地里，我们接受了第一次来自日本军官的训话。此后类似的训话不计其数。这次训导主要表达了这层意思："你们现在是四等公民，因此将被按照四等公民来对待，吃住条件与苦力相同。过去你们一直养尊处优，从现在起最好彻底忘掉！"

在以后 3 年半的日子里，他们确实尽到了最大的努力来帮助我们忘记过去的傲慢和养尊处优。

03.
特别保育院

囚禁在这里的孩子都不到4岁，其中有3个才6个月大，还有一个是在母亲的腹中来到这个集中营。

这是一个奇特的保育院。没有任何家具，我们吃和睡都在地板上。而地板已经腐烂，孩子们在上面一跳，它就会震破一块。蜈蚣住在下面，老鼠住在顶上。老鼠数量惊人，它们打斗、玩闹、吃喝、交配的声音让我们整夜难以入眠。而且它们还全都饿得穷凶极恶，什么都吃，肥皂、纽扣，就更别提食物了。有时还咬我们的脚，晚上睡觉时，我们都把蚊帐掖在毯子下面来保护自己。

把没吃完的食物放在外面势必被老鼠吃掉。所以，我总是把省下来的带进蚊帐，留给乔治第二天吃。有时，老鼠还会咬破蚊帐钻进来找吃的。最初几次，当我、乔治和老鼠发现我们三个一起被关在这个小空间里时，我们，包括老鼠在内都很惊慌。渐渐地，大家都习惯了。

在巴哈拉的第一个星期，对肉体和精神都是折磨。我的肌肉还没有适应这样的工作，挑很重的桶，挖坑，或者搬很沉的东西，以及开垦荒地。我的胃也没有适应这里的食物。身体从内到外都不堪忍受。

然而比这一切都糟得多的，是乔治的变化。他被这样的环境，以及生活状态所发生的巨大变化惊呆了。而我，便成了这严峻生活中他唯一的安全感和安慰来源。而且，连我似乎也变了。他只能不管不顾，牢牢地抓住我，不松手。

他一刻不离地跟着我，牵住我短裤的裤边。我去茅房，他就站在外面的草丛边，在离我最近的地方等着，拇指含在嘴里。如果有人想把他从我身边拉开，或者是想要帮我照管他一会儿，他便惊恐而愤怒地尖叫。我眼睁睁地看着他这样彻底地不安、担心和恐惧，这样对一切失去信任。我知道，他正站在一个边缘，稍不留神就会滑过去，认为生命无常，继而心理失调。意识到我是他未来一段时间生活中，从精神到情感稳定的完全依赖，这逼迫我必须做出巨大的努力，来面对困难和危险。哪怕不能平静地，起码不要狂躁，不要有眼泪。我知道自己的软弱。但我却希望他能相信，我是有力量的，随时可以应对任何紧急状况。

幸好这一段帮他建立心理安全的挣扎，发生在我的体力被饥饿耗尽之前。等我真的需要为了获取让他活下去的足够食物而斗争时，他已经完全信任我了。他相信我有能力把一切都安置妥当，并且认为食物会自然而然地出现，同时也接受了集中营生活中的其他插曲。

有一阵子，我们用碗盛了油，中间放上灯芯来照明。那是配给的食用椰子油。不久，日本人不再发油给我们，而所有人都饿极了，把身边一切可吃的东西吃光之后，我们便只好在黑暗中生活。

营房的窗户上没有玻璃，只有一些可以打开的木窗板。此时尽管还不是雨季，可巴哈拉几乎一直在下雨，疾风劲雨像发了疯一般，从岛上的海岸线向我们刮来。这样的天气里，只能不分昼夜地关上所有木板窗，于是整间屋子既不通风，又暗无天日。

这栋房子本身建得很马虎，木板已经开始有裂缝，雨水长驱直入，没有任何阻挡。我住在正对着海风的那一面。大约有6个月的时间，几乎每夜都不停地在下雨，于是只能夜夜卷起我和乔治的铺盖，在房间里另找一个干燥的角落歇息。坐在那儿等雨止住或者换个方向。我们不可能找到另外一块足够大的可以把铺盖打开的地方。那样的夜里，乔治就和艾迪斯、艾迪以及卓太太一起睡。他们4个睡在卓太太的皮床垫上，这是她的女佣拼命塞到她行李中的。

营地里有两个水泥的茅坑，既不能冲也不能提起来倒，所以试验几次之后我们便不再用它。日本人便又给了我们两个瓦罐，放在外面的一个棚子后面。

我们轮流倒这两个罐子。起初在营地里挖坑埋，但没有就手的工具，而薄薄的一层土下面，很快就露出坚硬的岩石，一旦下雨，那些埋进去的东西便被冲得到处都是，整个营地臭气熏天。那是我过去从来没有闻到过的味道。然而，我们在那种气味中吃饭、睡觉、生活，到后来鼻子都不会皱一下。

不久，日本人准许我们去海里倒瓦罐，一天两次，每次5分钟的路。男牢的犯人们要求帮我们干这个活，被日本人拒绝了。

他们相信，在排泄这个问题上，应该男女平等。轮到我的时候，总是一手抱着乔治，另一只手拎着罐子，走到码头底端，瞅准了风向再倒，否则很快又会被海潮卷回来，回到我们洗澡的海滩。

牢营里有规定，罐子只许大便用，不然它很快会被装满，因此营地的一角便被大家用来小便。这个开放式的小便区，并不像巴黎街头那样还有所遮掩。

据说有一条眼镜蛇[1]，晚上在茅坑旁边的棚子里睡觉，就在一个瓦罐的边上。有一些人说见过。我从来没在瓦罐旁边看见过它，只知道营地的草丛里有眼镜蛇，究竟是不是在茅坑附近已经不重要，一想到它们就足够令人毛骨悚然了。

饮食结构的改变给我们带来的后果，是孩子们中间流行痢疾。这样我们只得在下雨的夜里，将一个瓦罐放在睡觉的屋子里。瓦罐使用时的声音、气味，还有带来的联想，现在回忆起来，比 1945 年扔在我们身边的炸弹更加难以忍受和可怕。

在巴哈拉的最初几个月，我们的食品供应相对还算好，可惜当时并没有意识到。后来一回忆，大家甚至嫉妒那时的自己。

在家时，人们的饮食是一个由蔬菜、水果、牛奶、黄油、鸡蛋，以及肉类鱼类，加上面包、米饭或者土豆组成的平衡结构。

忽然变得只有米饭，这很难消化，但好在管够。给我们吃的是碎米，混了石灰粉在里边，据说可以防米虫，其实一点用也没有。只是每次做饭前，我们得又筛又洗又抖很多遍，最后出来的米饭里还是有结成了块的石灰粉。过去山打根的人管这种米叫扫地米，基本上已经碎成渣，是各种等级的米筛选包装过后，留在米场的地上被扫走倒掉，连镇上的苦力也不会吃的东西，现在却是我们的主要食品。

---

① hooded cobra.

另外，会有一天一次的蔬菜。那是一种几乎不可能消化的植物，可能跟菠菜同类，绿叶，带点金属味。但菠菜能嚼烂，这个却只能像吞一根绳子似的整根咽下。它的茎就像一条绿色的橡皮管，本地人管它叫 kangkong[①]。不久，我们提高了一点烹调这种菜的技术，那就是煮之前把它切得小小的，结果便成了吞一个个的小垫圈，而不是一根根的橡皮管。

有时会给一些咸鱼或者虾干，起初我们都说这些腐烂的东西怎么能吃，随后有人试了试，肠胃便闹毛病；接着饥饿越来越严重时，又有人试了试，又闹毛病；终于饿得没有办法了，大家都开始吃，很快再没人闹毛病了。

早餐最初有两个小面包，后来变成一个，6 个星期之后据说面粉用完了，再也没有面包了。这时便发香蕉，烂掉的香蕉。后来香蕉也吃完了。

茶倒是一直有，盛在那种很像我们用作马桶的罐子里。因为用来泡茶的水从来没烧开过，所以总有厚厚的一层茶叶浮在表面，而罐子底下则沉淀了一层小虫子。还有少量的盐和糖供应，大约一天一小勺。后来盐没有了，糖也越来越少。

给巴哈拉犯人供应食品的生意，起初交给山打根的一个华人。他提供原料，负责做，做完还负责发给我们。不久他被发现跟犯人中的一些人做交易，因此丢了这桩生意。从此男犯人

---

① 空心菜。——译注

开始负责做饭，给他们自己，也给我们。厨房在女牢营地的外面，不许我们走近，男人们把做好的饭盛在桶里，再放到我们营的铁丝网外面。巴哈拉可能是唯一一个女人不做饭的集中营。

从隔栏的缝里，我们瞥见了都有哪些男人关在巴哈拉岛上。除了泰勒医生、旺兹医生以及牙医拉邦德之外，包括总督阁下在内的所有政府职员都在。山打根的大部分商人也在，还有几个罗马天主教的传教士，这些天主教传教士有的是英国人，有的是荷兰人；此外还有英国教会的传教士，中国领事和他的助手厉先生、杨先生[①]也一并在内。

一条30英尺[②]长的栅栏围墙环在营区的两侧，阻挡了视线，只能从缝隙中偷窥。这两扇高大而不可逾越的障碍，便是每天清晨醒来第一眼、每天晚上入睡前最后一眼见到的东西。这让人发狂。一次，巨大的风暴从海上刮来，栅栏围墙开始倾斜。眼见它在疾风中摇晃，我们5个人忽然冲出去，在雷雨中，为风暴助上了一臂之力。在每一轮飓风的高潮中，我们再把自己浑身的力量和体重追加上去，使劲地推。一阵狂喜和兴奋后，我们推倒了一半。它真的眼看着要垮了，摇摇欲坠，我们在风中快活地尖叫着。

可是刚才在岗亭里躲避风暴的哨兵这时发现了围栏正在倾

---

① 据维基记载，除卓领事一家外，一同被关押的中国领事馆人员有：主事厉鼎元夫妇和随领杨登科先生。——译注

② 约为9米长。——编注

倒，他飞快地跑过来，看见疯狂的我们：浑身在雨水中湿透，头发在风中乱舞，又唱又喊又尖叫。女人们疯了，他对此一点也不喜欢。

他召集其他士兵和我们的男人们，从另一侧把围栏又推了起来。这时哨兵走近我们，可以看出他也在想，该怎么处理呢。他是比较温和的一个，从未对我们动用过体罚。他说，今明两天，任何人不得在营区里散步。当时天下着瓢泼大雨，而明天就会换岗，所以我们谁也不介意这个惩罚。

可那些没参与这个推围栏行动的妇女们变得很不高兴。她们一副道貌岸然的样子，指责我们不负责任，连累了整个营的人。其中×太太，一位天生的马屁精，对卫兵说我们太不像话了，为此她得到了一枚鸡蛋作为奖励。可我们那天开心了，这比鸡蛋更难得。现在回头再想那件事，我认为值得一提的是，我们那会儿其实还有精力去做一些事情。

营区的另外两面是铁丝网。透过它，我们能看见一丝大海。这种高墙和铁丝网的组合，对幽闭恐惧症患者来说非常可怕，两侧突兀的墙压向我们，而另两侧的铁丝网，却又带来海的召唤，引诱你去逃亡。好几个妇女曾经在不同的时间出现过疯狂症状，发疯一般地往铁丝网上撞，企图挣扎着离开这两侧无情而压迫重重的墙。尤其是其中一位，一次又一次将自己抛掷在铁丝网上，徒手去抓，然后用胳膊和身体去撕，一面哭一面大喊，一直到自己浑身是血。她平静下来的时候，其实一直在努力想从穿越铁丝网这个幻想中跳开来。但这始终不奏效，她在巴哈拉的那几个月里，手上一直血痕累累。

营里有两位中国妇女，一位是卓太太（赵世平），另一位是厉太太，她是中国领事馆主事厉鼎元的妻子。她们被关押，是因为她们的丈夫效忠于中华民国。偶尔，有日本将军路过，赏脸来视察牢营时，也会很惊异地发现有两名亚洲妇女关押在我们中间。在这个号称“东亚共荣圈”的半球，两名亚洲人，正名副其实地在被奴役着。

我同情她们俩，不光要承受和我们同样的负担，还多了一重在我们中间作为外国人的压力。卓太太十分迷人，带着一种独有的纤柔魅力，有着出身良好的摩登华人妇女所特有的漂亮身段。她聪明，受过优秀的教育，毕业于中国的一所西式大学，英语流利，什么俏皮段子笑话都听得懂。对于拘押，她看得很远，每次当我对新发生的事件感到震惊时，她却总显得有备而来。

从日军踏上山打根土地的那一天起，卓太太和她的孩子——3岁的艾迪、4个月大的艾迪斯，以及她的丈夫卓还来，就被关押起来。起初，日军试图让他发表公开声明，与国民政府断绝关系，并与南京政府[1]合作，以为这样可以对本地的亚洲人施加影响。

当时我还待在山打根的家里，已经被拘押在领事馆里的卓

① 此处是指成立于1940年的汪伪政权（南京政府），是日本在战争期间扶持的傀儡政权。——编注

太太便托人送密信给我，请我帮她给艾迪买一些婴儿奶粉和衣服。尽管几个月前山打根的奶粉就被买断了，我还是设法贿赂一些小商店，帮她买到了，在日本兵的鼻子底下，偷偷地将奶粉和婴儿衣服托人带给了她。

当我们在巴哈拉再次见到时，她为此感谢我，并说希望有一天能帮到我，以为回报。在整个牢营的生活中，她所给予我的帮助，一百倍地偿还了我曾经给予她的。她分给我食物、衣服，以及其他的协助。当我压抑伤心时，她给我同情；当我烦闷无聊时，她带来欢笑；遇到紧急情况时，她用自己活生生的例子，鼓励我坚强。

卓太太跟我说起过一些头几个月被关在领事馆里的事。领事先生被警告说，如果他不肯背叛中华民国，他的妻儿都将性命有虞。而她自己则被告知，如果他们投靠南京政府，将获得自由，而且全家将享有优厚的生活条件。他俩谁也没有动摇，抵御住了一切身体和精神上的摧残和贿赂，保持了对中华民国的忠诚。

卓太太与我们一起关押在巴哈拉岛，她的丈夫与我们的丈夫关在一起。

卓太太是乔治的初恋，他不久就发现在这个奇怪的世界上，除了我之外，尚有其他的人类也是值得信赖的。卓太太总是对孩子们温文有礼，并且在任何紧急状态下，她都能保持极强的自控力。乔治常常站在她身边，用广东话跟她交谈，这是他在家里和阿银学的。这之后过了很久，他才开始用英语同其他女性讲话。

对于维奥莱特和佩涅洛普，他基本上是当成自家人看待。佩涅洛普受到所有小孩的欢迎，人人都觉得她是自己的私有财产。这种关系对孩子们来说再好不过，却或多或少给佩涅洛普带来了一点麻烦，每逢生日或者什么节庆，她都得剪下一截衣服来做件礼物。如果战争持续得再长一些，恐怕她得穿着香蕉叶奔出牢营。

维奥莱特爱跟乔治一起玩游戏，那个非常有趣的游戏，连我都爱！老鼠游戏是这么玩儿的：他躺在她身边，一边吸着大拇指，一边用他那对灰蓝色的大眼睛看着她，这时维奥莱特一直在数数，看他能坚持多久，看谁会忍不住先说话。老鼠游戏玩一会儿，他们又会换一个，这第二个就基本上没完了。而且维奥莱特还得唱，本来是为了哄他睡觉的，可乔治太喜欢维奥莱特的歌声了，根本舍不得在这歌声中睡过去。这游戏在我身上也起到同样的效果。有时候我想，她要是一直给我们唱这些摇篮曲，我会重新变成一个美好的人。

岛上没有军官，只有执勤的哨兵，一周一换。在执勤的那一个星期里，这名哨兵对我们拥有至高无上的支配权。在他们眼里，岛上轮值就是度假。这些小伙子通常放松到大多数时候都只裹一条布裙，游泳、玩杂技、向犯人扔东西、揪犯人鼻子、打人，有时施舍一点慷慨，要不就躺在女牢里调戏犯人。

我们的牢房是一个带了夹层的大通间，没有隔断，每人占据大约 5 英尺见[①]方的一块地。如果哨兵打算跟你共享这块地，你除了往边上滚一滚之外，没有别的办法。好在他们也并不一整天都想躺在女牢里，大部分时间都在哨所里喝得醉醺醺的。

有时候是简单干净的游戏，大家也都不介意，男孩子就是男孩子。而有时候男孩子可能会是肮脏龌龊的男孩子，搜身、嬉闹、欺侮、追逐、打脸、打背。而且，在一方有枪的情况下，游戏的乐趣基本上就没有了。

因为馒头、米饭以及其他特权，这些哨兵便理所当然地将

① 约为 1.5 米 ×1.5 米大小的面积。——编注

我们当成轻薄女。只有一个正当理由可以让我们不配合,那便是,这些哨兵身上有跳蚤。

他们其实既非虐待狂,更不自虐,没有什么东方、西方的概念,只是一群下等的青年流氓,面对百十来个毫无反抗之力的人,拥有百分之百的生杀予夺之权而已。

每周一次,一名疲惫不堪的军官,会乘坐一辆破败不堪的摩托艇前来视察。军官和摩托艇都搞出很大声响来宣告自己的到来。来了之后搜查哨兵,搜查我们。他们面对这二者时,是以一种同等的怀疑态度。每次一听见摩托艇的声音,哨兵便匆忙穿上裤子,站到码头去迎接;我们则赶紧在草丛中藏好日记本、书和食物。军官一走,所有人都松了一口气。

巴哈拉岛上的生活完全取决于哨兵的性情,而他们却不可捉摸。有的特别善良,比如其中一个,每天把自己的馒头给我们的孩子吃,另一个则总是发面包给他们,也有的常常将自己吃剩下的食物分给我们,还说我们吃得太差,有时甚至公开让我们与丈夫见面。可另一些时候,他们也会仅仅因为我们冲他们笑便打我们。

我们在岛上遇到的第一批哨兵,在第一个星期结束时,他们离开的头天晚上,对我们做了一次讲演。开始前,他们拿着一篇乱七八糟的英文稿来找我,让我将他们想要表达的东西,用更加“文学”的形式写下来。以下是我们共同努力的结果:

先生们、女士们，以及妇女们：

天皇士兵是非常善良的。我们会一直为你们的健康而祈祷，直到再次相见。明天我们就回山打根了，我们对你们深表同情。但是，如果你们太自以为是，你们会受到打击，我们会打你、踢你，甚至杀了你。

我建议说，最后一句有点没必要，太严厉了。可他们对这一句尤其喜欢。

我们一直在期待着可以很快回家，战争可以很快结束，或者我们会很快死去。因为这些原因，生活变得尤其悲苦。我们不能想象自己将在这种状况下年复一年地生活下去。于是我们吃掉所有积攒的食物，把保存的药品一口气用光，利用任何机会，通过好说话的哨兵偷运物资，夜晚试图穿过铁丝网逃跑，还与山打根的犯人取得联系。我们一直不曾放过任何机会，但这已经跟赌徒的赌博行为无异——这成为我们生活中唯一的乐趣。

我们每天早晚7点在营地里集合一次，立正、用日语报数、鞠躬，然后解散。这一看似十分军事化的气氛，基本上立即就被怀中或脚下的婴儿搅散。如果哨兵某一天特别清醒，也有可能夜里要求我们集合好几次。一旦他们怀疑有人穿过铁丝网擅自离开，日子马上会因为无数次的、不可预知的紧急集合变得很可怕。但从来没有人因此被抓住过，因为我们发明了替人代答的谎报机制。

有时我们会被命令去打扫哨所。那时哨兵要么是喝醉了躺着，要么在睡觉。我们捡起地上的水果皮和烟屁股，他们向我们扔香蕉皮，扔空瓶子。我们一般会偷足够的东西，让这一趟任务变得有价值。有时，他们命令我们给他们“按摩”，我们便会装傻、装听不懂来躲过。

哨兵还命令我们每天用竹扫帚扫海滩。因为每天被海潮送来的水草、腐木很多，这是一项工作量挺大的工作。有几次卓太太和我一起奉命用手绢和手给整个码头甲板除尘，我们还真的做到了，干完之后我们大笑一场。

我们也时常被要求去除营地外的荒草，自己选择工具：小剪子或者手，剪子总会被草磨钝，而手总会被草扎伤。每次军官到来之前，还要捡干净从营地到码头的路上的石子。就这样，我们学会了享受体力劳动的乐趣。

表现好的时候，比如有人晕倒，有人累哭，都会得到奖赏。奖赏是扔给我们一些馒头或香蕉。要是表现不好，比如装傻不听指挥，那天就得饿着肚子去睡觉。

想同时保持自己和环境的干净体面，在这里是一件不可能的事。整个营房便是一片雨后的沼泽地，路上几块垫脚的木板也深深地陷在泥泞中。我们的孩子，那些在总督府里聚会、身后跟着衣服浆得笔挺的女佣的时髦孩子，在这拘押所里早已面目全非。而我们自己，干着脏活，砍柴、修理营房、担任哨兵们的雇工、清理整修道路，也不再是山打根社交场合的太太。带着孩子的妈妈们，一直保留着一堆火种，这样可以在每次吃饭前重新加工一下食物，让孩子的食物稍微容易下咽。她们浑身上下都烟熏火燎的，洗过的衣服更是挂在柴火烟上熏干的。

盥洗设施十分有限，水源是一个小棚子里 3 英尺见方[①]、6 英尺[②]高的水箱。我们用椰子壳从里面舀水出来洗漱。喝的水得先煮开，放在火炉上加热，直到那水吸满了罐子的各种脏味。

在放水箱的棚子里，有一块水泥地。我们在这里搓衣服、洗澡，洗澡是用椰子壳舀水出来淋在身上。岛上有椰树，哨兵会向我们投掷椰子。吃完椰肉，把椰壳洗干净，便可以用来装食物。

我在巴哈拉一天的生活大体是这样的：

天不亮就起床，在小棚子变得拥挤之前，去那里洗漱。这样能保证有一段干的晾衣绳。由于大家总是忘记把绳子收回牢房里，在潮湿多雨的天气里，衣服有时便要挂好些天才能干。整个营地里一直充斥着婴儿尿片和湿衣服的气味。后来我们学会了去铁丝网上拆铁丝来用作晾衣绳。

洗漱完毕，回到营房，叫醒乔治，他多半很不乐意。这时孩子们的嘈杂喧嚣开始了。污浊的蚊帐拂在人的脸上，肮脏的毯子摊在地上，新鲜的老鼠屎以及屋梁上落下的朽木渣子到处

① 0.9 米 × 0.9 米大小的面积。——编注
② 约为 1.8 米高。——编注

都是。

到了7点钟，门外送来茶桶。两名妇女将桶抬进来，人们一拥而上，以便抢到一缸茶。每次桶一空，我们都会凑上去看：这次是蟑螂，还是死老鼠？

然后我去室外生火，或者借用别人的火，把头天攒下的米饭热热当早餐。要是有干鱼或者一点蔬菜，便会加到米饭里去，这就得借卓太太的炒菜锅来做。她进营时，比我们带来的设备都要好些。

早饭后，我们打扫牢房和营地，倒便盆。如果哨兵和蔼，就会获准在海边待半个小时或1个小时。有时可以在海里洗个澡，有时收集一些漂来的木头生火用，有时哨兵让我们清扫海滩或者哨所。这时我们会竖着耳朵，听男牢那边的动静，希望哨兵能让他们停下，或者他们经过时让我们过去见一面。

中午吃过午饭和空心菜之后，温度便升起来，牢房像蒸笼一样闷热难耐。我和乔治只好再洗一次澡，随后我把他放进蚊帐里睡午觉。这时我自己梳梳头，脸上扑点粉，坐下来读几页书，或者做一些针线活。偏偏这时哨兵最爱来。有的是来让我们陪，有的是把我们赶到室外去运动，或者索性给我们找个烈日下的差事干干。我们的舒适闲散，是他们最不愿意看见的事。

3点钟又有一次茶，桶底照例是一些虫子。随后便是砍柴、在营地里干活，直到晚饭时间，大约5点钟。晚饭依旧是米饭和一点绿叶菜，隐约有一丝干鱼的味道。饭后我们是不是能去一趟海滩，根据哨兵的情绪决定。

这时黄昏降临，把孩子们放上床，也很高兴自己终于可以躺下。这种不可战胜的疲劳，一方面来自于热带气候下的重体力劳动，另一方面来自于缺乏基本的卫生和方便设施。这使得每一天的日常生活都成为一种挣扎，加之饮食结构的改变，缺乏蛋白质和糖的摄入，以及精神上所有刺激和乐趣的缺位。

起初，我还会在薄暮中坐着跟朋友聊聊天，很快我就累得没有了兴头。我们的世界已经彻底只剩下了自己。在交谈中，我们以自己为界；在交谈中，我们发现自己已迅速地变成了疲惫、粗糙、邋遢的人；我们相互照见自己，照见这毫无品位的生活。然而躺在黑暗中，在半隐秘的蚊帐里，乔治安静地躺在我身边，尚能回到从前的世界。那个世界不是眼前样，它在希望和梦想中。

到第1个月结束的时候，所有的孩子都得过了痢疾。他们恶心、腹泻，大便里出现黏液和血，病恹恹地躺在牢房里。他们中的大多数已经过了穿尿片的年纪，但这时我们却没有办法让他们控制排泄。整个牢营到处都是病孩子们拉出的带血的大便，有时他们身后还跟着尚不会走路，正爬过泥泞和大便的婴儿。等婴儿靠近那些尚未做母亲的女子身边时，她们便会去向母亲们投诉："某某太太，您的孩子弄脏了，请您收拾一下吧。"可我们压根儿没有任何多余的布来清理。

痢疾之外，他们还有流感、寄生虫、脓疱、疟疾，以及无时不在的感冒。而除非私运或者偷，我们没有药。

几个月之后，我患了脚气病，这是由营养不良、缺乏维生素所致。腿和脸都肿了起来。到了晚上，双腿完全麻木，没有知觉，站不起来，医生说我得尽可能把可以找到的所有绿叶菜都吃下去。那以后的整个监狱生活里，我搜集一切绿叶蔬菜、蕨类、各种杂草，煮了来吃，以至于现在我再也吃不下菠菜。

我丈夫也得了脚气病，那边的日本哨兵给了他一些维生素片。哈里请他把这些维生素片带给我，哨兵真这么做了。几个月之后我好了一些，又开始长疖，然后又好了；接着是疟疾，便再没好过。然而，我对自己的信心从此大增，我知道，再这样操练下去，我就着一把盐，靠着空气也能活。可是，最后到了我连那一把盐也没有了的时候。

因为营区很小，我们被允许在监视下，每天可以去海边走一走。遇上友善的哨兵时，可以早上有 1 个小时，下午 6 点再有 1 个小时，那是一段从地狱逃进天堂一般的时光。我当时相信，每天的这段散步，是维系我神志健全的唯一力量。最终我明白过来，一个人能否挺过去，并不真正取决于所处的环境，而是内在的某种东西，它决定了你在变化中是被击碎还是保持完整。这不是环境带来的不同，而是每个人面对变化时韧性的不同。

一天晚上我在海边散步时，住在码头另一端的马来老渔夫萨雷，悄悄对我说有东西给我，让我晚上在茅房后面等他。营地后面有这岛上的一口泉眼，萨雷总是去那里取水。茅房在营地的最里侧，靠近萨雷去泉眼的那条小路。黑暗中，我在茅房后面等着，萨雷走过来，从铁丝网缝隙中，他塞给我一个包裹。

包裹里面是一些鸡蛋，这是我第一次私运物资，它们来自曾经和我丈夫一起工作过的一位亚洲人。包裹里还有一封短信，说会继续送食物和钱给我们。这些鸡蛋在我眼里，不单纯是鸡蛋，而是一种信心的承诺，它存在于欧亚人之间。

不久，其他人也开始在黑暗中悄悄等候他们的包裹。那些没有包裹可等的，便在一旁注视。有时私运物资被弄混，送错人，或者被劫持。内战于是开始了。

我们开了一次营会。到这时，1942 年的夏天，我们一共有 40 名妇女和 13 名儿童，还陆续有人从婆罗洲的其他地方被送来。那些没有参与走私物资的妇女埋怨说，我们这么做，有碍整个牢营的安全。走私者则分辩说，这些食物对我们的孩子来说，关系重大，值得冒险。反走私的一方认为，我们花钱买食物，而有的人有钱，有的人没钱，这不公平。我们告诉她们，我们没有花钱，这些是我们的亚洲朋友送的礼物。她们不相信山打根会有任何一个亚洲人，甘愿冒险为欧洲人做这些事。她们认为，现在的我们是彻底孤立无援的。

我们说，如果朋友冒着风险走私食品给我们，我们就应当冒着风险把它们带进营里来。

最后营里举行了一次投票，来决定是否应该走私。除我之外只有3张赞成票，其他36位都认为太危险，可能会被哨兵扇耳光，被打，甚至被枪毙。会议不欢而散。走私者说，不管你们什么规则，我们都会继续。

3个星期后，几乎所有的妇女，脸上都开始带着渴望的神情，铁丝网这边急切的手等候在茅房后面。从那以后，直到被释放，我们就靠着走私的食品，以及走私所带来的兴奋和刺激活着。

萨雷一家住在码头另一端一个破烂的小棚子里。每次我们去码头散步，总会留意看他和他家人，如果有东西给我们，他们就会给出信号。于是我们就在码头边游荡，或者靠在他家墙外，直到他或者他妻子、孩子把禁品递给我们，有时是从窗户里悄悄塞出来。

拿到包裹后，得立即将它藏在衣服下面，尤其是回牢房经过哨所时。如果被哨兵发现，不光物品会被没收，我们还会受罚；大多数时候，哨兵睁一只眼闭一只眼，让我们过关。

有些走私活动出乎意料地容易。大卫和德里克的妈妈莫里恩有一辆儿童推车，被关进来那天带来的。她当时推着大卫和德里克去总督府吃午餐，后来坚决不肯让孩子们从车里出来。军官看出来她的脾气，便让她把推车带到了牢房。正是这脾气，让我们其他人也从不和她争吵。

后来证明，这辆推车是最佳的走私工具。一天，连车带婴儿一起借给了男牢，被推到海边，从一个秘密的藏私处运回了鸡蛋；然后再连车带婴儿，外加鸡蛋，送回女牢。这些鸡蛋被分给了所有的孩子。

有很多时间是不能走私的。比如有人被抓住，哨兵也因为他的货物被惩罚时，于是一连几个月，走私业务不能开展。这期间，我们又饿又沮丧，争吵不休，生活变得没有了目的。忽然之间，闸又开了，一旦某一个人收到了禁运品，其他人纷纷开始效仿。

后来，男人那边开始了另一种走私。几个年轻人夜里偷偷溜出去，到山顶上的麻风村去弄回花生、白糖、干鱼和鸡蛋，然后在牢里卖或者交换。我们饿得厉害，谁也不想去担心从这些麻风病人那里来的东西有什么不妥。

当我们从山打根被带进牢里来的时候，都被搜了身，所有的钱都没收了。但是从东海岸其他地方，或者西海岸带进来的人，他们身上有钱。当走私生意开始时，钱在饿和更饿的人之间便扮演起了非常重要的角色。

卖东西、换现金开始了。通过联系人，我们向山打根的亚洲朋友发出要钱的信号。在日本统治下的山打根亚洲人也很拮据，但他们冒着巨大的风险，一直给我们送钱送食物。后来我们知道，他们中有很多人甚至送命，只为了送那些救命的食物给我们。

跟我们一起在巴哈拉的，还有三位来自山打根修道院的罗马天主教修女：露丝嬷嬷、修女佛朗西斯·玛丽和修女克里托斯。她们在牢房的夹层上利用一个角落，放置了一个神龛，悬挂着十字架和圣母圣婴像，供奉着铁丝网外面采来的红色朱槿。这些是经过哨兵允许的。她们总是欢迎孩子们去看圣母和圣婴像，哭闹的婴儿和快要崩溃的母亲总能在那里找到安宁。在修女姐妹们的悉心照料下，这个十字架脚下的一角成为整个牢营中与安宁平静最靠近的地方。

1942 年 7 月 4 日，我的生日，第一次在牢里开了庆祝派对。英国人佩涅洛普、古恩、玛嘉烈·诺斯，华人赵世平（卓太太），美国人玛嘉烈·科里、贝蒂·韦伯，是派对的客人。我们在营地里升起一堆火，把晚餐供应的米饭存上，加上走私来的禁运品：鱼、菠萝、香肠，再把灯盏里最后的一点油全倒出来，倒在世平的锅里炒。

哨兵见我们生火，让男牢的杨先生过来充当翻译带话，命令把火灭了。杨先生是中华民国领事馆的官员，懂日语。我们起先假装没听懂他的话，只拿一些私运进来的香烟给杨先生和哨兵，一会儿饭也熟了，我们这才"听懂"，随即顺从地灭了火。哨兵见我们如此有礼貌，很满意。

饱餐一顿之后，我们在神龛上点燃三只蜡烛，这是修女姐妹们给的礼物。将这三只蜡烛插到地上，修女们这时也出来了，在温暖的黑夜中用纤细而甜美的女高音，跟我们一起唱"天佑美国"。还说，她们每天夜里都会用英文和拉丁文为美国诵祷"万福玛丽亚”。

我们用椰壳里盛的椰汁举杯祝福：“英国人和美国人共祝美国早日摆脱战争！”

在巴哈拉的头几个月，我一直认为我不能离开丈夫独自生活。共同面对世界，是我们的信条，可眼下我们偏偏被分开拘押。

哨兵和善的时候，男人们可以在女牢营门外短暂逗留，跟各自的妻子说上几句话。在这些匆忙交谈中的一次，哈里和我决定想办法在夜里秘密相见。我们约定在两个营地中间的一棵椰子树下，时间为晚上10点。

天黑前我把乔治哄上床，在蚊帐里陪着他直到睡着。这之前我偷偷地把这计划告诉了与我紧邻的维奥莱特，如果乔治醒了，请她前去照看。我穿上深蓝色的长裤，认为这样不易被发现。躺在蚊帐里，等到哨兵换了岗，并且进来巡视之后，便悄悄爬出蚊帐，溜出营房，躲到屋后的远处，听了一阵，看有没有哨兵过来，这才向墙边跑去。

栅栏修在不平整的地上，因此某一段下面便有一道比较深的缝。我躺在地上，侧头穿过去。这缝太窄，头顺着根本过不去。好像婴儿出生一样，一旦头过去就容易了。头也必须先过，这样才能看到墙那边是不是有哨兵，一旦确认安全，身体和屁股再跟上，只有够苗条的人才有资格采用这种方式。有时钻到一半我想，要是现在这样被抓住可太不雅观了，陷在栅栏下，既不能进也不能退。

我钻过去的位置，离岗亭大概有 9 米。营区的这一带长着高而茂密的野草，别人告诉我，得从草中间爬过去。然而我知道草里有蛇，怎么也不敢爬，便只从草中间跑向约定的那棵树。

我跑到树旁，四周漆黑，开始下雨了。

忽然间听见草里有人声，我低声叫“哈里”。我十分肯定那草里有人，于是又叫一声。对我来说叫得已经相当大声，草里那人却并不应答，反而在黑暗中离开了。一定不是哈里，否则他肯定会答应的。草丛里爬行的声音消失在暗夜里。

我躺在黑暗中，小雨还在下着；时间一点点过去，我感到有点害怕，不知道发生了什么事情。

接着是一阵可怕的“沙沙”声，长草忽而向左、忽而向右地晃着，又有人爬过。我一直在等。第三次“嗖嗖”声响起时，我又开始轻轻地叫，还是没有答应。

我一动不动地躺着，设想各种可能发生的可怕的事。怎么忽然间营地里好像充满了人，却又都不是哈里，而是一些不敢出声，不敢说自己是谁的人。正当我决定要回去的时候，有人向我撞了过来，是玛嘉烈，她来会她的乔治。于是我们一起躺着等。不久哈里和乔治同时出现，像一对孪生的拖拉机压过长草。

哈里想知道我刚才在哪儿，我也问他刚才在哪儿。这才知道，原来第一次的“嗖嗖”声就是他。可他并没有听见我叫他，就从我待着的树边爬了过去。走到下一棵树时，他认为那才是我们约定的地方，我却已经不在。于是在营区里快速搜了一圈，再从我身边错过以后，他打算回房。这时遇到了来见玛嘉烈的乔治，决定再试一次。

我们于是隔几天就像这样见一面，约好如果雨下得太大就不出来。如果见面以后才开始下雨，便悄悄溜进那幢空着的营房，在那里坐一会儿，哨兵就在附近巡逻。如果各自营房里的情况不允许，或者哨兵太警觉，我们便站在门口，喊一些神秘的暗号，比如："没有肥皂！"或者"今晚不行"。等哨兵来呵斥我们进去时，消息已经传到。

躺在凉夜中，紧靠在一起，我们总会向彼此承诺，战争很快会结束，一定有好消息，我们将永远相爱。起码在那一刻，我们是幸福的。

很快，有人在营房外偷偷会见丈夫这件事，成为一桩公开的秘密。有几个妇女想要阻止我们。在她们看来，这得多淫荡啊！几个月没有男人就活不下去。她们对于私会的这一解释传到我这里时，着实令我吃了一惊：居然真的有人会将秘密与男子的相会，理解为只有一个目的。

亨利埃塔是那种天生的老师宠儿，有着对他人近乎病态的责任感，以及强烈的牢营荣誉感。在日本人本已开始怀疑的情况下，她汇报了我们这一夜里外出的事情。但她并没有说都有谁。她喜欢处于事件的中心，哪怕是麻烦事也无所谓。面对前来巡视的日本军官，她指出了几处明显被拧散的铁丝网，以及其他几个我们用过的出口通道。这些铁丝网很快就被修复，洞被堵上。但没人注意到墙下面的缝，我们便继续用着。

也许这些妇女说的没错，我们这样做非常危险。乔治和我终于被转送到了古晋，尽管当时在我眼里像世界末日一样可怕，后来我想那大概救了我们的命，不再给我提供冒险去见哈里的机会。可是每个人也只会对眼前的日子做出反应啊，在关押的最初那些岁月中，若不能见到丈夫，巴哈拉岛上的生活真的难以忍受。那时我们仍然认为战争只是短期的事。

女人之间真是彼此仇恨啊！大家都没有群居生活的经验，互相一览无遗，此时又尚有精力去恨。被拘押的沉重和阵痛尚未愈合，屈辱也还新鲜，体力活还能承受。来自山打根的一位女士对我说："艾格尼斯，我要告诉你，我就是讨厌你的胆量。尽管我也想对你好一些，以免日后在你那些见鬼的书里对我说三道四。"

那几个关押前我就熟悉并且真心喜欢的人，日后也一直喜欢。而过去我忽视、不了解的人，经过了巴哈拉岛的那段日子，我开始厌憎。我观察，她们对我也是同样的情形，而且很吃惊地了解到她们这些年来对我的看法。我们自己也都被对彼此的反感给吓坏了。所以这里我给他人的评价，也完全适用于我自己：我们都不是高尚的人。可以有很多理由原谅自己，可相比起来，我还是更希望去原谅他人。

04.

疟疾

须贺[1]上校第一次来巴哈拉岛巡视，是在1942年秋天，他对我谈到写作的事。那之后不久的11月，乔治2岁半时遭遇了第一次疟疾，我也同症复发。很有可能我们是被同一只蚊子叮了，几乎在同一天的同一个小时病倒。到了晚上，两人的体温都高达40摄氏度。

第二天夜里，症状再次袭来时，体温又升至40摄氏度，乔治已经神志不清。我躺在他身边，知道他病得相当严重，后来感到他的身体正在一点点变得僵硬。我尖叫起来，身边有人划亮一根火柴，大家见他正在抽搐。我使劲掰开他的嘴，替他松开紧紧咬着舌头的牙齿，舌头上满是血。营房里的一名妇女于是飞奔去哨所，求哨兵把油灯借给我们用。那哨兵跟着她一起回到营房，看了看乔治，以及他正在流血的嘴，便去男牢那边请来了斯滕菲尔德医生。

斯医生是一名年长的奥地利犹太人，据说曾经是维也纳著名的产科医生。他行医时的方式和手段，有一股优雅又温和的欧洲味道，这使得我们立即就相信了所有那些关于他的传言。他从英国来到婆罗洲，在斯杜克医生的山打根私人诊所里，为斯杜克医生做助手。后来他加入北婆罗洲贸易公司，担任公司的内部医生。他在山打根社区尽管未曾受到过任何歧视，却也从未被真心相待。在后来的3年半拘押经历中领略过他工作和

---

① Suga.

为人的人，我希望，在以后的岁月中，能给予他我们不曾给过的温暖。

巴哈拉的女牢里没有医生，也没有任何日本人提供的医疗服务。这名哨兵承担了巨大的责任，把斯医生从男牢里请过来。医生再次确认了我们的体温。他说，如果是疟疾，没有奎宁，他无计可施；如果不是疟疾，体温却又这么高，没有奎宁，他更束手无策。只建议冷热交替给乔治施以海绵浴[①]，同时让我躺下。我是多么希望躺下啊！可我知道，只要我还能站得起来，我就必须帮忙救乔治。哨兵让妇女们去厨房生火烧水，然后他把哈里从男牢里带了过来。

斯医生暂时回到了男牢，看能否筹得到一点奎宁，因为不少人都私藏了一些药品。有人会慷慨地分享给别人用，也有人会用来卖高价钱或交换。当需求越来越旺时，价格也越来越高。这事的公平性显而易见：有药的人也有命，求药的人是为了救命，因此需要付出的代价，有可能是卖药人的命。

我们这天非常幸运，很快男牢里就有人捐出了奎宁给我们用。斯医生于是带着药回来给我们母子注射了。

乔治仍然没有清醒过来，身上裹着湿毛巾。我抱着他，自己身上发着高烧，一面发抖，一面渐渐地也失去了意识。我还记得晕过去时我想的是：“可能我这一次救不了他了，只有上

① 海绵浴：用蘸了水的海绵或毛巾给人擦拭身体。——译注

帝能。”

那一夜，好几位妇女轮流给我们施海绵浴。在没有灯，没有自来水，没有毛巾，没有床，没有可换的衣物的情况下，给人洗海绵浴是一项艰难的工作。她们每一个人都捐出睡衣、包裹布、帘子等给我们用。第二天早上，我们的体温降了，乔治也醒了过来。在牢里，总有那么几位，一直在给予别人力量和勇气，以及她们所拥有的物质。这四位，护理我们的苔丝·休斯顿，帮助我们的贝蒂·韦伯、维奥莱特、佩涅洛普，我和乔治的生命都是拜她们所赐。

当你对它一无所知时，疟疾往往会被误解；而对有经验的人来说，疟疾却绝对“可靠”。菌虫在你的血液里第一次孵出，体温陡升，人体变得十分虚弱，你只想着赶紧好起来，其他一切都不重要；菌虫 24 小时后（或你体内菌虫的周期）开始死亡，你的体温开始下降，这时你的感觉好极了，一定以为自己已经康复；然而菌虫一旦在你体内再次繁殖，你便会再次变得虚弱不堪。

9 点钟送食品的船开到，随船前来的还有一位来巡视的日本军官。斯医生冒着挨打的危险，请求他将我们送去山打根医院。军官很和蔼，但是不敢为这事负责，将犯人送出集中营是一件大事。他答应，如果军事警察允许，他第二天会回来接我们。

第二天军官带着批复回来了。乔治和我被并排放在担架上，盖着床单，在雨中被抬上船。船舱很小，担架太大，我们只好被放在舱外的甲板上。日本军官站在旁边，试图用他的军用披风为我们遮挡，不时撩起湿透了的床单一角，问道："母子安全吗？"

2小时后，我们被安置进了山打根市立医院的二等亚洲人病房。这是我生下乔治的地方，在优雅华丽的欧洲人产房中，而不是这个二等病房。

一个老朋友认出了我们，欧亚混血的护士玛丽，她将本已湿透的我们再次淹没在眼泪中。玛丽是一名菲律宾护林员的养女，她的养父曾经在我丈夫的部门工作了20年。此刻的她沉浸在一种歇斯底里的状态中，悲喜无从分辨。这状态像钢琴家用手在琴键上的演练。在玛丽眼里，我们是遭遇了厄运，这才经历疾病、饥饿、缺衣，并无助地落在敌人手里。而对我们来说，住在市立医院的二等亚洲人病房才是人生悲剧！我们，曾经习惯了一切用钱买不来的高人一等，只靠影响力、地位和品种的纯正便能在东方所拥有的优越，如今降到二等亚洲种类，这完全是不可想象的。

玛丽为我们哭泣，我没有。我从担架上翻下来，走到病床上，躺进干燥的床单里，为此在心里感激上天。我现在的理想，就是不光要摄入尽可能多的奎宁，还要在我身边藏匿尽可能多的奎宁，因为这在接下来的整个战争期间将是十分必要的。

我们在医院里待了6个星期。医院的伙食，模样虽粗糙，可是够滋养，有充足的鸡蛋和牛奶。每个到二等病房来探访亲友的亚洲人，都悄悄地在乔治的床边留下了礼物，有鸡蛋、香蕉、饼干、甜食、木瓜，还有钱。我们把到手的所有食物都吃掉了，一辈子也没这么能吃过，这等于把下一年的需求先吃下去。我相信这几个星期优越的食物供给，对挺过后来几年的日子是有帮助的。

医院名义上是泰勒医生和旺兹医生负责。泰勒医生出生在澳大利亚，战前是英国政府驻此地的主任医官。旺兹医生是一位苏格兰人。他们二位目前都在日本皇军统治下服务。经日军下令，并由已被废黜的大英政府驻本地机关同意，他们从关押中被释放，置于此任上。他们在日本人手下工作，遵循的是医生的天职，救治病人，与种族或政治立场无关。

他们是坚定而且有信仰的人。然而在日本人手下，要真正实现使命却几乎不可能。你需要为任何错误承担责任，同时又没有任何权力去纠正错误。在“亚洲共荣”的口号下，医护工作成为一出闹剧。

只有一种病可以得到及时治疗，那就是蔓延在日军官兵中的性病。这些病症反复发作，享有救治的最高优先级。住院期间，我掌握了整个山打根日本政要的花柳病史，非常遗憾的是，我并不具备以此去勒索的条件。

在日本人手下工作，为医务人员提供了一个便利：获取药品和奶粉，这是整个东海岸唯一的途径。医生们将它们中的一部分走私给巴哈拉岛上的我们，另一部分走私到山打根的澳大利亚战俘营。等我回到巴哈拉岛上时，少量但持续的奶粉、药品走私已经成为常态，一直到我们从巴哈拉岛被送走为止。

住院期间，我跟一位德国犹太人拉邦德医生有过很多交流，他原本是一位牙医。日本人来时他受雇于大英殖民政府，现在日本人手下的医院工作。他苦口婆心地劝服我，不要对战事乐观，起码一年之内不会有和平。一年对我来说，是不堪忍受之长。而他，从过去的战争经历中学会了一点：没有过不去的坎。

拉邦德大夫是乔治和我的天使。他给我们吃的、穿的，还给了我一个热水瓶，几乎能想到的事，他都替我们做了。我对于这份恩德感到惶恐不安，因为他本该有所顾忌，而不像我，早已一无所有。可他不听劝告，他说："如果他们拘禁我，也无所谓，在那之前我会一直尽我所能来帮助所有人。"

他就这样无所畏惧地帮助我们，持续了几个月，终于和另外几个医生一起，被指控谋反，关进了监狱。

我也跟斯杜克医生聊过。依照日本人的调度，他有时驻守医院，有时只来巡诊。斯医生的飞机，大概是促使日本人一直不把他关起来的理由。除他本人外，我不记得其他任何人有胆子像他那样飞行。多少年来，他不知道去了多少无法到达的地方，在各种天气情况下，在各种状况的河面上着陆，没有任何气象报告，没有着陆辅助，一切只为了解救病人。

自从欧洲开战，他失去了飞机零部件和维修供应，以至于现在我每每听见他的飞机在头顶上轰鸣，便忍不住想象，松弛的螺丝螺母像下雨一样从天而降。

他告诉我，他妹妹艾莉森·斯杜克医生还在拉哈达图[①]的日本人手下工作。他看上去很健康，清瘦、深色皮肤、精干而永远看不出年龄。我总是好奇，他究竟是不是像看上去的那样，真的对什么也不在乎。结婚前，哈里就对我讲起过他，他说："你会喜欢他的，他总想让自己看上去很强硬，其实一点也不。"

山打根的乐透社开奖，是医院里每天的娱乐。下午3点开奖，3:05，医院走廊上便响起护士的叫喊声，有时欣喜，有时哀叹。她们一整天都在寻找可以帮她们进行选择的各种征兆和信号。

泷野太太正在生孩子，护士们请她帮着抽一个数字，结果是"3"。可婴儿出来得很慢，于是护士们觉得这数字抽取的时间太早，不具备幸运意义。等到婴儿的头出现时，再把那一堆卡片塞到泷野太太的鼻子底下，这次是"28"。护士们都押了这个数字，结果全输了，当天的结果是"3"。

我以为护士们会把泷野太太和泷野婴儿都掐死，但她们没有，连一点恶意也没有。只说："这些卡片是灵的，我们不相信它们，遭了报应。"

这些护士做这份工作，目的是挣钱、解闷、获取友谊或者消解仇恨，唯独不考虑职责。幸好她们对我和乔治倒是充满善

① LahadDatu，沙巴东南部城市。——译注

意的。我也只接受她们提供的帮助，绝无额外要求。我知道，我是勉强被接收进医院的。很多时候，明明见到她们忽视其他病人，却无法指责或试图去纠正时，还是感到很内疚。但我知道，这时候的我，没有说话的份儿。

护士们对乔治很好。他渐渐恢复以后，她们有时会和他一起玩，带他去散步，给他饼干，有时甚至给他洗澡。整个生病期间，尽管我也是十分虚弱的病人，但一直是我，给乔治倒便盆，护理他，给他洗衣，给他喂饭，哄他上床。

在另一个病区，住了几个日本士兵。他们穿着和服、马裤和袜子，在医院里走来走去。乔治刚能下床，便和他们交上了朋友。他们一起坐在外面的草地上，可以玩好几个小时。有时有军官远远地出现，这几个士兵便立即匆匆离开。他们送给乔治甜食、香蕉，或者印着日本电影明星的明信片，有时还带些香烟给我。他们中大多数人都觉得自己会讲英语，会在明信片上写一些长长的话给“格罗格先生”[①]。还问我为什么乔治不穿鞋，我告诉他们乔治没有，他们便说要给他买。后来他们真的去买了，但山打根没有孩子的鞋卖，他们比我还难过。

过了些时候，我告诉他们，再过一两天，乔治和我就要回到巴哈拉岛上的集中营去了。他们很伤心，说乔治是他们的好朋友，永远也不会忘记他。我们在医院里认识的每一个士兵都

---

① 误将乔治的名字 George 拼写为 Groge。——译注

对乔治非常友好。

我的老朋友科恩太太，是一位犹太妇女，在山打根集市上开布店。我们住院时，她也在。由内而外，她都是一个美妙的人儿。脸、头发和手都充满着东方风情，眼神可以将你融化，脸上线条精致，表情丰富，眼泪充沛（说来就来），情感真实。她喜欢鲜艳的色彩，尤其是深浅不同的各种朱槿花，总是穿着这样颜色的哈巴德妈妈[①]样式的袍子，胸部贴合，胸以下飘荡。在她漂亮的头下面，飘荡着的是她的下巴和迷人的胸；而在胸下面，便飘荡着她那些朱槿色的布料；在布料下面，是她的光脚。翩翩举步时，便是一整个人在地面上飘荡。

她的心，就像身体一样，宽广、柔软、可爱。从来没有任何人向她要求什么而被拒绝过：时间、同情、金钱，或者帮助。大家都习惯去找她寻求帮助，欧洲人、华人、马来人、女佣、花钱买来的小妾、护士、苦力，还有我自己。她的钱袋子一直放在枕头底下，随时取。她在医院里见到我的第一件事，就是往我手里塞了10元钱。

她是山打根亚洲人生活中的明星，是欧亚人社区、生意和商业的中心。没有任何一个出生、婚礼、葬礼仪式可以在她缺席的情况下完成。

每天，她的一个阿拉伯男孩儿从店里带来美味的犹太餐食，

---

① 哈巴德妈妈：Mother Hubbard，英文童谣中的形象。——译注

再分送给我们所有的人。她和乔治盘腿坐在地板上一起吃。她先把米饭卷成小团，然后用手指把这些小团放进乔治的嘴里。乔治会一直吃到肚子痛，这时科恩太太便给他揉肚皮、按摩、唱歌，一会儿乔治便睡了。睡醒又一起吃。

乔治调皮、被我责备时，她通常会来训斥我，随即把他揽到她宽大的怀里，亲他，给他讲故事，直至乔治被催眠，昏昏然入黑甜乡。

她因为皮肤问题，在医院里接受注射，预计还要再待一个星期。一天下午，科恩先生来到医院，求她赶快回店里去，好将他从日本兵手中解救出来。他比太太年长许多，是一个小个子，而且因为糖尿病，导致了严重的瘸腿。科恩太太像一座山，屹立在科恩先生和这个世界之间。

科恩先生说，日本兵到店里来，要求半价买布，被他拒绝，他们就抢商品，还打了他。而科恩太太对付日本兵则有她的一套，她把合作、强硬、贿赂以及欺瞒结合在一起。先是把好料子都藏起来，再卖一些无关紧要的小礼品给这些士兵，他们愿意出多少价就是多少价；再送一些毫不值钱的纪念品给他们，再请他们喝杯咖啡，使得他们百分之百地相信她。并且借此与他们交上朋友，通过这些朋友，她可以向被关起来的欧洲人走私。

她不想离开医院回店里去。我猜有一部分原因，是她不舍得乔治。可科恩先生跟乔治同样无助。于是她收拾起她的哈巴德妈妈裙子，还有她的下巴和胸部，跟着科恩先生回店里去了。

她一边走，一边给乔治递飞吻；一边大声叮嘱护士，一边向我挥手，一边哭。她的离开，把一切世俗的欢乐都带走了。后来我在枕头底下发现了50元钱，科恩太太请我带给她在巴哈拉岛上的朋友们。

那以后，她不顾日本军警的命令和警告，又来看过我们好几次。给乔治带来饼干和衣服。当我对她说，我替她害怕时，她说："你是我的朋友，看见你短缺东西，我难受极了，我必须帮你。我不担心我自己，我也不怕日本人。可是我那老男人病恹恹的，他照顾不了自己，而且他有糖尿病，必须吃全麦食品，还必须吃犹太饭。如果我被关起来，他会没命的。"

我再没见过她。那以后不久，她因为帮助澳大利亚战犯逃跑被控谋反，关了很久。被释放以后，又遭拘押。终于在停战前不久，遭日军枪决。幸运的是，她丈夫在那之前已经去世。

我在医院里待了两个星期以后的一天下午，山打根的日军司令官高桑[①]少校来了。他喝得烂醉，而且正在发火，大摇大摆地从病房走过。这里除我和乔治以外，还住了另外5个犯人。司令官对那些犯人大喊，说他们应该出去做工，而不是躺在医院的床上，命令他们立即离开医院去巴哈拉。接着转向我和乔治，问："什么病？"

---

① Takakua。

“疟疾。”我虚弱地说，随即闭上眼睛，等待腿上或者额头上被他抽一条口子。

“宝宝什么病？”

“也是疟疾。”

“你留在这儿。”他说，我到最后也不知道这是为什么。

1 个小时以后，那几位病人在卫兵看押下离开。其中有一位 75 岁的老人，他卧床的病因不下 10 种。还有一位美国牙医，雷德罗大夫，脚上有骨折，腿几乎拽不动脚上裹着的石膏。一位妇女患了胃溃疡和胆结石。另一位妇女厉太太，中华民国领事馆助理的夫人，带着刚刚出生 10 天的宝宝。被强制离开医院时，厉太太正因为奶阻塞而发着 40 摄氏度的高烧，抱着宝宝，拖着行李。他们带着这些行李,得走下一段 1000 多米长的陡坡，才能到达码头。

后来听说，高桑少校那天检查出了严重的性病，来医院诊治。

一天在医院里，玛丽护士以及我见到的每一个人，都伤心地对我讲起巴哈拉犯人的屈辱日。无论男女，但凡被确定为健康的，都被小船运到了山打根。男人修路、填坑、平地、除草，干完了活全部站在广场上，公开展示大英帝国的覆灭。

女人们则被带到从前山打根宾馆的后院，我们从前开舞会的地方，如今是日本兵的营房，让女人们来替他们洗衣缝补。他们走到她们跟前，当着她们的面，把制服脱掉扔下，令她们

洗干净缝补好。士兵们就光溜溜地，或者带一条裹腰布坐在一旁发号施令。还有不少士兵干脆就光着身子与女人们一起，在厨房里待一整天。

一个妇女后来对我说："看见男人裸体没什么，可他们光着坐在厨房里，实在太恶心了。"

那天，日本人在本地人中间进行了大量的宣传。"来看看你们的英国统治者现在的样子吧，这就是你们的主子！"

可本地人十分同情旧主，因此在那一天开展了许许多多的走私活动。

玛丽护士在医院里向我描述了她所目睹的一切："糟透了！

我为他们难过！他们被打、被虐待、被踢。我还看见凯斯先生，他躺在广场上，痛苦地呻吟打滚，受了伤，身上青一块紫一块。哦，那些日本人！我真替您伤心！”

我说：“你肯定那个躺着呻吟打滚的是凯斯先生吗？”

“哦，是的，夫人。他还说：‘告诉我妻子，我会坚持到最后！’”

“玛丽，你说的我一个字也不相信。”事实上，我相信了。

后来我了解到，屈辱日那天，哈里病得很厉害，根本没有离开巴哈拉岛。

那天结束的时候，犯人们被送回巴哈拉，他们十分高兴能够回到牢里。那是难忘的一天。

在医院期间，医生警告我们，不能和外界接触。尽管我们目前住在医院，但羁押状态不变，仍然处于军事监控之下。想到如果我犯规可能会连累医生，因此尽量地遵守着这些戒律。

可我们从前的女佣阿银，立刻得知了我们在医院的消息，于是食物、钱以及各种生活用品源源不断地私运了进来，还包括乔治的搪瓷锅。3 天后军警就知道了，并且以死威胁，让她立即停止。我被吓坏了，求她别再干了，可她锲而不舍，各种东西还在溜进来。

我们所有的亚洲人老朋友，华人、山打根土著、菲律宾人，都建立了各自的时间段联系我。正确的时间点是在下午 2 点到 4 点之间，这时医院休息，算是走私者的法定钟点。护士们要么在睡觉，要么进城去玩 Bingo[1]，要不就在电话里听乐透开奖。病人们在睡觉，在死去，或者在整理床。也绝没有任何官员会在这个时候到医院里办理公务。

我通常会从午睡中被一个坐到我床上的亚洲老友惊醒，他们手里握着一把日本钱和一篮子食物。一般来说，钱我不收，因为我知道他们挣得很少，根本匀不出来。

返回巴哈拉的头一天，我花了整整一晚上的时间，把价值 350 元的日本钱缝进我的裤边里。这些都是各种各样的亚洲人托我给他们关在牢里的朋友带去的。我们的回程被乔治突发的疖子意外推迟了 24 小时。拜这个意外所赐，第二天下午的休息时间，一位年轻的华人来到我床边，从衣服下面掏出一大沓钞票，请我带回去，按照他给我的一份清单上所列名字和数目分发。他说，他特意将这些钱全部换成 1 元一张的，这样方便我分，一共有 325 元。加上我本来已经收到的，一共是 675 元。这在战争初期是一大笔财富，那时物价还十分便宜。

我吓坏了。衣服里早已沉甸甸地塞满了钱，再找不到地方来藏，更不敢携带一份写满名字的清单。我随时都可能被叫走，但又无法拒绝这些对巴哈拉的犯人意味着食物和健康的钱。我于是让这位华人去把钱都换成 10 元或者 20 元的钞票再带回来给我，我将会尽最大的努力把它们带进去。20 分钟以后他回来

① Bingo：一种赌博形式。——译注

了，按我的要求换了钱，一下子负担减轻了不少。

这天夜里，我又忙了一晚缝纫。在裤子里面加了一层腰带，将钱藏在中间。但凡搜查稍微严格一些，我所做的这些努力，根本不能蒙混过去，便也只能寄希望皇军一如既往地马虎。缝好之后，我把清单上的名字和数目背了下来。

那晚我睡得极不安稳。除了那些我盼着能混过去带进牢营的现金外，还有 10 磅白糖、2 听黄油、2 听奶粉。这些都被藏在一个小小的行李箱里，也就是说，裹在衣服里面。如果日本人发现并问到，我只好说，是那些护士给我的，但愿没事。

然而私带这一切禁运物资的风险，与一封山打根战俘营的澳大利亚军官写给巴哈拉营里一位犯人的信相比，都算不上什么。我把这封信藏在了乔治的熊猫里，由他抱着。

在整个拘押期间，乔治的玩具和用品一直负责收藏我的秘密。我从不信任乔治，因为他会向任何一个我们遇到的人倾诉我们的秘密。但是他的玩具和用品却十分可靠。即便这样，他对待玩具用品的随意态度却也时时让我胆战心惊。

我们上午 9 点离开医院，10 点半之前已经回到了巴哈拉岛。这次送我们回岛的军官，正是当天送我们去医院的那位。哨兵检查了行李，对那里藏的食品没有说什么；他上上下下对我进行了仔细的搜查，把口袋翻出来，也捏过了衣服上厚实的地方，最后放我进去了。

重回牢营。沉闷的木栅栏再一次沉沉地向我压来，身后的铁丝网又将世界关在了外面。一位朋友在门口接我。"有什么消息吗？新加坡被盟军占领，是真的吗？"

"不是。"

"还会持续很久吗？"

"起码一年吧。"

"哦，别这么悲观好吗！"

那是1942年的12月。

乔治也有他的朋友来接。他们立刻开始争抢那个熊猫。那个朋友把熊猫抢了过去，扔到了铁丝网外面，落在离哨兵脚下10英尺之外的地方。熊猫里面塞着澳大利亚战俘军官的信。我的心沉了下去。

"乔治，让哨兵把你的熊猫扔进来。"哨兵通常会愿意替小孩儿做一些他们不肯替大人做的事。

乔治这时忽然变得怕事起来："那哨兵会生气的。"

"可是宝贝，你不想要你的熊猫吗？"

"我没事，就给哨兵玩儿吧。"

"别傻了，请他把熊猫给你吧。"

"是我的熊猫，我不想要了。"

"把那熊猫拿回来！"

乔治听懂了我的口气，乖乖地要回了熊猫。那位巴哈拉犯人收到了信。第二次再用熊猫藏秘密时，我告诉乔治，熊猫做了手术得留在医院几天，然后把熊猫放进行李箱里，直到过关。

我带信给哈里，让他当天晚上出来见面。上一次见他，还是我和乔治发病那天夜里，那位同情我们的哨兵将他带到女牢里来。

哈里在椰子树下等我，我递给他一叠钱，那是带给那些男犯人的。他在草丛中清整出一块空地，我们坐上去。哪怕是在监狱里，能跟他在一起，也是一件多好的事啊。

我们看天，看星星。天上没有月亮，我们当然不会选择有月亮的晚上见面。我们听着牢房里的犯人哼歌儿。

"天，他们是怎么做到的？是什么还能让他们开心？"我说道。"欺骗自己没用的，起码还有1年，我们不会被放出去。那些新加坡或者香港被盟军收回的传言都是假的，美国压根儿没听说此事。山打根的医生跟我说，战事跟6个月前一模一样。天哪，我实在不能再忍受1年，绝对活不过去的。"

"牢里有很多关于遣送回国的说法，"哈里说，"也许妇女和孩子会被送回家。"

"那你呢？我不想离开你、自己回家。"

"如果真有机会，你得走！"

"可是哈里，我真的不敢相信我们还会在这里月复一月，年复一年啊。为什么？这些食物支撑不了6个月，在这种气候、这种污浊下。"

—

05.

新年快乐

—

在巴哈拉，我重新见到山打根的一家4口欧洲人。占领前，他们沿京那巴当岸河而上，以为可以逃掉。妈妈和2个孩子在那之前已经先到了上游某处，在斯杜克医生的农场里度过了一段时间。日本人要来的消息传来时，丈夫赶过去与他们团聚，一家人划着一艘小船在河上跑了好些路程。

就这么藏了几个月，在远离人烟的地方建起了家园。如果他们真能自给自足，兴许可以稍晚一些被发现。然而他们依靠附近土著人的商店生活，要去那里买听装牛奶和其他一些食物。当日本人贴出悬赏，捉拿这些逃跑的人时，知道这家人下落的人当中，立即有人去告密领赏。于是日本人沿河而上，大出所料地出现在这家人眼前，将他们捉拿，用船运到巴哈拉岛，与我们关押在一起。我从医院回来才见到他们。他们跟我说，在被抓来的过程中，日本人没有对他们施以虐待。

于是这里又增加了两名山打根的童子军成员。漂亮而沉默的红头发芬妮拉，跟乔治一般大；壮实而倔强的大眼睛菲奥纳，比芬妮娜小2岁，跟艾迪同1个月出生。

这家人带来了香港和新加坡被英国夺回的消息，营地里因此庆祝了这个胜利。接着，我从医院回到了牢里。

大约在须贺上校巡视巴哈拉岛3个月后，一位小个子的大人物来了，身边环绕着一群唯唯诺诺的日本人以及两名翻译。从这个喧闹的情形，以及两名翻译官陪同来看，我们知道不会有什么好事。

集合、放风、被训诫要耐心之后，我们被告知：妇女将被送去另一个集中营，地点未知。男人们会留在这里，命运未卜。这将在两天以后的 1943 年 1 月 12 日执行，是须贺上校的命令。与此同时，我们需要保持好的情绪，快乐、干净、整洁，准备离开。

整个晚上在来自哨兵的各种谣言中度过。可以明确的是，我们将被送去古晋。一个说法是，将去的那个新营地，有电灯、床和家具；第二种说法是，所有人将被全部遣散；还有第三种说法，会被送去专为日本兵服务的妓院工作。

而男人们，将全部留在这里，被处决。不幸的是，对这个说法，没有太多的不同消息。

第二天早上，一些日本军官出现在男营，胳膊里抱满了各种欧洲人服装，是他们随意从我们在山打根的住宅中收集来的。一些像是送去洗衣房的脏衣服一样，被卷在床单里；另一些放在行李箱里，也有的就散着。同时被拿来的还有几个空的行李箱和衣箱。拿来的这些东西，看不出他们选的时候依照了任何理由或依据。所有这些东西都扔在男营的地上。

送衣服告一段落，日本人开始要求我们签署文件，声明已经收到了自己的所有财物。尽管我直觉，在战争期间，签什么文件都不重要，因为胜利者要销毁几张纸还不容易吗？但我们还是拒绝了。

女人们被叫去认领自己的物品。我找到了一些晚装、人字呢、丝巾、丝袜，还有一些装帧精美的口袋书。但是除了一件人字呢外套和一盒子衣料、布条、布片以外，其他的在监狱里毫无用处。

看着被堆在监狱空地上那些令人联想起繁华旧梦的衣物，我感到一阵恶心。没有多想，便放弃了差不多所有的衣物，只说谁愿意要谁要。一些比我有远见的妇女挑了一些。但是大多数人都和我一样,对这些精致奢侈的物品全然没有心思。事实上，我们没地方放，也没力气搬。我倒是留下了那一盒子边角衣料，可以用来缝缝补补。

第二天，日本人又将我的空箱子拿来，扔到了空地上。这次轮到男人们去衣服堆里划拉。哈里急切地拾起我的箱子，很快地把那些从我衣柜里收来的东西装满了一箱，希望有一天，如果他没有被枪决，还可以把那一箱子衣服给我。

这一天到来了。我们收拾起可怜的行李，在早上4点吃了可怜的一点早餐。四顾凄凉的营房，曾经让我们觉得最可憎可恨的地方，与即将到来的未知相比，它竟然像家一样。我们爬下断裂的梯子，走出营房。我提着两个行李箱和一个铺盖卷，乔治跟在后面，拖着一个小包和他的小板凳。

丈夫们排队站在雨中。日本人给了我们5分钟时间告别，分站在水槽两侧。

哈里在那儿。我站着，看着他。头天晚上他偷送了一封信给我，藏了5条手帕在里边作为临别赠物。读信的时候，我哭了又哭。

信上说：

> 照顾好我们的小儿子。我爱他，因为他就是你。他是我们的，他是将会活下去的你和我。也许我们的身体会死，但我知道，我们中间有一种东西，将一直活下去。

这封信把我真正想从这世上，从我所爱的人那里听到的话都说了，信里还说了“再见”。

看着水槽那边，那个是我丈夫的男人。我看不清楚，因为眼泪决堤一般地淌下。我只感到，以后再不可能有比这更伤心的事了。如果我从这件事里能活下去，心一定已经碎了。

我们有5分钟用来说再见。我把手伸过去，伸过水槽，握住了他的手。两只手紧紧交缠在一起，我似乎不能松开。

乔治拽着我喊：“妈妈，别哭。”现在变成乔治来安慰我。雨倾盆而下，洗去了眼泪。我放开哈里的手。孤独袭来。

一种冰冷而坚硬的东西开始在我胸中筑起，那里曾经是我感受到心跳和感动的地方。那东西说：在这个世界上，我，如今孤零零的，站在我的孩子和毁灭之间。只有我。一些东西从那一刻起，永远地离开了我：柔软、爱、依赖，那些只存在于有哈里的世界里。我不再是一个女人，我坚硬，我必须战斗，我孤身一人。

雨依然如注，混着我的眼泪。我一句话也没再说，背对着哈里转身而去，走向码头，乔治跟在后面抽泣。

上船时，我回头看了看。丈夫们也跟到了海滩，站在岸边，没有挥手。他们营房的窗户，被一张张灰色的男人的脸遮住，被一张张烟熏过的此刻向我们道再见的灰色手帕遮住。一点声音也没有，除了踩在甲板上和海浪拍打的声音。还有一些女人零星的哭泣声。

在山打根码头，我们换乘小汽轮。没有舷梯，并且正处于涨潮，我们不得不蹚水过去，然后爬上另一艘船。日本军官看着我们狼狈的样子，哈哈大笑。可行李箱单靠我们自己，无论如何也抬不上船，只好请他们帮忙。他们一面摇头一面大笑。最终我们吃惊地发现，我们居然也能把行李搬上去。

这是一艘小汽轮，只有一个船舱，已经被3个日本军官占领。里面还有3名日本妇女，长着我生平见过的最丑陋的粗腿。其中一名军官是高桑，之前是山打根市民拘押站的司令，视察医院时，曾对我网开一面，没有将我踢出去。我们听说，他已调任。他以既热情似火，又冷若冰霜而闻名。高桑长得粗糙油腻，还有性病，整天追逐女人。我们背后取笑所有的日本军官，但是对高桑，却只有厌憎。

船上一共有47名妇女和15名孩子。我们在没有顶篷的甲

板上蹲了十天十夜，夜里没有灯，也几乎没有什么吃的，更不用提有足够的空间让我们打开铺盖卷睡觉了。穿着衣服坐着打个盹，就当作休息了。船上既没有救生圈，更没有救生艇，那些天里一直下着雨，甲板上漾着雨水、海水、尿和呕吐物。

起初，高桑还会穿着和服从船舱内走出来，站在他的猎物边上，有时大笑，有时斜眼，有时拍拍。渐渐地，我们这里开始恶臭熏天，他便再也不出现了。

船上有一个水房，但是没有水。很快那里边就堆满了粪便，然后从门缝下面渗出来，流到甲板上。后来我们便用小孩的罐子，用完之后从甲板上倒进海里。

在巴哈拉的最后一顿饭，是星期一的下午 4 点。那之后的第一顿饭，是星期四的下午 5 点。喝水得从煤堆上爬到驾驶舱上面的锅炉去取。

船员有华人、马来人和爪哇人。在他们这里，我们得到了过去的轮船旅行中从未有过的照顾、尊重和礼貌，还不用付小费。这趟旅途十分艰辛，我们扛过去了，但若没有他们的帮助，这绝不可能。

他们帮我们将湿毯子、孩子的湿衣服挂在锅炉或者引擎盖上烤干。在水泵旁边放一只木桶供我们洗澡，洗的时候还把目光侧向另一边。他们的每一寸目光和每一个行为，都让我们看到善意和同情。

日本人一直在努力，想去掉那对欧洲人充满恭敬含义的称呼："太太"和"先生"。可在这条船上，除了"太太"之外，我没有听见任何其他称呼被用在妇女身上，也没有听见任何日本人被称作"先生"。

这趟旅行我还有一个收获。离开丈夫的时候，我几乎已经崩溃。像所有的母亲一样，我们都担心着独自承担孩子带来的压力。而现在，所有的人，包括我，都知道我们必须一个人担负起来。这样的孤独和无助把我们捆在了一起。

在那艘船上，在甲板上瑟瑟发抖，在雨中和孩子躺在污秽的呕吐物中，我们结成了一个牢不可破的集体。那以后，所有的母亲便成为一体。孩子是男人们留给我们唯一的念想，我们是孩子的保护神，抵抗来自其他人类和来自倨傲的命运的侵犯。我们再也不会只想到一个孩子，那以后，我们是为了“孩子们”而战。

大部分时间里，我们都因为剧烈的颠簸在晕船。孩子们不是在晕船，就是在喊饿。食物是加了石灰的米饭和日本鱼丸罐头，孩子们都吃，吃完就生病。

跟我们共用甲板的，还有几名日本士兵。其中有一个，很年轻，瘦瘦的脸上戴着一副大眼镜，会说几句结结巴巴的英语。他告诉我，他读过《风下之乡》的日文版，非常喜欢。还说，看见我现在这个样子，他很难过。我说，我自己也不想这样。

船每次靠岸，都会有本地人划着小船靠近，卖水果、甜食和鸡蛋。通常是卖给士兵，有时也通过士兵，卖给身上有钱的犯人。孩子们每每看见，都会央求我们买水果给他们吃。我便去问我的士兵朋友，能否请他帮我们向军官求情，准许给孩子们买些水果，旅途中他们一直在生病。他说可以去问，但是相信不会被准许。我能看出来他很害怕去说这件事。

当天晚上他来找我，说军官拒绝了这个请求。随后用一根手指压住嘴唇，悄悄说："别吱声。"然后递给我一个信封。信封里有 10 元钱和一封信，信上说：

> 我这里给你 10 元钱，是我的津贴。钱很少，很抱歉不能给你更多，因为我只是一个士兵。别害怕，请你收下这些钱。我不需要，因为我说不清哪天就在战场上被打死，我没有妻子、孩子和父亲，只有一位母亲。

这份礼物让这趟艰难的旅行变得可以忍受，不光是物质层面的食物，更是善良带来的温暖，直抵我心底最冷的地方。

到了亚庇，来了一位打扮时髦的日本军官，外面罩着军用披风，头发光亮，身型秀雅。他登上船来，打听凯斯。那是早上 8 点，下了一夜的雨，我浑身湿透，又脏，还犯着恶心，狼狈不堪。我站起来，轻轻一鞠躬，脸上是冷峻漠然的表情。

这是永井[1]中尉，他带给我一封他妻子从横滨寄来的信。她读过我的书，并请求自己的丈夫，如果见到我做了犯人，一定要帮助我，并捎来她的祝福和问候。永井中尉听说这艘是女

---

① Nagai.

犯人被转运的船，便上来给我送信，并问能替我做些什么。

我感谢了他，随后说，我们的饮食很差，请他跟船上的长官通融，给孩子们一些水果和牛奶。他说没有能力改变我们的处境，但他会想办法给乔治带点鸡蛋来。我猜自己把他放到了一个尴尬的境地。他既不够显赫可以公然帮我，又不能像底层士兵那样，可以悄悄帮我。我没有想到会再见到他，直到 1 年以后。

到了纳闽[①]，我们获准上码头走走。这时一个军警走过来，说他读过我的书，想为我做点什么。再一次，我告诉他，我们需要食物。他消失了一会儿，很快又回来了，脸上带着神秘的表情，变戏法一样，偷偷塞给我一些蛋糕和水果，生怕别的军警看见。后来，我那位戴眼镜的士兵朋友又给乔治带来一听牛奶。跟他一起来的还有一位士兵，他向那位士兵介绍说："这是我的朋友凯斯，她是个作家。"

我们的船紧挨着一艘被扣押的菲律宾船停着，船的底舱里关着一些菲律宾人。我们在黑暗中，悄悄向他们喊话，可他们不像我们，他们并不愿交流。

离开巴哈拉岛 9 天以后，我们进入了沙捞越的河口。在一个愁云低垂的黎明，我们静静地驶入了泥岸和尼帕棕之间缓

---

① 纳闽：Labuan，马来西亚的一个联邦直辖区，位于沙巴州东北部。——译注

慢流淌的河水。蹲在雨淋淋的甲板上，我想到了詹姆士·布鲁克[①]。那位第一任白人拉者[②]，东西方交融的传奇，他融入了沙捞越。他眼里的沙捞越，会是我看见的这样吗？我十分怀疑。

① 詹姆士·布鲁克：Sir James Brooke，英国探险家，沙捞越第一位白人拉者。——译注
② 拉者：Rajah，梵语，王公之意。——译注

—

06.

被囚禁的修女

—

沙捞越的首府叫古晋，比赤道仅仅高出 2 度，位于婆罗洲西海岸。

在这里的原始丛林中，就在 100 年前，一名年轻的英国军官，詹姆士 · 布鲁克，在这里实现了他的梦想：一个白人治理下土著人受益的国家。一个彻底由他自己拥有的国度。为此，他战斗、流汗、祈祷，几乎付出生命。在这里，他赢得了自己的爵位，建立起白人治下的拉者王国[①]，这个王国在倒下的士兵身上崛起。

他身后，布鲁克拉者又延续了两代：查尔斯·强生[②]和查尔斯·维纳尔[③]。在阿斯塔娜[④]，他们结婚、繁衍、生活，有时放荡不羁，有时忧伤阴郁，但大多数时候郑重，一如世上所有的皇室。这些英俊的西方人，治理着一个东方王国，他们的服饰、气度与异域风情相遇，猴子和赛马、丛林和钢琴，和谐地融为一体。白人地位至上，本地人亦有说话的权利；沙捞越拉者和王妃所享有的传奇声誉，在婆罗洲前所未有。

在布鲁克家族的拉者及王妃治下，古晋的夜生活变得远近闻名。亚洲风情耀眼夺目，奇装异服的东方妇女抢走了乏味的白人妇女的风头，美貌本身便是荣耀，平凡在这里更不是美德。

---

① Rajahdom.

② Charles Johnson.

③ Charles Vyner.

④ 阿斯塔娜：Astana，沙捞越宫，位于古晋，沙捞越河的北岸，是历来沙捞越统治者的宫殿。——译注

凡去过阿斯塔娜宫的人们，无不称道那里的无穷乐趣。夜夜笙歌的远东社交，也进入了遥远故乡的眼界。

1940 年，古晋庆祝了它 1 个世纪的文明和进步。吸尘器、无线电、电冰箱、高音喇叭、清明政治、打火机、爵士乐、自由言论，以及像世界其他地方一样的选举权。

就在这快乐家庭的画卷上，杀进来日本人，那是 1941 年 12 月。

此刻，1943 年 1 月 20 日，从山打根来了一群妇女和孩子，是日本人手里的犯人，湿漉漉、病恹恹，狼狈不堪，在这个雾蒙蒙的清晨。

来到古晋，这个赤道附近的地方，郁热汗流，大雨倾盆，电闪雷鸣。

古晋距离海边有大约 35 公里，在沙捞越河的上游，我们的集中营在古晋城外 4 公里处。这里是婆罗洲所有盟军战俘以及平民犯人的关押总部。我在巴哈拉岛上见过的须贺上校，是这里的总指挥，像整个营房的家长。

到古晋的第二天，我见到他，请他归还我那部从朋友手里被日本兵没收的打字机，希望他能以“艺术赞助者”的名义还给我 。他当时没有答应，不过最终我得到了。

长田[1]中尉尽管是须贺的手下，但在这里，这个营房中，他是头儿，他从不忘记强调自己的这一身份。后来我们知道，这二位始终有分歧，尤其是在自己想要关照的人这件事上。如果与须贺亲近，则意味着会被长田找麻烦，反过来倒是没事。长田长了一张瘦长脸，平淡无味，训练有素地将人类本身应当具有的一切美德掩盖住，尽管我十分愿意相信，他本来或许有一点。集中营所在地叫峇都林当[2]，由 8 个分散的营地组成。每 4 个营加上日军办公区，围成一个广场。每一个广场放射状地生出一些道路，用于与其他营地相连。这些路上，有须贺上校的汽车、列队的日本兵，还有做工的犯人。广场用来讲演、庆祝、纪念日本的胜利或者节日，也用来惩罚和羞辱犯人。这是集中营生活的中心，最好的和最野蛮的事，都发生在这里。

这 8 个营地中的每一个，日本人都尽了最大的努力使之与其他营地相隔绝。但是与他们的意愿恰恰相反，全副武装的哨兵、铁丝网、纪律和严苛的惩罚，通通不能阻绝营地之间的秘密接触，对此，日本军官尤其紧张。一旦古晋的日本武装士兵数目减少，他们便害怕会骚动。

有时，一些头脑发热的人会在犯人中煽动造反，但我们都知道，这只会导致所有的人被杀。日本人当初能够胜利地开进

---

① Nekata.

② Bata Lintang.

婆罗洲，就是因为他们占领了空中和海上；只要他们继续占领，任何婆罗洲的犯人暴动，都无异于自杀。

古晋的这 8 个营房人口暴涨，既有战犯也有平民，此时已经超过了 3000 人。主要有如下分类营地：澳大利亚军官及军士、英国军官、荷兰军官、英国士兵、印尼军人、平民男子、罗马天主教神职人员、妇女和儿童。

我们被加入到来自婆罗洲其他地区的妇女和儿童中，这样女营地的总人口达到了 242 人。尽管在同一个营地，但被划分成了 3 个社区：120 名荷兰的罗马天主教修女，20 名英国的罗马天主教修女，73 名妇女和 29 名儿童。几个月以后，又来了 12 名英国和荷兰妇女，以及 20 名修女和 6 个孩子。马来语是营区里荷兰人和英国人之间交流的共同语言。

我们被安置在 5 个很小的营房中，每一个人的生活空间大约有 4 英尺宽、6 英尺长那么大一块地方[①]，没有隔离或者任何隐私设施。有 3 个建在挖出来的坑上的厕所，有时我们自己清理，有时由英国士兵来清理。

在古晋拘押期间所发生的事中，最让我喜欢的一件是，我与一群罗马天主教修女有了很深的接触。在那之前，我对她们几乎一无所知。过去仅有的一点了解来自巴哈拉岛上那 3 位，露丝嬷嬷、修女佛朗西斯 · 玛丽和修女克里托斯。她们身穿白

① 大约是 1.2 米 ×1.8 米大小的面积。——编注

袍，轻言细语，与我们完全不同，像是被神点化过一般，完全不似凡人。

而这次在古晋遇到的这些修女，就是活生生的妇女、姐妹、母亲、吃苦耐劳的劳工，她们是我的朋友，是跟我们一样的人，唱歌、大笑、讲笑话、开玩笑。她们将祈祷和禁食当作权利和快乐，而不是任务；她们只是一群自己选择了这种生活的妇女，不受任何人逼迫；她们从来不拒绝帮助别人；她们为我们感到难过，同情我们，试图帮助我们。因为她们有着与我们不一样的道路和生活，而我们，可怜的凡身肉体，所有的幸福和快乐都存在于那个如今与我们阻隔开来的世界里。于是现在的我们什么也没有。

世俗妇女不得不与同性生活在一起，这本身已经是一场考验。我们发现了自己的渴望。我们很难在没有男人的情况下活下去，我们需要他们的刺激、安抚和陪伴。很快，在缺少食物、繁重的体力活、神经崩溃之后，我们唯一的渴望，而且唯一能够提供的便只剩下性的魅力。

可修女们不一样，她们自身就是完整的。她们嫁给了基督和教会。正是在古晋,我第一次真正认识到这一点。也是第一次，我相信了她们是神圣的新娘。她们为这个疯狂的世界提供了一块由祈祷与和平组成的背景。

最打动我的，是这些修女的快乐；其次，是她们的机智；第三，是她们的圣洁；最后，她们也像我们一样，有时会歇斯

底里。

英国修女们分别来自山打根、亚庇和古晋的修道院，有 20 位从一开始就在这里，另外 40 位，起初在古晋医院为日军工作了几个月，才被送过来关押。

她们穿着白色的长袍，戴着白色的面纱。做饭或做工时，便把面纱压在耳朵后面，卷起袖子，挽起裙裾以免被弄脏。这时修女们看上去就像叠得很讲究的餐巾。

荷兰修女基本上是传教修女，她们来自荷属婆罗洲的不同地区。穿着灰色或者黑白细条纹的长袍。她们中有一个小小的分支，有大约10名，叫作栅栏修女[1]，她们是最圣洁的一群修女，一天中除了祈祷就是思考。在和平年代，她们与世界唯一的接触，就是通过门上的栅栏。属于圣佳兰会[2]一支的她们，一无所有，也一无所求，监狱其实是她们的理想去处。栅栏修女穿着棕色的，像口袋一样的袍子。

除了圣佳兰修女的服装，其他那几种袍子，都是她们用于热带地区日常工作时的服装。到了特殊节庆日子，修女们便会取出厚重的黑袍，这才是正规着装。把灰尘掸掉，穿上，满意地彼此看看，就像我们打扮好了要去会丈夫前互相打量时那种满意。

衣服慢慢穿坏时，我们用长裤改短裤，半裙改围裙，长裙改短裙。最终，身体上盖不住的地方越来越多。修女们不能有盖不住的地方，她们只好加补丁，一块一块地拼接，慢慢地，白袍子就不再是白的了。

到后来，她们自己拼凑的面料也不够了，只好向我们这些世俗女子讨要一些其他颜色的面料。我觉得，她们其实是真心喜爱这些颜色的。有次我拿出一件皇家蓝晚装来搞抽奖，结果一位荷兰修女中了，她拿去做了一件漂亮的园艺罩袍，每次施肥时都穿着。她告诉我，实在喜欢穿这件衣服，因为颜色太漂

---

① Slot sisters.

② the order of Poor Clares.

亮了。

我到古晋以后做的第一件事，便是把我的三条床单分别以5元一条卖给了3位修女，她们用来做修女袍。

对于每一个妈妈来说，让自己被一位修女收养是一件很聪明的事。修女们有着无尽的善心和勤恳，一旦她成为“你的”修女，每遇天主教庆典日，她会把自己的食物分享给你的孩子，平日会帮你做针线，做菜园子里的活，还会陪你一起担忧。

我的，是一位叫克劳迪娅的荷兰修女，比我年长10岁。她长着一双漂亮的黑眼睛，闪耀着平静却又略带挑战的光芒。她脸上的线条明朗美丽，像雕琢的一样。克劳迪娅修女无疑一直给予我最需要的帮助，然而我最感激的，是她本身，作为一个可敬可爱的人的存在。

在古晋的这第一个牢营里，我们一共有29个孩子。其中8个大的，当时6～9岁，每天上2个小时的课，由一位爱尔兰自由国界修女，同时也是一位天才的教师多米尼卡教他们。

山打根的孩子们都小一些。我们这些做妈妈的，就一直盼着能让他们早点加入那个队伍，成为多米尼卡的学生。但多米尼卡一下子教不了那么多，也应付不了太大年龄的跨度。营里还有其他几位英国修女老师，无奈营地里的体力活太重，她们腾不出额外的精力来教孩子。

修女们唱歌都十分好听，人也很有趣。我于是总是很喜欢那些庆典日：高昂、甜美、悠远的歌声，醇厚深沉的祷告，杯盘碗盏的撞击，还有派对食物（她们哪里去弄来的，可能只有天知道，但她们就是找来了！）和那些笑声与舞蹈，那些在人群中散播的芳醇。哎，我真是喜欢那些庆典日啊！

可有时候，面对严峻的现实，我又发现自己暗地里希望她们别唱了——难道我们还有什么值得歌唱的吗？

她们为和平祈祷，并且相信那一天会到来，还设定了日期甚至钟点为期限。到点了如果和平还没降临的话，就坚信“主会帮我们的”，然后继续祈祷。她们一直在修复自己，要么依靠坚定的信念，要么是靠幻觉臆想。之所以能如此快乐，也许是因为无知，也许是因为阻拦我们快乐的“所知”是错误的。无论怎样，当我们其他人都在无妄地诅咒监狱铁丝网时，她们始终是快乐的。

我自己绝无可能成为一名罗马天主教徒，因为我太喜欢追问为什么。尽管有时我也希望能追随一个什么信念或者信仰，若能仅仅因为一些“词语”而放弃挣扎，轻松愉快起来，那是多大的解脱啊。但最终我发现这不可能。

在整个囚禁期间，我都在观察和琢磨这些修女，非常喜欢她们，也尝试着向她们学习。有一点我学到的，那就是，没有哪一项特定的教义，或者哪一种特定的宗教，能够给你力量。你必须将自己的信念交付出去，交给你自身以外的，你相信那是正确美好的一样东西。我们这些做妻子的，把我们的思想和灵魂都交给了丈夫，这也许便是常说的幸福婚姻，现在我们没有了他们，我们便迷路了。而修女们把自己的思想和灵魂交给了神，她们始终拥有它，始终是一个整体，无论何时何地。

博纳丁嬷嬷是一名外表柔弱，仿佛来自另一个世界的英国修女。囚禁前，她在古晋修道院，现在是牢营中女犯人的头儿。这时，日本人拒绝与犯人中任何世俗妇女打交道。修女们克制，有纪律观念，对于日本人所颁布的条令显得尊重而服从，而我们俗家妇女，一直难以驯服。

修女们对这些制定法规的人恭恭敬敬，让日本人觉得自己很有分量。可事实上，她们是牢营中最大而且最高效的走私团体。修女们受命为日本官兵提供缝纫服务，每天去营里的日本人办公室附近做工。她们毫无怨言地去，时常带着八卦的娱乐态度，同时又总是显得富有哲理的样子。她们说，在上帝眼中，所有的人都是一样的，无论是敌人还是朋友。

有时日本兵会直接到屋里来，把衣服脱了，让修女们替他们缝，自己就光着身子在旁边坐着。一天，军士长来了，脱掉裤子让修女们补，自己跑到屋角去撒尿。

修女们说，这件事谁也不会喜欢。可她们还是坚持说，他毕竟还是跑到屋角去了。

须贺上校在与我的谈话中常常提及，罗马天主教没有种族偏见。在这个意义上，从他的角度看，我当然是有偏见的。一名罗马天主教神父被允许每天早上 7 点在我们牢营里主持弥撒。而英国教会和荷兰新教的两名神父，却只是偶尔被允许在星期日到女牢营来主持弥撒。

最初来到古晋集中营时，博纳丁嬷嬷和营里的医生是仅有的两名可以与日本军官接触的女性。博纳丁嬷嬷是一个看上去娇柔的小动物，身上的修女袍，用米汤浆得笔挺而泛着光泽，还用修女们带来的烧炭火的熨斗将袍子熨得一丝不苟，这使得衣服比她人本身更显眼。她那张清秀而带着皱纹的脸，仿佛从袍子里自脖子往上长出来的一样，而芦苇般的手腕，还有那瘦小的、看得见血管的手则从白袍子里坠出。很难想象，犯人代表，这个需要经过很多级考验的工作，她居然能够胜任。

当我们的到来让这个社区的人口一下子增长了之后，俗家妇女也推举了一位代表，主要是协助博纳丁嬷嬷的工作，并不直接与日本管理者打交道。我们的代表叫多莉·亚当斯，她来自亚庇，是过去婆罗洲唯一的军队——英国武装警察部队指挥官的太太。

多莉是一位苗条、害羞、中等个头的中年妇女，棕色的波浪短发，有一缕泛灰，有绿色的眼珠。这位女士从不有意引人注意，我想不出她怎么会被推举出来，她根本不是领袖型的人物。但后来我想清楚了，这一切都是命运使然。其他任何女人都肯定不会有她那样的耐心，来应付我们，应付日本人。

我们到古晋以后不久，博纳丁嬷嬷的健康情况就不允许她过多地处理牢营事务。于是她的助手多莉，在日本人的允许下，接管了所有的工作，并且同意她临时性地直接与日本人打交道。

可等他们认识并熟悉多莉之后，对她也只有喜欢和尊重了。博纳丁嬷嬷再也没有主持过牢营事务，那以后多莉便成了牢头。

几个月之后，牢里的食物变得越来越差，博纳丁嬷嬷的健康状况也每况愈下。须贺上校做出了一个巨大的让步，准许她离开集中营，回到古晋修道院，在那里她与中国修女住在一起，希望更好的食物可以助她恢复健康。

对于一个军人来说，这的确是一个了不起的让步。也从另一个侧面说明，博纳丁嬷嬷在集中营众人眼里的形象，几乎是一个圣人。她走的时候，有人向她告别，也有的人矜持着什么也不说，因为她是那么超尘出世，摇摇欲坠，仿佛一个多余的再见，便会立即将她吹翻。我们都不存希望可以再次见到她。

可我们错了。在圣母升天节那天，须贺上校用他的车，亲自把博纳丁嬷嬷带了回来。她与修女们一起庆祝了升天，她们又唱又笑又祷告，随后她再次告别。须贺上校将她送回去。

多莉·亚当斯及时地接过了所有的牢头工作，充当我们与日本人之间的通信中介。可怜的多莉！那是怎样的一份工作啊，不过我相信，她对我们双方都充满了同情，与此同时，也对双方都烦透了。她是一个伟大的人道主义者。我肯定，在所有的女犯人中，她是唯一一个受到日本兵真心尊重的人。她似乎不知疲倦，没有自我，也无所畏惧，完全受控于自己的理智和认知。看着她，我感到，拘押生活没有将她的心肠变硬，只让她的肢体更加强壮。

另外一位与日本人打交道的妇女，是集中营里的吉布森医生。她是1942年圣诞节那天被关起来的，并被指定充当集中营医生，获准有时与负责集中营医疗事务的医官山本[①]联系，向他要药，可他从没给过。

也是在这里，我第一次遇到了博尼塔和芭芭拉，她们带给我友谊和帮助。

博尼塔是西海岸参政司的太太，就是那位日本船登陆山打根时站在船头的英国人。博尼塔身材修长，金发、美丽、活泼，《乡村绅士》[②]女郎的风格，有着蓝色的眼睛和婴儿一般的皮肤，我们都叫她“奇妙的孩子”。她非常可爱、迷人而亲切，同时又头脑清晰、反应迅速，并且很有见地，这使得她成为一个令人着迷的伙伴。也正因如此聪明，她很难忍受装腔作势的人。

在整个集中营期间，她一直热心收垃圾，还是个让人称道的厨子。她不知道从哪里搜集到一些猪肉禽肉的废弃边料，自己又种了一些绿叶菜和大葱，还养了几个巨大的非洲蜗牛，她把这些混在一起，放在火苗上一烹，便是一顿大餐。

日复一日，每当天黑，孩子们睡觉以后，博尼塔便会悄悄来到我身边，喊着我的名字，递一碗她的“垃圾”到我的蚊帐

---

① Yamamoto.

②《乡村绅士》：*Country Gentleman*，一份杂志。——译注

中来，悄声说："吃吧，自己吃，这留不住。"她总是很晚才来，这时乔治已经睡了，不会饿得看着我要吃，我也只有这时候，才能屈从于自己的饥饿，享受一番独食。这"垃圾"是她的食物，也是她的力量，而且她与我们分享。

芭芭拉是一位政府官员的遗孀，她丈夫在日本人占领亚庇期间病死了。芭芭拉高高的个子，长得像格特鲁德·劳伦斯[1]，大家都这么说。她大概是营里唯一一个没被人背后说过坏话的人，从来没有像其他所有的人一样，或多或少会表现出贪婪、刻薄或者尖锐。她能够始终保持微笑，彬彬有礼，良善待人。"让

① Gertrude Lawrence，20 世纪初期英国演员。——译注

芭芭拉去做吧”，成了大伙儿的口头禅。

在集中营里，我们每个人都不得不肩负起民族主义对各自所代表国家的定义，消受那些陈词滥调。“英国人就是……荷兰人总是……”不一而足。在这里，每当饥饿、空虚、倦怠袭来，我们便退回到一种粗心、糊涂、不现实的状态，只想舒适随意地对彼此的种族进行种种概念化的片面总结，以彼此伤害的方式，达到发泄心中苦闷的目的。英国人愚鲁乏味，荷兰人贪婪无情，华人野蛮麻木，美国人粗鲁自私，当然，最坏的还是日本人。

营中有两名华人妇女，她们彼此是死敌。4 名美国人：玛嘉烈、玛丽·迪克森、贝蒂，还有我，我们 4 个只有一个共同点，那就是会说美语中的俚语。有 10 个欧亚混血的荷兰人，4 个爪哇荷兰人，她们的共同点其实是：能够比我们其他人更好地接受将要来临的生活。另外有 3 名荷兰妇女以及 3 名荷兰儿童，他们之间的不同，就像白天和黑夜之间的差别一样显著，除了都会唱同样的荷兰歌曲以外。倒是那两组荷兰和英国的修女，彼此十分相似。比起与她们同种族的世俗妇女，她们之间更有共同的理想、相同的生活方式。在我眼里，集中营里世俗妇女这个整体，早就没有什么英国人、荷兰人这些区分了，有的只是一个一个鲜明的个体。要说她们的共同点，只有一个：都不像我们 4 个美国人这样习惯于自由表达。

孩子们包括英国人、荷兰人、两个华人、两个婆罗洲土著、一个半美国人乔治，后来又来了两名爪哇人，米提和库夏。他们之间所拥有的共同点，远远超过每个人与自己父母所拥有的共同点，因为孩子们都拥有童真，这是最可爱、最优秀、最令人艳羡的品质，这样的品质我们都曾有过，这是所有人出生时候的共同点，也是每个人最后必然丢失的特点。随着这个特点的丢失，取而代之的也许会是一些令人崇敬和仰慕的品德。论及可爱，却没有什么可以与童真匹敌。

一些日子以后，男人们也从巴哈拉迁来了古晋，被安置在平民俘虏营里，从那里可以看见我们的营地。他们来的那天早上，我们从博纳丁嬷嬷那里听说了这个消息，并被告知，不能走近营地靠外面的地方，以免看见他们。

1 个小时后，我们听见卡车驶近的声音，被命令继续做工，待在被营房遮挡住的地方。到了中午，几个妇女不顾这道命令，从修女的营房边偷偷瞭望。远远地，能看见丈夫们正在卸载货车。下午 3 点左右，有人看见哈里，这话传到了我这里。

下午 6 点钟，我亲眼看到了哈里，在铁丝网那一侧的男营里。感谢上帝，我心里默念着。

如果我们干活的途中，列队与他们相遇，我们不能交谈，不能对视。开始我们还远远地透过铁丝网看看我们的丈夫，日本人禁止这样做，说那样令他们心烦。可这诱惑太大，控制不住。于是日本人把我们的营地挪远了半英里，这样我们再也看不见。

又过了一些日子，我发现女集中营的待遇是最好的。再过一段时间，我知道我们能够抱怨的也就是半饥饿、虚弱、偶尔的打骂，以及沉重的劳动。劳动对我们而言还好，只要还能站得起来。可食物在不断减少，一天5勺米饭加绿叶菜，已经很难支撑站起来。

我们的死亡率一直并不壮观，作为女人，我们囤积体力和能量，耗着不倒下。也许我们什么也不要，就躺着也能活一阵。可我们这些当妈的，几时能够就那么躺着呢？

每个月一次，女性麻烦如期而至。在每人一个箱子的限制下，我们都不可能带上太多的卫生垫。到第一年结束的时候，各种布头变得紧俏起来，尤以吸水性好的棉布为甚。到第二年末，我们请求日本人提供一些毛巾，供月经期使用。日本人因此搞了一次集中营用品的需求调查，作为这一调查的结果，我们每三人获准供应一条毛巾。长田中尉那时负责我们，在此事上一副专家的样子，量了尺寸，确定了各项指标、要求等等，最终那些毛巾却都很差。到了第三年末，大自然已经解决了我们的问题——大部分妇女因为营养不良，绝经了。

我使用“犯人”和“牢营”，而不是“被看管人员”和“看管所”，那是因为在整个日本人对巴哈拉岛上的营地，以及包括平民看守营在内的所有古晋营地执行监管期间，执行的通通是战俘条例。

当我们最初意识到自己是犯人，身处牢营，已经丧失了平民的一切权利时，觉得应该对日本人指出来。我们提到国际法。这个问题最终得到了与须贺上校讨论的机会，他同意我们的说法，认为确实有国际法存在，也就是说，他就是国际法。

在巴哈拉，我们妇女之间彼此讨厌；到了古晋，大家都开始了一场对新生活的尝试，并且对于有此机会而深感欣慰。在这里，我们与更多的人相处，其中有很多是修女，或者陌生人，我们因此忘记了过去的恨。古晋的户外空间多一些，牢营的生活也相对更有规律，哨兵也不再肆无忌惮到我们的生活区来叨扰。我们及时地发明了一套伪隐私系统，让自己做到视而不见。裸体和公开暴露不再新鲜，从而让人熟视无睹。我们也学会了不管别人的闲事。在巴哈拉失去了的自我，似乎在古晋被重新寻回。我们学会了，如果不能控制思想，起码可以控制言行。

共同的敌人没有把我们捆绑在一起，饥饿和危险没有，迫害没有，我们的性别也没有。但是有一件事做到了，它将我们绑在了一起，带给了我们相对的安宁与和平，那就是我们从生活中得来的教训：一旦我们被仇恨控制，生活将真的变得面目狰狞；只有当我们试着让自己美好时，才有活下去的可能。

所有人面对的最大、最难以忍受的敌人，是一次次的希望破灭。从拘押那一天起，我们就盼望获释，各种谣言支撑着我们的日子。在这3年半中，我们的释放日，永远在将来的3个月到半年之间，再不然就是明天。我想，如果没有这些虚假的希望，或许我们根本撑不过来，但我们在它们的鼓舞下，挣扎着熬过来了。

在牢营中，我们每个人都犯下过一切有悖教养和训导的罪。有人贪婪，我曾亲眼见到一个妇女，在厨房里一口气给自己炒了 5 个她私运进来的鸡蛋，饥饿的狱友就在旁边流着口水看着她。有人藏在屋角偷吃，悄悄地在别人饥饿时把自己填满。看着这些，我学会了一件事：没有一顿饭，值得为之丢掉自己的尊严。

我提到的走私业务，听上去似乎十分繁盛，事实上并非如此，仅仅是比饥饿好了一些而已。有超过一半的时间，我们处于半饱状态，靠配给的牢饭为生，饿得抓狂，饿到夜不成寐，脑子里都是白天吃过的东西。于是我们会去找出一个鸡蛋，或者一勺白糖，或者舔一口椰子油，这些都是我们私运的物品，听起来都很奢侈。可哪怕在走私最频繁的日子里，我们所吃下的量也远远低于身体的需求量。每个人都瘦骨嶙峋。

有一阵，日本人每个月会测量我们的体重，他们说，这是依照红十字会的规定。可他们发现，我们每个人的体重都掉得太快，于是他们便在每个数据上自动添几公斤。当我们体重持续下降时，他们便不再测量了。有的妇女在拘押期足足掉了 100 磅[①]，当然她们可能基数较大。我一直很瘦，大约仅仅掉了

① 约 45 公斤。——编注

30 磅[①]吧。我的丈夫，6 英尺[②]高的汉子，出狱前体重只剩下 80 磅[③]。

每个人能得到的禁运物资非常有限，而母亲往往在为两个人走私，所得到的量却连一个人也不够。在古晋的 2 年半中，我吃了 5 个鸡蛋，但我给乔治攒了好多。有时我饿得厉害，只好闭上双眼，不去看他的食物。大概正因为那些我省给他的食物，我私藏的鱼肝油和钙片，乔治才能健康地长到现在。集中营的孩子，没有一个是靠着日本人发的牢饭活过来的。

孩子们与成人不同，他们总是对彼此十分大方，如果母亲允许的话，他们会与朋友分享所有好吃的。他们最大的快乐便是给予。

而我们做母亲的，知道食物之重要，以及来之不易，便认为每个孩子应该吃自己的。可面对孩子们的无私和慷慨，对比成人的贪婪和自私，我们也只能口是心非地去鼓励他们。最终，孩子们胜利了，他们始终在分享着。

在自己身上，我们看到挣扎着自我保护付出的代价；而在孩子们身上，我们看见无私的天性。我们本能地把那些争抢的事情替他们做了，代他们害怕，代他们竞争。他们无法预知我们这样做的意义，今天的一个鸡蛋，也许明天就能救他的一条

① 约 13.5 公斤。——编注
② 约 1.82 米。——编注
③ 约 36 公斤。——编注

命。但我们也看到，今天分享一个鸡蛋，这个品质却让他们一直保持了美好。

一天，我煮了须贺上校给我的两个鸡蛋，然后眼巴巴地盼着到中午给乔治。

乔治看见鸡蛋的时候，小脸上都是兴奋和幸福。“嗨，小孩儿们，乔治有鸡蛋了，小孩儿们，鸡蛋！鸡蛋！”

“嘘，乔治，我们没有太多，不够分给别人，别让他们羡慕。过来，宝贝，坐这儿。”

“谁给的，妈妈？谁给的？”

“须贺上校，他让我给你的。”

“哦，他真好！你看，妈妈，我是不是也可以给艾迪呢？可以吗？可以吗？”

乔治需要这鸡蛋，艾迪也需要，我也需要。但是他身上的那种冲动，却是我不能打击的。

“好吧，乔治。给艾迪一个吧。让他到这儿来，跟你一起吃。”我只能希望，他在美德上的获得，可以抵消他在体质上的损失。

艾迪来了，坐在那儿，跟乔治一起吃鸡蛋，脸上带着笑。埋在两颗小小的婆罗洲鸡蛋上面的是两个脑袋，一个柔软丝滑的金色，另一个黑色。两张脏脏的小脸泛着快乐的光彩，四只抓着蛋壳的脏手，向彼此也向我投掷蛋壳，两张正要填满煮鸡蛋的小嘴张开着，忽然之间艾迪想起来了什么：“哦，给艾迪斯留一些！”（那是他姐姐）

我这时坚决地说："不行，艾迪，这次你就自己吃吧，下次我们再留给艾迪斯。"

于是，两张小嘴各填满一只煮鸡蛋。开心啊，欢笑啊！这超出鸡蛋所带来的快乐，传给了我们每一个人。

在古晋，我们进入了日本人的聚光灯下，频繁地有少校、上校，甚至将军来巡视。感觉与动物园很相似，比如我是展品A：关押的作家，携幼子。备注：超高，无臀部，手巨长。提醒：偶尔会咬人，可以香蕉或饼干喂之。

一天中午，我被须贺叫去办公室，介绍给前田[①]中校，一个中等身材、面容严峻的日本人，以及他不知名的副官和一名军事翻译，管我们营的长田中尉也在。我带着乔治，企图营造一点母婴气氛，也暗地希望能得到点儿香蕉或饼干。我俩都被赏赐了座位，我还得了一根烟。

前田先是问了我的年龄，这引出一串笑声。日本人总会因为年龄发笑，我希望有一天能搞清楚为什么。

前田："你对被拘押的生活感觉怎样？"

我："我不喜欢。"

前田："你对战争有什么看法？"

我："我想我希望它尽快结束，这样我能回家，跟我的丈夫

---

① Maeda.

孩子在一起。”

前田：“除非英国被彻底打垮，战争是不会结束的。他们会被打垮的。你知道这一点，对吗？你认为英国会被打垮吗？”

我：“我对战争一无所知。我们没有新闻，已经被关了一年多，没有报纸没有杂志。还请您告诉我关于战争的消息。”

前田：“战前，英国人总是谈论人性，说自己是最人道的民族，其他人都不是。总是谈论人性！总是说那些东西。现在，他们再也不是人道的人了！他们现在的行为，是我们日本人永远也做不出来的。现在，日本人才人道！是唯一的人道民族！非常人道，行为人道而且很好。现在让英国人看看，英国不好！只会说！”[①] 在场的所有人都一再表达了同样的情绪。前田和须贺伴着手势，翻译一直在解释。

我始终没说话，目光空洞地望着窗外。前田和须贺此刻看上去很骄傲，挑衅地看着我，让我回答。我没作声，报以微笑。

翻译：“你听懂了吗，凯斯太太？”

我：“懂了，我听着。”

他们充满期待，继续地等着我永远也不会给出的回答。一阵沉默之后，前田发话了。

“你认为集中营生活很艰苦吗？”

我：“是的。我并不懒惰，一直都工作劳动，可我习惯于用

---

① 这一段直接从生硬的日本人英语翻译过来，试图保持原貌。——译注

头脑工作，而不是双手。而且我们没有足够的吃的。”

前田：“全世界所有的日本集中营的劳动都比这里更艰苦！所有的日本人也缺少食物。这个营很轻松，一点也不苦！”

我：“我没有抱怨。也明白在战争时期，生活就是艰苦。士兵们很苦，男人、妇女和孩子也都很苦。没有人在战争时期感到快乐。我不喜欢，但我并不是在抱怨。”

点头赞同（头一遭），所有人都表示同意。

前田：“这里最苦的是什么？”

我：“除了我们都很饿以外，最苦的事情是，不能与丈夫联系。而对他而言，是不能见到自己的孩子。我还好一些，起码孩子跟我在一起。”

前田：“这倒是。我也理解，但也必须这样。”

随后翻译解释说，前田去过我们山打根的家，读了我的书。军官看了看表，须贺示意谈话结束。

我起身鞠躬。军官们坐着，点了点头，并笑着，“哈哈哈哈！”乔治和我退了出来，没有香蕉。

—

07.

活下去

—

那天，当我们在大雨中被卡车扔在古晋集中营时，首先抓住我眼球的是一些舒舒服服地穿着英军防水斗篷的妇女，更高级的还穿着裁剪得相当得体的军官披风。这件事对我来说太有吸引力了，因为我在雨天一直都裹着浴巾。我其实有一件人字呢大衣，但我知道，一旦弄湿了它，除非变天，否则它就一直不会干。

我咨询了一些这里的老资格妇女，怎么才能搞到这种神奇的衣服。不知是不是在古晋这个须贺上校保证所有拘押犯都很开心的地方，有市场可以换得到这种东西？可她们说，这只能秘密地通过一种被称作 OTF[①] 的方式，从男平民营那边弄过来。男牢与士兵营紧挨着，这样他们有机会与士兵接触。而这些士兵我后来才知道，为了换钱买烟草，什么都肯卖。

有几名平民犯人在集中营旁边的一块地皮上做花匠，对于有妻子被关在这个营里的男人来说，是个好差事。这样他们可以放大了嗓门喊一些信号给妻子听，如果有东西给她们，会先埋在土里或藏在树里，然后用暗号高声告诉妻子。到了晚上，男人们离开，卫兵也撤岗，天完全黑下来之后，这些妻子就从铁丝网下钻过去，把藏着的物件刨出来。

通常需要 3 个妇女来配合做这件事，一个负责钻过去，另

---

① OTF：Over The Fence，字面意义为通过栅栏，意为偷运；OTF 一词应该源自 OTC(Over The Counter) 这个说法，OTC 意为“柜台药”，不需医生处方，这里用来调侃不需日本人批准。——译注

一个站在铁丝网附近望风，第三个站得更远些来确保没有卫兵过来。最佳时间是凌晨 5 点，这时卫兵们都还处于刚起床的愚钝之中，喜欢待在伙房里“粥女王”刚升起的灶火边。“粥女王”是我们给做早饭的女人起的名字，她做的早饭通常是比布尔[1]或米粥。

我买防雨大氅的第一步，是卖一条在泥泞的集中营里很不实用的长裤。短裤在这里更适合，好洗，还不费肥皂。

裤子卖了 10 块钱，正好是士兵对雨衣的要价。那天下午，我将这 10 块钱绑在了一块小石头上，那时我丈夫还不在古晋。我把这石头扔到那边花园里，唐·塔克斯福特的脚下，我了解到他是一个心肠很好的人。随后我便和他女儿茱莉在这边大声交谈起来，说我急切地需要一件雨衣，任何哪个晚上都可以到花园那边去取。

唐拾起那块石头，对附近的一个朋友大声说，他估计那些士兵有多余的雨衣，最好今晚能找一件来挂在围墙边那棵枯树上。

第二天下午，我便看见唐的胳膊上搭了一样东西。因为很多人都有雨衣穿，所以唐并没有引起格外的注意。

天黑前，我和茱莉透过铁丝网看过去，果然看见一件士兵雨衣挂在枯树枝上。天刚一黑，我们便折回来取。这棵树离我们很

① 比布尔：Bubor，一种马来西亚粥饭。——译注

近，根本无须人爬过去，只用一根棍子就把它给戳过来了。当我穿上这件雨衣时，感觉自己过去从来没有比这更好看的衣服。

古晋多出一项食品供应服务，有时会卖一些水果、饼干、花生和烟草。因为这项服务的产生，钱于是双倍地有价值起来。有时一周一次，有时一月一次，或者一年一次，完全是兴之所至，而不是按需供应。由一个华人供应商卖给日本人，然后日本人再把他们不想要的卖给我们。

等我们真正最需要食物的时候，这项供应服务已经停止了，可烟草倒一直能买到。他们管那叫烟草，我管那叫香蕉叶或木瓜叶。有时我们还得自己卷，自己剪。不管剪得像什么样子，我们总是自己卷烟来抽。

用什么来裹烟叶是个问题。纸张早已是无价之宝。首先，日本人将他们能搜到的纸都没收了；其次我们藏起来的，也得留下来写字，做孩子的书，做厕纸，当然还有卷烟。这时旧报纸也变得珍贵起来（两三年旧的报纸被日本人运进来给我们当厕纸），于是报纸卷烟成为一种经典。我后来发现，香烟的味道更多地取决于用来卷烟的报纸，而非里边的烟叶。食物越少，我们对抽烟的依赖也就越大。

一天，母亲们得到一份礼物，来自路的另一端，澳大利亚士兵集中营，通过一位罗马天主教牧师走私带来的 50 元钱，是给孩子们的。

收到时我们十分感慨。士兵的待遇是所有犯人里最差的，他们的食物更少，他们人更消瘦，住的也更差，更多病。与他们相比，我们的孩子简直算得上强壮。

我们也讨论了要不要把钱送回去，结论是不能这么做：剥夺男人给予和帮助别人的权利，等于剥夺他们身上最后的力量。而且，不管怎么说，我们也确实渴望有这些钱，可以给孩子们补充些食物。

于是我们给他们写了一封信，偷偷托人送去。没有称呼，没有落款，以防落到日本人手里：

> 代表铁丝网后面的孩子们，我们这些母亲们，向你们慷慨的赠予表示真诚的感谢。
>
> 我们充满感激地想过了，要用这份礼物给他们买一些食品。这份感激之深，更因为我们知道，这是你们牺牲了自己的食物，省给他们的。
>
> 在这样的时刻，任何语言都是无力的。但是当我们说谢谢你们的时候，我们想说，愿上帝保佑你们，与你们同在。
>
> 铁丝网后面孩子们的母亲 敬上

这之后不久，那些士兵从古晋被送走，再也没有回来。

被送往集中营那天打包时，我想过，自己无论如何也会坚持化妆的。可经历了巴哈拉期间监禁的残忍之后，便彻底停止了。根本没有多余的力气，而且有什么用呢？为什么要活得像条狗，还非要看上去像个女人呢？我于是又送出了3盒粉、2支口红、好几块胭脂、2罐冷霜和1把精美的手镜。

不久我又发现，我错了。在这样的环境下，为了鼓舞自己的士气，我们反而比任何时候都更需要让自己迷人。可已经太晚了，我只好省着用自己剩下的那些。不久，粉卖到了10块钱一勺；口红变得无价；冷霜更是奇货可居，可以用来换更重要的生活必需品。

离开巴哈拉前，日本人把衣服倒在营地的院子里，让我们认领。我当时心情沮丧，认为那些服装在集中营里一无用处，却并未意识到，可以用来交换或卖钱。当某样东西对我有用时，多少钱我也不卖；而当某样东西我根本用不上时，便喜欢送人。于是那些衣服就被我留在了集中营的地上。

第二天，我那心思细密而又极有主见的丈夫，将它们一一从营地的地上收进箱子里放好，替我留了起来。等男犯也被送到古晋后，他最终从日本看守那里获得许可，将这箱衣物又交到了我手上。

靠着这箱子里的物件，我和乔治卖一些，换一些，我过去积攒的好衣服，如今变成了收益，来支撑度过我们的拘押生活。

不久，一切的物质占有对我来说就只意味着三件事：(1)

乔治的食品和药物;（2）我的食品、烟叶和一件穿得出去的裙子;（3）哈里的烟叶。在女牢里,我们总能想办法搞到一点烟叶,不管是什么样的；这在男牢里办不到。不时地，我们会获准，通过看守给他们送一些，有时看守也会允许我们与丈夫见见面，于是见面时我们会偷偷地用手绢包一些烟叶给他们。男人们绝不接受给他们食物。

那些衣物在集中营里对我来说毫无意义，因为我有更重要的，即乔治的健康需要操心；但幸运的是，它们对别人尚有价值。那些没有孩子的妇女，靠配给的牢饭，也活得下去。我们这些母亲的穷凶极恶，她们完全不能体会。对我们当中好几位来说，美丽的衣裳还是有相当价值的，也是值得拿生活必需品去交换的。

价值建立在需求之上。我用一件非常性感的粉色塔夫绸小睡裙，换了一些小苏打片；用一件黑色的超长晚装，价值 98 美元，换了 6 片阿司匹林，因为乔治牙疼。事实上，如果情况必需，换 1 片我也是愿意的；还用一条黑色天鹅绒的晚装，换了一条白色棉单子，因为棉布是硬通货，可以用来跟营地外面的华人换食品。

在古晋的最初半年，我还积攒了一套家具。我们来的时候，正是 1 月，雨季，营房地势非常低，地板下面积满了水，我们睡觉的地面还有一寸宽的裂缝，没有床没有床垫，整夜整夜地，乔治和我都在寒冷和发烧之间交替。

这么过了一个星期。一天早晨起来，我不顾一切地决定要解决这个问题。我来到洗澡的棚屋里，卸下一扇门和一扇木窗，带回牢房支在地上，再用找来的朽木稍稍垫高了一些，门板给我自己，木窗给乔治。这样在我们和地面之间有了一些距离，把寒意和凉风都削弱了一些，那天晚上我和乔治都睡着了。

大家纷纷喜欢上了这个主意，很快就没有门和木窗了。于是那没有得到门板或木窗的，便开始抗议我们缺乏社区精神。

接着我又想给床安上腿。于是从茅房里卸下木板，从岗亭支架上把能卸的钉子都卸了，还从那些在营地里干活的印尼人那儿偷来一些。就这样我做了两张床，两张桌子，两个凳子，以及一些架子。

有时日本军官来巡视，看见屋梁因为没有钉子掉了下来，支架也不见了。他们便会质疑，可没人知道答案；他们又威胁，没人听得懂。看着我们越来越多的家具和摇摇欲坠的房子，他们大声地问："谁干的？"也没人回答。

一天我躺在床上，呆呆地望着头顶上方，忽然顶棚上的四层板进入我的视线。我叫来玛丽，她是一位澳大利亚女传教士，总是有很多聪明的点子，她就住在我旁边。我俩都同意，这四层板适合用来做桌面，根本没必要放在那里做顶棚。于是我们所有人便一起忙开了。

那天下午，日军士官长决定视察营地。他的眼睛又黑又亮，这次目光落在了那消失了的四层板的位置，以及新出现的桌面上。我们看着他，注意到这眼神。他紧闭着嘴，一句话不说。他是个稀有品种，少见的十分淡然的东方人。

当天晚上我们接到通知，食品供应停止，以示惩罚。一直过了好几个星期才恢复。

为了那些桌面而损失掉食品供应，绝对不值得。但因为我们侥幸的次数太多，便总想赌一把。同时也有不计其数的记在我们头上的惩罚，是因为一些我们根本没有做过的事。因此，在这里遵纪守法，其实也并不能保证自己的安全。

玛丽是一个了不起的人。我不敢肯定她作为一名传教士是否也同样了不起。在食品短缺之前，她身段迷人，听她说是因为日本人的饮食结构。她自称过去其实过于丰满。截止到 1943 年，这个饮食结构所带来的效果都十分完美，配上线条优美的长腿，她很难被人忽略。

从她那深邃的蓝眼睛投射出来的注视，几乎有一种令人不安的直接。她的鼻子充满好奇的探究，米灰色的头发有一种丝一般的柔亮；她那剪成假小子样式的头发成为她的标志，这导致了不少想要学她的人的灾难。玛丽·布歇尔是澳大利亚人，她为此十分自豪。我想，澳大利亚也肯定为她而自豪吧。

她有两个领养的孩子，丹尼斯和丹迪，两个黑黑的小桑波[①]。这俩小家伙，是地道的婆罗洲生物，来自婆罗洲心脏腹地

① 桑波：Sambo，黑人与印第安人的混血儿；黑人的俚语统称。——译注

的比萨亚[1]部落。玛丽的丈夫也是一名传教士，夫妇俩在这对双胞胎出生时领养了他们，免去了他们惨遭遗弃的厄运。土著人认为双胞胎是不祥之物，会带来诅咒，必须立即扔掉。加上他们的母亲在生产过程中死去，因此这对儿小家伙被认为双倍地不祥。玛丽和丈夫及时将他们从土著人手中领走，救了他们的性命。

这对双胞胎比乔治大 1 个月，与养母一起，从 2 岁大就开始被拘禁。之前他们什么也不会说，无论哪种语言。只用声音和一些手势跟玛丽沟通，表达他们的需求。到了集中营，在修女的教导下，他们渐渐开始说英语——至少我们认为那是英语。

他们行动敏捷，但反应迟缓。肢体的柔韧和灵活，以及身体的成熟度都超过同年龄的其他小孩。

他们天生是聪明的，可智力发育却相对比较慢。

玛丽计划等停战以后带他们回澳大利亚，希望他们能受教育，然后成为医疗传教士，再回到他们自己人中间，去帮助同类。我时常想象丹尼斯和丹迪那棕色的赤裸小身体上，罩着澳大利亚的男孩儿校服，腋下夹着书本，明亮的眼睛忽闪着，雪白的牙齿亮晶晶的。我也想知道，他们会不会像大多数小孩一样，对自己父辈寄托在他们身上的期待心生反叛。

为了留下一份在古晋的拘押记录，我一直偷偷写日记。有

① Bisaya.

时天黑以后就着星光或者月光写，有时压根儿没有光，就凭着感觉写。我并没有做到每天记录，但是起码几个星期会写一次，一边回忆，一边想：哪些是重要的。对我认为有趣的交谈，会尽量最快地写下来，因为比起我自己的总结来说，事实本身更令人渴望。所有的事，都以可能的最简单的形式记录，因为既缺纸，又没有地方可藏。

有很多我不敢记下来的事，哪怕日记只是记录给自己看的，我也不敢。男营里查出过日记，中间记录的事情如果被证明属实，作者以及日记里涉及的人，要么被关禁闭，要么被枪毙。如果我的记录被抓到，日本人完全有理由枪毙我和我日记里写到的人。而且，就算他们不杀我，我也害怕集中营里的风言风语：她是傻子吗，把这种事也记录下来！

通常，日本人的搜查断断续续，而且也很潦草，搜查者往往心不在焉。可他们都知道我，总是留意我的纸张和书本。很多时候，搜查的人不认识英语，会倒拿着我的纸来认。每次搜查，我都会故意让他们搜到一点东西以资安抚。他们大部分都很好糊弄，可我却不能仰仗这一点来规避危险。

最主要的罪证被我装进铁皮罐里，用防水军装上剪下来的边角料卷起来，埋在营房的地下。一旦一样东西被封好之后，我都尽量不再去打开，但我时常会换一个埋的地方。有时半夜里，直觉会将我叫醒，敦促我起来，在黑暗中挖一个新坑来转移我的铁皮罐。我觉得，如果不能智胜，那是我无能为力；可绝不应该因为不小心被抓住。

除了将这些日记藏在乔治的玩具里面之外，我还把它们塞进半卷的厕纸里，或者贴着标签的药瓶子里，甚至缝进草编的床垫中间。乔治有一个活底的板凳，是哈里给他做的，简直天生就是为了这个用处。我把日记放到板凳的肚子里，再把那活动底钉死。如果我被怀疑“谋反”，如果日本人决定要做彻底的搜查，其实这些都是显而易见的藏匿地。事实上，他们搜了，搜查过程中，也摸到了，可从来没打开过。

集中营的任何异动都会引来军官的搜查，而每次搜查时，乔治都在营房外，坐在他那只肚子里藏着我秘密的活底板凳上；我，从来没有停止过担心和害怕。

有一次，他们宣布，所有图片、照片、插画都必须在5天内盖上日军审查章，否则全部没收。营里不少女人都有着一本一本的剪报，里边从头到尾都是家庭每个阶段的代表照片。也有些人在营房的墙上像壁纸一样贴满全家人的照片。接下来的5天，我们的牢头和助理志愿者，就一趟一趟抱着我们的照片，送去山顶的日本人办公室，审查盖章。

那里，坐着军官、哨兵、下属、秘书，将他们这几天的全部时间花在审视我们这些犯人的过去上面。琢磨那些剪报图片上的英国乡村生活，狗、马、婴儿、祖母、亨里[1]、阿斯科特[2]、

① 亨里：Henley，英国一些地区传统的划船比赛。——译注
② 阿斯科特：Ascot，皇家赛马会。——译注

毕业典礼、婚礼、新郎和新娘、爸爸妈妈和宝宝。各种惊呼、啧啧、吸气、大笑，好玩极了。每张图片背后都得盖上一个两寸长、一寸宽的章，但事实上很多都被盖到了图片的正面。

然后，在他们彻底熟悉了这些西方人在家时过日子的一切之后，说，这些都没事，通通拿走，我们实在看够了。于是一窝蜂地，剪报图片被张冠李戴地分还。

我只有一张图片，是哈里的一张相片。按照我写下的书面请求，审查章被仔细地盖在了背面。这张相片一直陪伴着我。

在整个集中营生活期间，有两件事一直令我惊奇又不解：(1)日本人在处理我们的事务时所表现的愤怒；(2)他们的克制。你永远不知道这一次会轮上这二者中间的哪一个。

一把椅子、一张桌子、一张床、书架、鸡蛋、一片阿司匹林，像这样的东西都是奢侈品，为了得到它们，我们可能会被枪毙，可能会挨踢，被扇耳光，或者会得到所希望的结果。这些带着赌博色彩的活动，让人生变得很艰难，可与此同时，也正是它们，似乎才是生命的呼吸。很多个夜晚，我躺着向自己保证，再也不私运物品，实在受够了当一个日本士兵十分犹豫地在帮你偷运时那担惊受怕的感觉。可一次又一次，我继续着。

大多数来营房视察的日本军官都十分警惕，面对我们时带着极强的自我意识。我们是妇女，同时我们又是下等人：我们可能被踢或者被睡。然而他们的纪律里边，这两条都是不被允许的。

他们知道我们会笑话他们，即便我们没笑，他们也会这么认为。他们可以向我们开枪，但却不能让我们闭嘴。我也不知道他们为什么没开枪，要不就是比我们想象的更善良，要不就是比我们以为的更胆小。

我目睹一个日本军官从一群女犯人中间走开，到了某一个位置时，他忽然显得有些犹豫，停了停，似乎知道身后在发生什么，开始想应该怎么做。是转身回去捉住正在取笑自己的她们吗？利用日本人高于白人一等的身份，向她们吼叫给予教训吗？罚她们在大太阳底下立正吗？或者扇她们耳光？要不悄悄走开、试着忘记这烦人的事？

犹疑不决和受辱的感觉吞噬着他身上的每一寸细胞：无论他怎么做，他都受伤了。他可以朝我们开枪，却的确不能让我们闭嘴。

有时他会回转身来，彰显他的男子气概。但更多的时候，尤其是当他对白种女人的了解越来越多以后，他会定定神，向英国士兵的营地走去。在那里，他扇着那些两倍于他身高的英国兵的耳光，方能感觉自己更像个男人。

来到古晋不久，乔治过了 3 岁生日，这也是他在牢里的第一个生日。借着儿子生日这件事带来的勇气，我在长田中尉那里求得了一个不寻常的让步，让他准许我从小卖部买了 34 枚鸡蛋，给营里的孩子每人一个。我卖了一条裙子，得到足够的钱，每一枚蛋花掉 25 分。生日那天早上，乔治向每个孩子分发鸡蛋，

得到了每个孩子的生日祝福。

9 点钟的时候，有人来叫我们去日本军官的办公室。在那里我们看见了哈里。长田中尉令人吃惊地告诉我，他特许我们见一面。

自从离开巴哈拉，我和哈里就再没见过。我们看了看彼此，无言以对。这次我们连手也没有拉一下，然后哈里向乔治张开双臂，当他用胳膊抱着乔治的时候，好像再也不会让乔治离开。

我问哈里，是他要求的这次会面吗？他说不是，他一直在地里干活，直到有人来叫他去办公室。他来的时候，长田对他说："今天是你儿子的生日，可以让你见见你的妻子和儿子。"这证

明，我以生日的名义要求买鸡蛋，得到了回应。我不知道该怎么感谢他的善意。我们说了半个小时的话，告别出来。

乔治对我的礼物一点也不喜欢，因为它们只是一些生活必需品。我给他做了两条裤子，用曾经是床罩的蓝格子布，来监狱时我用来裹床品带来的。还做了一条马来长袍和一个纱笼，睡觉穿，是从我的玫瑰色和服睡衣上剪下来的布。后者的东方风味，比起英式蓝格子布，更对他的品位。

佩涅洛普用碎布给他做了一个汤姆索亚娃娃，里边塞着她枕头里拆出来的棉花。汤姆手里还拿着一根钓鱼竿和鱼线，上面挂着一条鱼。玛嘉烈·诺斯给他做了一个小枕头，上面蒙着她裙子上剪下来的布，里边塞着破布条；还有两个毛线做的土著人玩偶，坐在一个报纸叠的小船里。托尼送给他一些从报纸上剪下来的图片。彼得和弗兰克送给他两块白糖，是他们的妈妈带进监狱里剩下的最后一点。阿拉斯泰尔、大卫和德里克送给他一些西米饼。艾迪斯和艾迪给了三块甜面包干，那是卓太太 1 年前带进来的，现在饼干桶剩下的仅有的三块。苏珊给他一个蓝色的大象，那是巴布斯·希尔剪下苏珊的毯子一角做成的。最奢侈的礼物是来自梅姨的一块香皂，因为营房里早已没有了任何香皂。

乔治那天去睡觉时十分开心。如果他得到的是一些花了好多钱的礼物，也不会令他更快乐的。那天他也特别乖，一整天都没挨过打，这绝对是值得一提的一件事。我呢，也很开心，因为今天见到了哈里。

1943 年 6 月的一天早上，外面的路上传来卡车的声音，伴随着日本人又跑又嚷的动静，还有通知，让我们远离营房门口，因为外面有男人正在通过！

很快我们从小道消息得知，有 1500 名澳大利亚士兵正被从新加坡运往山打根战俘营，途经此地，要住几个晚上。大家都很兴奋，希望能听到一些关于战事的消息。玛丽尤其兴奋，想着她的同胞就在附近。

这一队人被安置在男牢营菜地远端的一个棚子里，距离我们大约 0.25 英里，我们可以将他们一览无余。

发生的第一件事，是一名澳大利亚人在菜园子里被绊了一跤，被菜地里一根裸露的电线给电死了。那电线其实一直在那儿，男人们竟然从不知情，只是幸运没有碰上；孩子们有时也获准在菜地里玩儿，都侥幸绕过。

接下来的是，这些澳大利亚人开始在夜里探访女牢。他们爬过菜园子，到我们营房外的铁丝网边躺下，便开始叫唤，直到有人注意到他们出去打招呼。去打招呼的，是女人还是日本人，基本上像掷骰子一样，靠运气。

玛丽和我住在营房最靠里的地方，窗户看出去就是铁丝网。第一个晚上，我们听见一些嘶哑的低语声，接着有小石头飞进窗户，砸到我们脚边。当石头飞弹来得越来越密集时，我们悄悄溜到铁丝网边，低声对他们喊道："快闭嘴！你们是想给我们惹麻烦吗？卫兵就在那边！"

"哦，不是的，女士。我们就是来看你们的，我们好久没有看到过女士了。看，我们从新加坡带了口红和香烟给你们。"

"嘘！我们都带着孩子，每次小日本一生气就会克扣食品，我们可不想惹麻烦。快走，在被他们抓到之前马上走。"

"被抓住！女士，被抓住我们可不怕，我们都是被判了两次死刑又逃走的人，我们一点也不怕。"

我明显感到他们过火了。"请走吧，你不怕，我怕。"

"嗨，我们真的一点也不怕卫兵，我们可以把他干掉！"

这越来越离谱！

这时另一个士兵说话了。"好吧。当我们被送到那个叫山打根的地方时，我们打算逃跑，你能告诉我们这个国家的一些情况吗？"

“小日本控制着婆罗洲的海面和天空，你逃不掉的。如果你跑了，会被人告发去领赏。现在快走吧，好孩子，卫兵来了。”

“好吧，我们1个小时后再来，等那卫兵走了以后，到你们铁丝网那边来，到时再多聊一会儿。我们想再次见到女士！”

“你们再来我们也不会出来了！”

我们进去了。玛丽和我商量一下怎么做，他们是她祖国的人，她自然而然地信任他们，想帮他们，也愿意和他们说话。我很小心，我说我们能给予他们关于逃跑的最好建议，就是别那么干。如果我们被抓住跟他们说话，不光日本人会气疯，我们自己营房里的伙伴也会不高兴。会有丑闻传出去,说我们“在黑暗中跟澳大利亚人躺在一起”。

很快各种声音又响了起来，口哨、猫叫、低吼、嘘声，小石头也开始不断地飞进来，我们不得不出去制止他们。

我们在黑暗中爬到围墙边，于是他们听见了我们。

“那边没人吧，姑娘们，我们过来了。”

“听着，”我用最严厉的口吻说道，“我又老又厉害，也对你们没有兴趣。如果你们在这儿赖着不走，不光会给我们带来麻烦，也会给你们自己惹麻烦。卫兵几分钟就会来一次。请赶紧离开，别再来招惹我们。”

“哦，姑娘们！跟你一起的另外那个女孩儿呢？她也不想见我们吗？我们带来的香烟和口红总得给谁吧。”

我对玛丽说：“我进去了。”

玛丽:“你是澳大利亚哪里的?”

“我们是悉尼的。”

“你知道……”

“行了玛丽,别再想着给他们传教,先救救你自己吧。”

玛丽:“你们这些男孩儿,快走吧。”

我:“卫兵来了,我听见他和多莉在说话!当兵的,快走,快!”

“别急啊,姑娘们,我们先把口红和香烟给你们。接着!”然后,“呼”的一声东西扔了过来。

我们接住了香烟,可是口红掉到草地里去了,我们先爬回营房。刚好在卫兵出现之前赶到。我爬进蚊帐里,喘着气。远处草地里传来的窸窣声越来越远,最后听见一阵口哨声:“跳华尔兹的玛蒂尔达,跳华尔兹的玛蒂尔达,我要跟你一起跳华尔兹,玛蒂尔达!”①

第二天白天我们在草地里找到口红,第二天晚上卫兵开始在我们和澳大利亚士兵的营地之间站岗,3天以后,澳大利亚人就离开了。

几个月之后,我们听说一队澳大利亚士兵成功地从山打根战俘营逃走,泰勒医生被指控协助了这次逃亡,因而入狱。再后来,这次逃亡又跟哈里扯上了瓜葛,由一封信和一些关于某

---

① 这是一首可以称为澳大利亚非官方国歌的歌曲,被世人,也被澳大利亚人自己符号化地用来代表他们的一首丛林民谣,“Waltzing Matilda”。——译注

个地区的描述信息引起。据说澳大利亚人在古晋期间，哈里为他们提供了这些信息。我总是想，那两位夜晚造访我们的朋友没准儿就在这一队逃走的士兵中间。

后来了解到，那一队逃走的澳大利亚人，大概是唯一幸存下来的一群。整个山打根战俘营在一次强迫的急行军[①]中被彻底消灭掉。

在古晋，我们开始被组织起来劳动，做一些除营地里的活之外的其他工作。

第一项任务是清理一片二级丛林，这里曾经种过一批橡胶树，后来被废弃，变成了野生林。最大的那些树已经被砍掉，我们的任务是砍那些剩下的小树，并刨除所有橡胶树的根，把这片荒地全部清理出来，用来种菜。

这一次的强制劳动由长田中尉介绍，他说：

“这项工作是一个志愿劳动项目。你们需遵命组成一个志愿组，每天上午工作4个小时，下午1个小时。这将帮你们消磨时间，因此你们是从中受益的。我在此命令你们，加入这项志愿工作。”

我们跟他讲道理：“我们有的虚弱，有的染病，有的年纪较大，再不然有孩子要照顾，真的干不了这项工作。而且我们饮食也

① 此次急行军，被史书称作“山打根死亡行军”（Sandakan Death March）。逃走的6个战俘全部幸存下来，成为整个战俘营仅有的幸存者。——译注

很差，不足以支撑我们做重体力活，所用的伐木器械对妇女来说都太重，根本拿不动。"

长田回答道："在日本，饮食也很差，女人也工作。你们会习惯的。当妈妈的把孩子们带上一起。这是我的命令。"

一开始，没有卫兵看管我们，长田说了，做志愿工时，我们不需要卫兵看守。后来他觉得我们工作不够刻苦，便派来了卫兵。说，如果我们不加倍努力地做工，这些卫兵将会"志愿"来扇我们耳光。

这活实在太累人了。干 1 个小时我已经精疲力竭，到 4 个小时结束时，我几乎已经不能走回营房。浑身污秽，根本不愿进营房里坐，但又累到实在站不起来去洗澡。后来我学会了怎样看起来像在工作，实际上并没有。再后来，事实上我们也的确更加虚弱了。

这期间，我们挨了数不清的耳光。于是希望知道挨耳光的原因，以尽量避免。

指令由长田写下来，经由翻译官翻译后交给我们：

"为了避免惩罚或挨打，女士们应当让自己更加努力地工作，谨慎服从，没有怨言。"

长田有时会来视察，站在那里看我们干活。他总说，我们干得不够努力。后来便增加了一些时间，因为他说，看见有的女人在下午玩儿牌，还有人在床上休息。

一天，他告诉园丁，也就是我们的监工，有一位日军中将要来视察集中营，我们正在开垦的荒地到时必须已经长上了蔬菜。可眼下树根还没清理完，更别提种菜了。监工问长田，中将什么时候来，长田说："明天，因为是天皇的生日。这是我的命令，明天必须长上蔬菜。"

那天夜里我们干了很久，挖了一些小坑，植上了一些甜薯苗，看上去颇有成效。

第二天中将来了，菜园里种上了菜，长田十分满意，得到奖励和提升。又过了一天，那些甜薯便都死了。

我们在古晋学会了很标准的鞠躬。有打印出来的指导说明以及示范，还进行了练习。鞠躬规矩如下：从腰部起往上的身体，向下倾斜 15 度，脱帽，手垂于身体两侧，脚并拢，保持这个姿势默数到 5，再还原。

第一次我们被集中起来练习，是训练我们迎接这位参观我们种甜薯的中将。

这天，我们分类列队，修女在前，带孩子的妇女在后，这样做的目的是防止我们不小心做错什么事。当鞠躬的命令传来时，修女们漂亮的臀部忽然凸起来，因为站得很近，我们低下去的头就与她们的臀部正好碰上。一阵混乱。中将于是被领去参观养的猪，这些猪比我们对中将表达了更多的敬意。那以后我们便再也没有被集合起来给前来视察的军官鞠躬了。

按规定，犯人需要在一个日军军官或士兵"出现在视野里"

时鞠躬，这个表达比较含糊，因为有的人看得远，有的人看得近，还有的人背对着因而没看见，有的又有可能在军官看见她们之前就已经鞠了躬。后来我们得到答复说，这个表述应当理解为："当军官看见你时。"鞠躬时，人应该把手上的东西都搁地上，脱帽，摘下头巾、围巾、墨镜，甚至如果卫兵要求的话还需要摘掉眼镜，扔掉报纸裹的卷烟，及时做一个 15 度的鞠躬，这样方可避免一记耳光。

有时，我们也被要求去"志愿"合唱，或者一些其他形式的表演，基本是在某个日本节庆期间，用来娱乐我们的看守或者我们自己。如果志愿组合没有形成，那么就会被点名要求表演。

这些娱乐活动，通常有 2000 ~ 3000 名犯人前来观看。日军军官们坐在前排，一边享受，一边不失警惕地期待着可能出现的看似毕恭毕敬的冒犯。他们如此敏感，我们的任何言行都有可能被他们理解为侮辱。犯人们则排开在他们后面，有的站，有的蹲，有的坐在他们自己设计建造的类似凳子的玩意儿上。丈夫们总是被安排站在整个观众的一侧，而妻子们一定在另一侧，中间是一层一层防火材料一般的修女。这些罗马天主教修女，加上英国士兵和荷兰士兵，层叠起来，以防止妻子和丈夫的接触。日本卫兵则在人群外围忙碌地巡逻，不是防逃跑——这在古晋根本不用想，而是防止夫妻之间的任何接触。

而丈夫和妻子们去观看这些表演的唯一目的，恰恰是能够借机看一眼对方，或者偷偷传递一张纸条或一个口信。偶尔某个特别大胆的丈夫，可能会从人群中间的地上爬过去，爬到他妻子坐的地方，在黑暗中在她身边待一会儿。忽然间可能会听见一声公牛般的吼叫，表明这一违法行为被发现了。吼叫不是来自犯人，而是来自卫兵对于这一发现的惊怒。然后这名犯人会被刺刀挑着从人堆中剔出来，赶到禁闭室去。

哈里从来没有在做观众时溜到我身边过。那不太体面的方式，以及被抓住以后的公开羞辱，都令他却步。但他通过那一层层石棉布一般的修女，给我传递过纸条和阿司匹林。

英兵营表演过一个十分滑稽的节目，女子模仿秀。男人穿着他们从女犯人营里要来的一些旧布做成的服装，由两个英国大兵“菲菲”和“安妮”表演。妇女喜欢这个节目，因为那些服装做得好；男人喜欢这个节目，因为那些搞笑的段子。

其他营的节目水平参差不齐。整个晚上的气氛一直是紧张的：日本人会率先因为什么发难呢？为没听懂的某个玩笑或者歌曲而受辱，还是为听懂了的玩笑或者歌曲而受辱？

我通常会事先安排好，在这些晚会时“生病”，这样可以一个人留下来享受空荡荡的营房。但是有三次我还是被叫去了，由卫兵把我从“病床”上押到志愿庆祝现场。他们似乎希望我写一些关于晚会的评论文章，以便让日军的仁慈善良流传下去，并命令我按这个意思来写。

但是长田中尉自己其实写得最好。有一个节目，是15名妇女（我不在其中）穿着各自最好的一条裙子，化了妆，站在一起唱家乡的歌。唱完之后，她们中的一个问长田，认为她们唱得怎样。当时长田拒绝给予评论，第二天，他给这些妇女送去一封信："我非常欣赏女士们的口红和服装，比她们唱的歌还好。"

这之后不久，一名将军造访古晋。整个营地把迎接将军视察这件事放在了最高优先级。那期间，我们 3 天不许晾衣服，以保持营地的整洁美观。合唱女士们被要求在将军的欢迎午宴上演唱，命令"着装整洁，并化妆"。

这一带有早期罗马帝国风味的要求令演员们极为不悦，可命令又不能违抗，最终她们决定，牺牲 8 名年长的演员，去为将军助兴，而 7 名较为年轻的留下来以确保安全。

这一天到来。灰白头发的人质粉墨登场站在"捕猎者"面前。长田中尉接过演唱者的名单，看了看，又看了看眼前的演唱者，看出了眉目：未婚女子全都被留在了后面！他把名单撕得粉碎，命令：所有演唱者必须全部到场！

午宴如期举行，长田谄媚讨好，将军微笑放松，女士们献唱，领了一些赏赐的饼干和香蕉，并完好如初地回来了。唯一的区别是：她们不像去的时候那么饿了。

有消息传来说，在我们和修女的营房之间将要建一个路障，以挡住我们过去得以看见丈夫的视线，并因此而杜绝这一不好的行为；"不好的行为"是日本人对我们凝望丈夫的描述。

这个路障是由长田中尉下令修建的，已经开工。我们十分沮丧，牢头多莉·亚当斯去长田那里求情，只要不修路障，我们保证不再发生“不好的行为”。长田听都不想听，多莉又请求与须贺上校面谈，长田也不准许。

她回来把情况跟大家一说，营房里伤心的女人们炸开了锅，个个都为更多层的围墙和丈夫更少露面的可能而垂头丧气。最后大家都认为，可能推翻这个决定的唯一希望，是等须贺上校来营房视察时，向他抗议并求情。由于长田明确禁止了多莉与须贺交流，她们选我去求情。须贺最近刚刚命令我给他写文章，所以大家认为，也许我说话会有用。

好像命中注定，正在我们讨论的时候，须贺上校的汽车开进了男营。我们充满希望地在铁丝网这边等待，祈祷他也会造访我们。

等了 1 个小时，晚饭钟敲响了，为了乔治的晚饭我不得不去。过了一会儿，维奥莱特跑到营房来告诉我，须贺上校在离开男牢时，我刚巧离开去给乔治打晚饭了。于是我赶紧向营前跑去，乔治跟在我身后追。

营地外，须贺站在他的车附近，正在与长田以及其他几位军官说话。我祈祷着，希望长田不要陪他一起来。

亨利埃塔这时不请自来，加入了我和乔治。

须贺向我们走过来，进了营地。我们一起鞠躬。

须贺：“你好吗？”

我:“很好，谢谢您，您好吗?”

须贺:“我很好。乔治怎么样?还有你，凯斯太太?”

我:“我很好，但是很不开心。”

须贺:“很不开心?”

我:“是的，我们都很难过，因为您要修一个路障来将修女姐妹与我们隔离开。我们爱我们的修女姐妹们，她们友好善良，她们教导我们的孩子，带我们的孩子玩。而且，营前的这片空地也是孩子们仅有的游乐场，如果这里被隔离起来，孩子们便再没有地方可以活动。我们请求您，别在修女营和我们之间建路障，好吗?”

须贺上校好像被我这番话震惊了:“可是修女们过着清净的生活，让男人们盯着她们看是很不礼貌的!妻子们也引得丈夫们向女牢注视!我们日本人认为，夫妻凝视是不当的行为，必须被制止。”

我:“我们可以向您保证，如果这是您的要求，我们绝不再向丈夫挥手，或者试图与他们交流，但是求您不要修这个路障。您一向对我们和孩子们都很好，这一次再请您一如既往地对待我们。”

亨利埃塔(似乎打定主意要比较现实):“如果您把修女和我们隔开，修女们便连厕所也没有了，她们的厕所在营房的后面。而且，您可以在男牢外面建一个又大又好的围墙，而不是在我们这里，这样也可以隔开丈夫们啊。我现在就可以告诉您怎么做……”

我：“须贺上校，我们都请求您重新考虑修路障的事，因为我们都知道，您一向是十分善良的。您说过，希望我们在营里过得开心，在我们离开巴哈拉之前您就说过，妇女在这个营里都很快乐。我们请求您不要将我们与修女姐妹们隔离开，将我们的孩子关在一个更加封闭的空间里。请考虑我们的健康！请考虑我们的快乐！我们都恳请您以一贯的善意来对待我们。”

亨利埃塔：“而且您可以在男牢前面修墙啊！我现在就来给您示意！这样修女们就不会没有厕所了！”

第二天我们被通知，路障不会修了，大家都松了一口气。但是不久，我们就又变得太过轻松：根本控制不住地要向丈夫那边凝望。那是多无邪的一份乐趣啊！

但这在日本人眼里可一点也不无邪。也许这压根儿就是个借口，几个星期以后，我们被告知将被迁往另一个新营。

08.

打消傲慢

新的营地在战俘营的化粪池上。那儿的地上爬满了蛆虫，空中蚊虫密布。这是14个月来我们的第三次搬迁；每迁一次，丧失一份体力，增加一些新的疾病。这一次，我们用新开荒出来的菜园，换来一个粪池。

我们又请求须贺上校别让我们搬，诉说孩子们将会在满是蛆虫的环境下死去，因为他们连鞋也没有；大人会因为没有药品死于疟疾；所有人都将死于饥饿，因为没有了菜地。再说，大部分人可能在搬迁中就会死去，因为我们早已劳累过度，并严重食物不足。

须贺上校答复说，我们这样想令他很遗憾，因为他确实希望我们开心。不过，我们必须从我们丈夫的视线内移开。

他补充说，但又不能让男人们搬过去，因为那地方在半英里之外，他不放心把男人放在距离日本士兵那么远的地方。这就是说，如果被隔离，那些丈夫们可能会走私，甚至会逃跑！但女士不一样，他更信任我们女士！

于是我们这些“受信任的女士”将要在早上9点钟被迁往新的营地。乔治和我已经病了3天三夜，疟疾，这个从来就没有远离过我们的疾病。乔治发烧，体温很高，我几乎一夜没有睡觉，担心他又抽搐。而我自己，也因为发烧和疲倦变得十分迟钝。

搬家这一天到了。集合点名时我没能赶到。那天就算我为此会被枪毙，9点钟前也没有办法准备好。

赶到营地操场时，我迟到了10分钟，拖着两个行李箱，牵着乔治。他仍然烧着，却并没有抱怨。如今他对于病痛已经有了不像一个孩子一般的忍耐力和顺从，这比他的眼泪还刺痛我。操场上，有8名妇女和5个孩子，正以立正的姿势站着，也是因为迟到而被看管起来的。其他的营员已经离开，正在前往新营地的路上。

日本军官对我们几乎是暴怒：我们这些没有纪律性的女人！就连现在，我们还不懂得要立正！如果不是因为日本人如此善良的话，他们一定会打我们的！可这些善良都白白地浪费在我们身上！

我们的迟到羞辱了他，并且辱及整个日军！因此我们将要一整天公开罚站示众，白天站在操场上，晚上去禁闭室，明天再搬迁。这，都是为了去除我们的迟到给日军带来的羞辱！

这一刻，我对日军所遭受侮辱的感觉是，即便让我们一辈子待在妓院里，也无法还清。

于是我们以立正的姿势站在了太阳下。而我们的丈夫们，被编了队前来帮着搬迁，他们被允许与卫兵一起待在室内。我看见了哈里，但不能招手。当他看见我时，显得很担心。这算一个很不寻常的让步，日军竟然让丈夫们帮我们搬家。

自从14个月之前，我们被囚禁时开始，我们便一人靠一只旅行箱的物品生活。那以后，用偷来的梁柱做了各种家具，在热闹的女犯人、儿童、脏衣服、塌下来的蚊帐、回收的垃圾中，那些家具并不显眼。可今天丈夫们一搬开这些家具，竟然整整一面墙都塌了下来。这时日本军官才意识到，一半的房屋设施已经被改造成了家具。

面对这集体的、批量的不服从证据，他们又开始动脑筋：怎么办？这些女士这么不守规矩，我们应该怎么办？既不能全部枪毙，又不能所有的都拉来打一顿，也做不到轮番挨个羞辱，因为她们已经早已尊严尽失。可你又做不到对这一切视而不见。

这时，长田中尉在附近的树荫下休息，看着这伙忙着搬家的人。他把擦得锃亮的军靴脱下来放在一旁，穿着袜子的脚搭在一棵树桩上。裤子松开，敞着，露出里面带纽扣的内裤。如果说，英国佬穿着礼服建起了他们的帝国，那么这些日本人，以同等的固执、穿着内裤，把这个帝国撕成了碎片。

眼前的这些搬运工，与他们正在搬运的物品形成绝配。就像我们拥有的这些物品一样，他们破旧不堪，衣衫褴褛，可悲而可怜；他们，就像我们的床、椅子、板凳、桌子一样，绝无优雅可言，却是我们的无价之宝。没有衬衣、没有鞋袜、没有帽子，每个人身上都伤痕累累，不是腐烂的腿和胳膊，就是在咳嗽，或者瘸了腿。这些过去饱受繁文缛节所累的绅士，如今几乎衣不蔽体。即便如此，当你将视线从他们身上移到长田身上时，你仍然可以欣慰地发现，他们与猿猴之间的巨大差别。

丈夫们很快就搬完了。我看见哈里在归队前，担忧地看着站在受罚队伍里的我。我们起初被命令要立正，不久我们就随便站着了，再一会儿我们已经坐下了。

这时已是12点，天特别热，我们顶着大太阳，乔治开始恶心。我将他抱到路旁的树荫下，并和他待在一起。很快所有罚站的人都挪到树荫下来了，并且从包裹中取出开水和茶来。长田中尉看着我们，一言不发。看着他，这时我只有一个想法："这些穿着军服的××××！"这句来自哈里的话，一直以来给了我巨大的安慰。

这些迟到的妈妈中有一个叫特蕾莎的，她一直是母爱101%的典范。过了一会儿，她走过来对我说："你应该去告诉长田，乔治正在生病，我们十分抱歉迟到了，请他放我们去新营。他也许会的。"

"我不去，他就是坐在那里等我们去求他。你看他那样子，裤子敞开！我被这些小日本恶心透了！我不去，我们迟到了，他有权惩罚我们。"

"看在乔治的面上，你应该去。"她还在坚持。我也知道我应该，可我不会去的。

"你自己去吧，你去告诉他阿拉斯泰尔脚指头肿了！"我粗鲁地回复她。

然而，我还是去了。我走到长田面前，说："到午餐时间了，我们也没有吃的，您能允许孩子们开饭吗？"

他点点头："可以。"然后我回去告诉了大伙儿。我们用树枝生了一堆火，开始烧水煮茶。这时特蕾莎忽然再也不能忍受，一旦涉及孩子，她有犯一百个罪的勇气。于是她走过去跟长田说话，以一贯的喋喋不休，充满戏剧性和略微歇斯底里的方式。面对她如此这般对痛苦的描述，长田的回应像一张白纸一样平淡。她回到我们中间，我们在热浪里垂头丧气。

这时，维尔弗莱德，一个为日军充当翻译的日本人向我走来。维尔弗莱德因为内向的性格，加上贫血，像个隐身人一样悄无声息。可日方恰恰赋予他这份烫手的工作，始终将他置身于争执的风口浪尖，比如向别人传递坏消息，替人表达羞辱，叫别人绰号，见证各种暴力现场。这一切都让可怜的维尔弗莱德紧张、神经质，似乎整天处于崩溃的边缘。

他来到我身边，是被长田派来的。他问我乔治是不是病着，我说："是，他患有疟疾，这也正是我迟到的原因。"周围好几个声音响起，纷纷诉说，她们的孩子也正巧不好，现在这天气太热，我们都感到严重不适，可否让我们现在去新营地。

维尔弗莱德回到长田那边汇报了。随后他又回来，命令我们都到长田中尉那边去。我们依令过去，立正站在长田面前；他依然躺在那里，裤子敞开。长田讲话，维尔弗莱德翻译："中尉说，你们是很糟糕的女人，因为你们都迟到，冒犯了皇军军官的尊严。这是一项大罪。如果你们是士兵，他可以关你们5天禁闭，没有食物，加上体罚，或者枪毙。"

"但是，你们是女性，加上禁闭室也不够大，而且长田十分善良，就像所有日本人一样，在对待妇女和儿童时尤其善良，因

此这一次他原谅你们，现在你们可以拿着行李到新营地去了。”

于是，我们做出好女人的样子，沿路向新营地走下去。每两个女人用一根长棍挑着三四个箱子，身后拖着孩子——因为日本人，那些善良的日本人，允许我们这样做。

在新营地，我发现我的“单元”还挺不错，靠近一个门廊，这意味着有机会通风，而且有扩展空间的可能：在这个被分配的单元上，我的床已经被哈里送来并装好了。新营地的单元分配是按姓氏字母的顺序、博彩外加争斗完成的。另外，如果不是卓太太替我出头，占了个她旁边的位置，因为我迟到不在现场，肯定不会有这样的幸运。

新营地一共有 5 间长条形的棕叶营房，其中 4 间用来给我们睡觉。另外一间，日本人命令空置，他们骄傲地说，留来做教堂用。

这意味着，我们的空间将会挤得一塌糊涂。再一次，乔治和我将共享一块6英尺长、4英尺宽的地方[①]。同样，也没有任何隔断来维持一丁点的私密。孩子和妈妈这个群体被集中在营房的一头。

乔治整个下午一直病着，持续高烧和呕吐。我把我们的“单元”洗刷干净，把打包的东西取出来，又偷了一些梁上的钉子来钉架子：先是用餐刀把它们撬出来，再用石头歪歪扭扭地砸进去。一整天几乎没什么吃的，新厨房的火生不起来，烟囱不透烟，水烧不开。这不奇怪，因为用的柴是我们当天刚刚砍下来的橡胶树枝，颜色尚且新绿。

我一整夜都陪乔治醒着，直到凌晨，他才退烧睡过去。我6点钟起来，因为我喜欢在乌烟瘴气的孩子吵闹声开始之前，利用这片刻安静来穿好衣服，准备好干上午的活。尽管我一直在为须贺写东西，营里的活一样也得干。这时的时间，按监狱里那随机的计时系统，是早上6点，可看见光线的时间大概是4:30。营房屋里屋外一片漆黑。晨星寥寥，黎明似乎还在远远的地方，仅有的已经起床的其他人是修女们，她们早起做晨祷告。

我穿着长裤坐在门槛上，发烧之后的身体还觉得凉，一边

---

① 1.8米×1.2米大小的面积。——编注

梳头一边想。思考有时是通往智慧的路，可以将现实的苦抛到身后，代之以前方的梦想和展望；思考有时也是破坏和毁灭的途径，尤其是当一个人被痛苦和绝望逼近崩溃边缘时。这个早上，对我来说，思考带来的是绝望。

每日里，我看见自己变得坚硬、苦涩、刻薄，让快乐岁月中自己所描绘的画像蒙羞。性情和神经都变得令人难以忍受，我用歇斯底里的粗暴态度与乔治说话，这让我深深地痛恨自己，却又无法控制。他跟我要吃的，我没有；如果我有，也不能陪他坐下来吃，因为我自己也很饿，看着他吃我受不了；这些不怪他，但他也只能忍受。

我绝望地抽泣起来，为了我不能给予他的一切，并不仅仅是物质层面的，食物、玩具、安抚等等，也因为我不能为他做一个温和、充满爱的妈妈。而我，是站在乔治和被毁灭的命运之间唯一的一件活物。我不是一个母亲，我是他世界里的全部支柱。我的身体已经疲惫不堪，神经也被撕裂，能量即将耗尽，为此我展现给他的，只能是一个为了他去争抢食物的狰狞的妇女。

我坐在那里牙关打颤，想着这些的时候，感觉有个人在盯着我看。从肩膀一侧的余光瞟过去，我看见一个日本士兵在营房走廊的另一端。

他踉跄着走过来，跨过门槛，下了两级，站在离我很近的地方。我还在梳头。他对我嘀咕着说话，混合着日语、马来语和英语，递给我香烟。我摇了摇头。那一天，我什么东西也不想要他们的；有时我会，可那一天，去他的，凭你是什么，我就是不要！他继续想要把烟递给我，将我挤到楼梯上。我摇着头，他再坚持，我就猛地把头向后一甩，意思是你扔地上我也不要。他把枪放在地上，摸索着香烟盒，向我弯下身来。

我一下脑子里一片混乱，不知道该说什么好，是说谢谢你吗，还是站起来鞠躬，或者我该说走开，你靠得太近！要不我应该自己离开。

卫兵犹豫了一下，嬉笑起来，顿顿脚，很快又靠上来，双手使劲从我胸部开始往下摸，摸到大腿上，从两腿间粗暴地向上探去。这个动作实在让我惊呆了，我瘫在那里。这时我除了“幸好我穿着长裤”的想法脑子一片空白。

接下来的事发展得非常恶心，是对一个女人而言不能更恶心的事，这对她的伤害，从身体到心灵同样巨大。这个士兵强壮、粗糙、残忍而凶狠，十分享受他对我的羞辱。

我没有足够的力气与他拼搏，也没有足够的力气逃开。好在环境还算对我有利。要踏踏实实地享受放荡，连狱卒也是需要时间和安静的。那些混战、缠斗、扑打，加上我的喊叫，惊醒了我的邻居们。她们本来都累坏了，睡得很沉，而且大家也都学会了，凡是涉及卫兵的闲事一律不管。可仍然，这些声音和挣扎还是把她们惊醒了，房间里开始有动静。这个卫兵将我放松了一些，我甩开他，并趁他注意力分散之际，对准他肚子

上一推，险些就将他推到。他后退了几步，好像还在犹豫接下来做什么：是继续来亲吻，还是把我杀了，或者拉起裤子走人。

我站起来开始喊："走开，快走开！"这时有一盏灯从修女那边沿着走廊向我们移过来。营房醒了，我猜他的原始冲动也平息了。这时他从地上捡起枪，愤愤地走开。

黑暗中，我精疲力竭地站在门口：星星还在闪着，黎明依然没有到来，修女们在祈祷。我连攻击者的脸也没看清。

邻居们缓缓起身，卓太太从她蚊帐里爬出来，问我怎么了；莫里恩叫着问我："发生什么事了？"玛丽睡意蒙眬地说："我好像听见了什么声音。"我告诉她们，有个卫兵刚才骚扰我，她们接受了这个答复，没有再问。我们在营中学会了不问问题，也学会了不回答问题。每个人的困难都是自己的，需要自己去忍受和克服。

我们是笼中困兽，孤立无助，我们的生活不堪忍受，然而我们必须忍受。我们哭喊着："我受不了了！"最终我们却都忍受了。

受困者是没有权利可言的，我们很清楚。

我领到我早上的那杯茶，还放了一点糖在里边：我需要一点刺激，而糖，当一个人的身体对它没有足够适应时，它几乎有着威士忌般的威力。

我一边喝茶，一边想着早上发生的事，并担心起来。仅仅是昨天，我们才迁到这个新营地，昨晚上卫兵已经坐到了女人们的床上，有说有笑到很晚才离开，而今早我就遭到侵犯。这个新营，难道会因为远离日军军官的监管，而重演我们在巴哈拉岛所遭遇的那些狎昵吗？我想，在目前这种疲劳和压力之下，如果再加上还得对付这些讨厌的侵犯的话，可怎么忍受啊？这个想法立即让我陷入无比的绝望之中。

自从来到古晋，我们无时无刻不处于监管之下。规章制度虽然繁复，但生活比起巴哈拉岛来，还算有规律。在营地内，我们也有一定程度的安全感，指控和惩罚也都很正式，来自官方而非个人。对两个营地一对比，让我相信，女犯人被狱卒性侵，是不被官方许可的。

我继续喝茶，担心着这新营地的未来。忽然听见一阵骚动，伴随着“立正”的喊声，周围的人纷纷挣扎着站起来。远远地，“玩具兵”形象一般的须贺上校的身影出现在走廊上。他走过来，我看见那洁净无瑕、刚刚修过的面孔，衣衫整洁。他一个人，很显然是来视察新营地的，像往常一样，总是先来到儿童们住的营房。我琢磨，他吃得饱饱的，洗得干干净净的，身上每一个毛孔都泛出上海花露水的味道，这样的状态下，要挤一个笑脸给我们，并不难。

他走过时，我鞠了一躬，压抑着愤怒和担忧，说道：“须贺上校，我有事想要申诉。”

他吃惊地停住，很礼貌地问道：“哦，凯斯太太？”

我告诉他，有士兵对我做出了十分下流的举动。然后，我用尽量中立的词汇将事件进行了一番描述，最后我说：“尽管我是一名囚犯，但我相信，我依然有权利有尊严地活着，哪怕是在监狱里。我也相信这正是您对我们的希望。因为这个原因，我将此事向您汇报。同时，作为您监管下的犯人，我请求保护。这个营房是我们妇女唯一栖身的地方，我请求您禁止卫兵进入。”

他对我这一番陈述的表现是无可指责的，并显露出震惊，同时平静而不乏惊异地看着我，说：“我不明白你的意思，请再说一遍。”

我将自己的话重复了一遍，他认真地听着，答复说：“如果是另一个人向我讲述此事，我也许不会相信。但我了解你，我相信你是一位诚实的女士。10 点钟请到我办公室来，我们谈一谈。发生了这样的事，非常抱歉。”

自从我们迁到古晋之后，须贺上校和我有过多次的交流。他最近更是命令我为他写作，而且读了《囚禁》① 的第一章。我相信，我们双方都希望能够以诚相待，与此同时，双方也都知道，我们是在与敌人打交道，必须保持警惕以自保。即便这样，我们仍然奢望，情形可以不是这样。正是这个双方互相尊重的努力，使得他说 :“我相信你是一位诚实的女士。”

10 点钟，我去到山顶，他的办公室。在那里，我重复了一次我的故事，并告诉他我害怕巴哈拉岛的情形再次出现。自从到了古晋，我们本来已经不再为此类事情担心。他要求我把情况再说一次，我照他要求的做了，结束时说:“日本人指责我们欧洲妇女不够谦虚有礼，但是在这样的环境下，不允许我们谦虚、有礼、有尊严。”

这时他说出一句令我非常吃惊的话:“我的士兵有纪律，他们不允许进入妇女的营房，除非里边发生了混乱。我十分震惊。日本士兵是有礼貌，有尊严的，如果不是因为我个人对你的了解，因而相信你是一名诚实的女性的话，我绝不会相信你所说的。”

我回答道:“我不是一个年轻女孩儿，也不轻浮，我没有做出任何勾引士兵的举动——事实上，他在那样的黑暗中根本不

① “Captivity”，是作者在须贺上校要求下写作的监禁生活原书名称，为本书提供了主要素材。参见前言。——译注

可能看见我。如果他能看得清，我相信他一定不会选择我。他来就是因为想要一个女人，而我孤立无援，是一名囚犯。我知道日本男人并不喜欢欧洲妇女，但是他们却喜欢羞辱我们。”

他看着我一言不发，持续了好几分钟，精致的手指头互相按压着。然后说：“我相信你告诉我的事，凯斯太太。我也很抱歉它已经发生了。我作为一个日本战士，向你道歉。”

然后他让我指认攻击者。可我告诉他，因为天黑，我认不出。他把长田中尉叫来，让我向长田重复这个故事。长田听着，很显然不相信我，并且明显对我十分生气。他说，如果那个士兵如我所描述一般，跟我如此靠近，我一定应该知道他是谁。然后他说，我怎么知道那是一名日本士兵？“完全有可能是一个华人游民，或者一个战俘啊。”

我说，在古晋，只有日本士兵有枪、靴子和军服，而这三样，我的攻击者全都有。

随即我回想起来，长田一直嫉妒须贺的权力，嫉妒他在古晋集中营的地位。也因为如此，他们从来没有喜欢过同样的人。先向须贺汇报此事，我已犯下了越过长田的错误。但我相信，如果我先向他汇报的话，他根本不会听。因为须贺喜欢我，长田便讨厌我，并且不信任我。因此向长田讲述此事，已经不仅仅是不悦，对我而言，这事已经十分令人生厌、肮脏而龌龊。

这次会谈以须贺重复他对我的歉意结束。我感到长田对此十分不以为然。

第二天上午 10 点，长田派人叫我去他办公室，与须贺上校的办公室之间相隔一定距离。在我的要求下，多莉 · 亚当斯获准陪我，维尔弗莱德也在场。

长田开始还是让我讲述我的故事，维尔弗莱德在一旁记录，然后他说：

“你在撒谎。”

“我说的是事实。”

“我说你在撒谎！我认为你指控这个日本士兵侵犯你，是为了报复日本人给你的羞辱，因为 3 天前我惩罚了你。”

我吃惊地看着他，问道：“您给了我什么羞辱？”

“我在你们搬迁至新营地那天，因为你迟到而惩罚了你。我让你在太阳底下站在操场上，你的丈夫和其他人都见到了。你那天对我十分生气，我能看出来。现在你来对我撒谎说这个日本士兵的事，就是为了报复日本人！”

在长田怒不可遏之际，我回想起操场上那天，我自己几乎衰竭而变态的心理，再次看见那个事件其实在吞噬着我。从他的角度，长田有理由针对我，他甚至可能真的相信我在撒谎，尤其我还不能指认出攻击者。

我回答道：“您惩罚我，是因为我迟到了；那是您作为士兵的职责。然而我的天职是照看我的孩子，他当时正在生病，因此我迟到了。所以您的惩罚并没有对我造成羞辱，是公正的，这丝毫不能引起我有报复您的愿望和理由。”

长田听着，并没有被打动。他命令维尔弗莱德把我的陈述打出来，让我签字，说：“如果最后这个故事被证实是假的，将会很严重。阴谋诬陷皇军战士是死罪。”然后他再次坚持让我指认是哪个士兵，继续说我在撒谎，我又重申自己所述属实。就这么又演了一遍。最后他让我提供证人，我肯定地说，营房里附近的妇女都听见了我的喊叫和那些纠缠搏斗声，并给了他几个名字。他才说我可以走了，我和多莉回营。

当晚，“扑克脸”，一名士官长的绰号，领着一队卫兵来了，让他们挨个进来，命令我分辨，谁是攻击我的人。在这个营里有 20 来名当守哨位的士兵,完全有可能是他们中间的任何一个。他们这时因为散漫无纪律而被自己的长官打过了，因此下决心一定要我揪出罪魁祸首。我只好再说一遍，我分辨不出，因为当时天太黑。事实上，即便是白天，即便与日本人相处也已经好几年，大多数的皇军士兵在我眼里仍然是惊人的相似。

与此同时，我从一个印尼犯人那里听说，须贺上校今晚有事离开了古晋，会走好一阵。我仅有的希望也没有了。

第二天上午 10 点，维尔弗莱德又来叫我去办公室，这次让我单独去，不让牢头陪。办公室里有“扑克脸”士官长，一个卫兵，以及长田。维尔弗莱德也被打发走了，他们让我坐在长田办公桌前的一张椅子上，面前放着一份打印出来的文档，命令我在上面签字。我读了一遍，发现是以我的名义写的一份陈述。这份陈述中，我承认自己错误指控了一名日本士兵对我攻击，目的是就最近加在我身上的一次惩罚，而报复长田中尉和日军；我“承认”在整个事件中撒谎，并且“愿意”道歉。

长田命令我签字。我回答说，我不可能签，因为这不是事实，并提醒他，我向他提供了证人的名字。长田说别管证人了，签吧。我再次拒绝。

他转向士官长，急速地用日语说了几句什么，随后就离开了。我问自己：“这么容易就过关了？”

士官长用我所见过的最阴冷的目光看着我，紧闭的嘴唇叠在一起，像一张起皱的棕色的纸。我看到恨、鄙视和厌恶，在这张冰冷的脸后面，是这些年来潜意识中所积累的记忆，那些关于我所属的种族所施加到他和他的民族身上的鄙视的记忆。我看到在他们心中沉淀多年的积怨，此时在他们对我拥有绝对权力时彻底爆发。如果他真的像他看上去那般恨我，我很佩服他，居然能忍住没有立即杀了我。

他用日语对卫兵说了几句话，便向房间里最远处的门口走去，背对着我。卫兵向坐在长田桌前的我走来，我吃惊地抬头看着卫兵。卫兵抓起我的左臂，粗暴地向后一扭，我痛得喊了出来。他向后一拧再拧，放松后，又拧，这个痛变得难以忍受。

我大喊着向士官长求救，一遍又一遍。他背对我站在门边，一动不动。我潜意识里知道，他不会帮我，我这次逃不了，什么办法也没有，但我还是忍不住呼喊求救。卫兵持续着他给我的这份待遇。

自从被拘押以来，我其实已经很多次想象过类似事情的发生，也刻骨铭心地目睹过此等情境，可此刻当它真正发生时，惊恐依然是巨大的。这是那种你永远认为只会发生在别人身上的事，与己无关。

在恨你的人面前，忍受痛楚，与在喜欢你并希望你勇敢的人面前是不一样的。此时，没有鼓励和目标来支撑你去承受。当敌人恨你，伤害你时，他们希望看到你哭喊，这让他们开心满足；而如果你不这样做，他们会加倍地恨你伤害你。无论怎样，都于事无补。你变得十分虚弱，以至于无力为自己的虚弱而羞愧，也无力去尝试勇敢。承受折磨，要么需要巨大的勇气，要么需要麻木，这二者我都没有。我也许可以短暂地充当一刻的女英雄，但坐在这儿，一直承受下去，我做不到。

卫兵还在继续他在我身上的工作。我猜自己大概喊得太厉害了，听见士官长忽然用日语说了几句什么，卫兵放开了我。当他松开我时，我晕软过去，从椅子上滑到了地上。他用英语对我喊，让我站起来，可当我试图听令照做时，他又从背后推我，将我再次推倒在地上，并狠劲地踢我的膝盖。我倒在地上，躺着。

这时另一桩“惊喜”出现。过去在战俘身上，我多次见到过的待遇。卫兵用靴子狠狠地踢我左侧的肋骨，随后又猛踢我的肩膀。我用手护着胸部，一滚，面朝下地趴着。随后他一遍又一遍地踢我，一边喃喃自语，我在他身下躲闪回避。接着他不再踢了，只站着喃喃自语。我不知道眼前这个情景仅仅是开始，还是已经结束，只吓得一动不动。

然后卫兵从我身旁走开，什么也没有再发生。我翻过身来，小心翼翼地往上看着，士官长已经彻底不见了，卫兵看着窗外，好像这一切都与他无关。

我静静地躺了几分钟，肋骨上有锥心的痛，左臂和肩膀也疼痛难忍，浑身酸胀；然而比疼痛更巨大，更可怕的，是我的惊恐。

过了一会儿，见没有什么事发生，我缓缓地从地上支撑着起来，坐回椅子上。我想把衣服和头发拽平，可手抖得太厉害，什么也做不了。卫兵对这一切漠不关心，那时我脑子里的念头是，请你等一分钟，就等一分钟，无论你要再对我做什么！

士官长回到屋里来，看着我。如果他希望对陈年的羞辱进行报复，他现在做到了；他这会儿应该满意才是，可他脸上什么表情也没有，对卫兵说了一句话，我猜大意是："够了！"

长田也回来坐下。假装很忙，没有看我。一个念头闪过，我应该就刚才卫兵的殴打向他抗议，很快另一个念头跟上来：我就是抗议得太多了。哎，也许我终于了解了这些人，但已经晚了。

长田向前俯了俯身子，把他那一版本的"忏悔书"推向我，这才抬眼看了看我，说道："指控日军士兵是一件严肃的事，你最好据实交代。”

我本能地想要全部同意，以便能及时逃走。我终于懂得了人为什么会供认他们根本不曾犯下的罪行，我也知道我再也不会批评在身体折磨之下所做出的任何行为。可我在此之前，已经仔细想过此事，尽管此时我的身体已经崩溃，但我的意识仍然清醒地告诉我，承认自己撒谎能有任何帮助吗？当心啊。保持意识清醒，最终能救你的可能仍然是真相。

我回复长田：“我不能签字。这不是事实。我已经告诉过您真相。”但我的声音在颤抖，因此这形象也显得不太有说服力。长田再一次地在他桌上忙起来。我感到眼前的形势，达到了一个对我们双方都最有利的局面。我试图想象长田对自己说：“这可恶的女人，她怎么就不肯让自己被强奸呢，然后保持沉默呢！”我下意识地，竟然也同意他。

一想到长田其实也在犯难，不知道下一步怎么办，这给了我几分勇气。我凑上去，把忏悔书推开，这一次很镇定地说：“我已经向您说明了真相，我是一个有尊严、自重的女子，对我来说被您的士兵骚扰是一件很糟糕的事。您是一名军官和绅士，您自己一定也知道，这个行为有多恶劣。我之所以告诉您这件事，是为了向您寻求保护。这便是我想要说的一切。”

长田的反应很明确，他对我将他放在绅士和军官这样一个骑士身份上，显出尴尬和暴怒。可在我看来，明明是我，打破了眼前的僵局啊。他对士官长说了几句什么，然后转身对我说：

“你可以回营了，不许再对任何人提及此事，明白吗？这是我的命令，绝不许违抗。不要对任何人提及。”

我把自己稍稍拢了拢整齐，带着一辈子从未体验过的轻松感觉，离开了这个房间。哦，天哪，让我安全地回到那我曾经恨透了的郁闷、苦力、肮脏中去吧，我再也不抱怨了。无论监狱的生活有多卑微可怜，我都知道我还不想就此死去。

空气包裹着我，我其实是多么虚弱啊，但凡有任何人在我身旁，说要帮我或者表达一点同情，我都会支持不住立刻倒下的。就这样，我走了半英里路，回到营里，好像什么也没有发生过。

到营房后，我洗了个澡，用我留下的一些化妆品稍微把自己收拾了一下，这些是我保留下来用于见丈夫这样的特殊场合的。而今天是另一类的特殊场合——我需要装扮。

我完全没有在营里讲述今天这件事的欲望。也许这里有一半的人其实一直在压制想要踢我的欲望呢。我也不敢冒险去找吉布森医生，向她讨药，因为这意味着会被询问，我不敢信任任何人。当长田说“闭嘴”时，不是闹着玩的。

尤其令我惴惴不安的是，不能让哈里知道这件事。各种流言不可避免，尽管我们也不再相信任何传言。如果我不愿意给出任何事实依据，他也没有必要知道真相。他现在帮不上我，而因为我的麻烦令他愤慨，可能会给他带来麻烦。

但我还是找到维奥莱特，告诉她我在办公室被讯问。我一度以为自己不能活着走出那间办公室，如果有什么事发生，请她照顾乔治。另外还告诉她，我把日记本藏在哪里，请她在战争结束时想办法拯救出来。她向我保证，会按我的托付去做。但我没有提到任何细节，并不希望将她牵涉进不必要的麻烦中来。

终于，夜晚降临，乔治和我一起上床睡觉，我躺在黑暗中，为这份黑暗而感谢上帝。我想，在这场战争中，没有什么比你不得不当着别人的面做每一件事更可怕的了：吃饭、睡觉、洗澡、更衣，从身体到灵魂，一切活动都是公开的，一个人的所有私密情绪都在公共澡堂里被洗刷一空，再在公共茅房的墙上被挂着晾干。我对自己说，上帝啊，如果有一天我能走出这个集中营，请赐予我隐私吧，将所有的人从我身边带走，让我一个人死去。黑暗中，我悄悄地、伤心地啜泣着。

乔治那天晚上对我很好。平时因为他的原因，我很少哭。我是他的整个世界，如果我哭，他的世界就坍塌了。可他知道，今天晚上不寻常，他那时才3岁半，已经有了承受苦难的成熟。于是，当我们一起躺在床上时，乔治对我说，如果明天我身体不好，他会替我去干营里分配的活。我感谢他。他接着说，他要拍着我的头，将我拍睡着，因为我俩都喜欢被轻抚。于是，他盘腿坐在我身边，用他一只软软的手轻轻地拍着我，一边吮着另一手的大拇指，直到他眼皮睁不开，倒下来睡在我胸前。他躺在那儿，金色的硬硬的头，搁在我肚子上，嘴唇微微张开，打着呼噜，吸吮着手指。

我睡不着，肋骨上的伤刺痛，左肩肿痛，胳膊不能动弹，浑身瘀青酸胀。我紧张地摸着自己的胸部，像大多数女人一样，总是害怕那里有瘀血。而在所有的这些身体不适之上，不知道明天会发生什么事，这是最大的恐惧。

我明白自己没能预料到这个结果，实在是蠢透了。在这种事情上，本来是有规律可循的。一个犯人不小心引起了日军的注意，要么是他因为什么事被指控，要么是他提出什么要求，再不然就是不肯为什么事作证。被带进办公室拷问，如果不能强迫他忏悔，他被释放；但很快，他又被带走，再次被拷问，被释放。不久他被转移离开古晋，进一步被审讯。随着他的转移，会跟上一份死亡报告，死于痢疾或疟疾，这些，与知道的过多是同一种疾病。

我已经变成日军身体上的肉刺。他们知道我是作家，一直不断地搜查我的物品，想要找到笔记。他们相信，如果我走出集中营，一定会把营里发生的事情写下来。这威胁不足以改变营里的情形，却足以让他们为此心烦。我的存在时时提醒着，他们的行为将来在白纸黑字上不会好看，而他们偏偏希望被认为是好人！现在我犯了罪，把自己变成了攻击和暴行的受害者。

我认为须贺上校离开古晋，是为了回避尴尬和不悦的情形，因为在长田和我中间进行干预，须贺将有被贴上“亲英”标签的风险。他有什么理由牺牲自己来救我呢？

第二天早上，10点钟，维尔弗莱德又一次来命令我去长田的办公室，单独一人。我将乔治交给维奥莱特，告诉自己，这事将要结束了。我穿上最体面的一件裙子，化了妆，去迎接末日。

办公室里，有长田、士官长，以及一个卫兵。长田那份打印好的“忏悔书”再次被放在我面前，要我签名，我拒绝。我自己那份陈述这时又向我宣读了一次，我确认了那是事实。

于是昨天的一切再一次重复：长田用日语对士官长和卫兵说了几句话，然后离开房间。士官长对卫兵叮嘱了两句，也离开。卫兵面对窗户坐着，靠在窗户上，我坐在一旁等待：没有什么比等待更让人害怕的。我穿戴整齐，准备好被屠戮。头发编了发辫，没有血色的嘴唇上抹了口红，被疟疾折腾的黄脸颊上抹了胭脂，整洁的白色裙装，上好的斜纹呢，曾经十分时髦。我告诉自己说，爱美的囚犯就应该这样穿着去挨打。

透过窗户，我看见长田缓缓地往坡顶上日军军官的办公区走去，一会儿从视线里消失了，再然后什么也没发生。10 分钟后，他又出现在视线里，这次是往坡下去，再过一会儿他走进了这间办公室。这次手里拿了一卷报纸，并将它们放在桌上。

关于这个纸卷，我脑子里立即跳出一个结论：这里一定有我当初用来交换一些禁运食品时交给日本兵的文章，如今被拿出来用作我更多的罪证。嗯，为了无愧他们自己的良心。啊，那件白色手工的毛衣！那是有人给哈里织的，他们证明不了那是我的，能吗？可我还是希望他们没有发现它，还有哈里的羊毛袜、灰色法兰绒长裤，上面还有 Wm.Powell 商标，以及我的金顶针，上面刻着：“艾格尼斯·牛顿16岁生日，来自妈妈和爸爸”。哦，天哪，我是怎样的一个傻瓜呀！

长田叫退了这名卫兵，只剩下我和他。他向那一个报纸卷走过去，对我说道：“你看上去不太好，很瘦，这里有6个鸡蛋给你，拿着吃了吧，这件事结束了。不过记住，我命令你不许再提及此事。还要记住，如果你的陈述有假，那是死罪。你现在可以回营了。”

我艰难地站起来，鞠躬的同时，我说：“谢谢你。”我拿起鸡蛋，离开了房间。

多不可思议的人啊，我对自己说。一份炒鸡蛋弥补我的尊严，6个鸡蛋补偿我被踢断的肋骨！好吧，一个鸡蛋总还是一个鸡蛋！这一次我打算自己也要吃。3个给乔治，3个留给自己。我确实需要点儿什么了……

我顺着路走下去，在半歇斯底里的状态下向营房走去。鸡蛋让这件事了结，我知道现在长田不会再把这件事荡回到悲剧里去了！

09.
心照不宣

长田放了我以后的第3天，我在营里注意到一名卫兵混在一队罗马天主教会的教士中间。在我真正看见他之前那一瞬间，我其实已经感觉到了他，这感觉来自他愤怒的瞪视。一整个上午，他都在我营房门外晃荡。当我必须出门，去茅房时，他在后面跟着我，我进茅房他也会进去。

他对我晃拳头，吐口水，并且用很糟糕的马来语和英语向我喊："你是一个邪恶的女人！你对须贺上校说我的坏话！我到你身边来，是想像朋友一样对你，我给你香烟，想和你交朋友，可你却告诉须贺上校我是个坏人。你才是个坏女人，你告密！给我们惹了麻烦，所有的士兵都被打，所有的士兵都恨你，我们也会给你找麻烦的。呸！"他再次向我吐口水。

我吃惊地看着他，不敢相信他居然傻乎乎地把自己是攻击者这个事实揭穿出来。但这惊异仅仅持续了一会儿，然后我明白他并不傻，从来都不——无论发生什么，他都将是安全的。他是有枪的人，我告发他，是我对局面的错误判断。

他的恶毒令我颤抖，我快速走开，他还站在那里咆哮。

两个星期后，我肋骨的伤痛渐渐好转，肩膀也感觉好了些，瘀青开始散去，可胳膊还是很无力，几乎废掉了一样，但我照样有营里的活要干。

我去找吉布森医生，请她用弹性绷带帮我包扎肋骨，并告诉她这是好几年前断过的，最近又开始痛，可能是由繁重的体力活引发的。

她只有不多的一点弹性绷带，说不能都用在一个病人身上。我建议她去问问山本医生，那位日本外科大夫，向他要一些。可她说，问山本医生没用。不过，她还是替我包扎了，从腋窝到腰间，用旧的丝内衣拼接成的绷带。我返回去干活，几分钟之后，这条丝绷带就落到了腰以下。

我找到一位狱友，跟她讨价还价，要了一卷纱布绷带。拿着它再次去找医生，她重新给我包扎上，从腋下，绕过肩膀，再到腰部。这给了我一些支撑，可缺乏弹性却导致了没有余地呼吸。到了半夜，这个紧绷的状态让我再也无法忍受，我便把绷带又去掉了。

第二天早上起来，我感到深深的绝望。没有请假，擅自走出营地大门，向山上山本医生的办公室走去。我本以为会被看见，并且被营地哨兵或路上的巡逻哨兵制止，但也没管那么多，我豁出去了。可这次很走运，一个哨兵也没见到。

山本医生是负责古晋集中营医疗事务的日本医官，也负责药物配给。我并不喜欢去找他，因为日本人总是指责我们，说我们缺乏忍耐力，在痛苦面前不够坚强，是身体上的懦夫。骄傲使得我一开始不愿意向他求助，觉得这会给予他们进一步的借口来鄙视我们。但是，当身体上的需求上升时，这些心理障碍统统都让位。

按照社区和营地的规定，我们是不许去找山本医生的。只能按照命令，接受营地医务人员的治疗，这些人员由日本人指定，通过他们，在指定的时间与山本医生交流，提出医疗器材和药品的需求，也传达一些关于营地健康方面的要求。

日本人这一规定，是为了避免山本受到无谓的打扰；而营里社区的规定，则是基于营地医生会站在我们整个社区的立场，为我们申请利益这一假定。药品的供给本身和山本医生的耐心都非常有限，所以这个理论显而易见。可贯穿整个集中营生活，你要得到一件东西的有效途径，始终是无视营规去卖力争取，无论对英国人还是日本人，都一样。这与社区生活原则天生相悖，却符合适者生存的基本原理。

山本医生是一个非常极端的人——要么令人愉快，要么像个恶魔，没有中间状态。他有着暴躁而无法控制的脾气，这每每让他在感到烦躁时便会发疯，可他偏偏自认为具有相当的幽默感。他是古晋营里我们唯一不敢取笑、嘲笑的官员。当他没有挥舞刀剑，或者踢人的时候，他特有的方式和态度，确实是温和、有趣并且善良的。

我们的营医吉布森和山本医生之间有私仇。吉布森认为他卑劣，是个江湖郎中、骗子、畜生，而且愚蠢不堪。但山本其实一点也不蠢，他知道吉布森对他的所有这些看法。而且在这个长期的争端不和的局面中，我们的医生占了口舌之利，山本医生却总是在实质的争斗中占上风。到战争结束时，山本打过吉布森的头，也扇过她的脸，还把她推倒过，有一次还把她的小腿踢到流血。

这天上午，我幸运地发现山本医生处在好情绪之中。他是一个好看、整洁、一尘不染的人，个子在日本人中相对算高，有一张长而直的脸，坚定的下巴，以及一双明亮而灵活的双眼，双手形状优雅且保养仔细。我们彼此鞠躬后，他让我坐下，给了我一支香烟。他评论说，我太瘦了，看上去不太好，问我是否还患着疟疾，因为我过去找过他一次，要奎宁。

我说：“是的，但今天来不是为了疟疾，我想我有一些肋骨断了。”我描述了疼痛和其他症状,问他能否给我一卷弹性绷带，用于包扎。他充满同情地听我讲述病情，并且同意我的分析，但并没有提出要替我检查。别人告诉过我，他每次到营里来，除非我们的医生也在场，否则他从不检查女病人。吉布森的解释是，因为山本医生没有足够的医学知识，不知道怎么给病人实施检查。但我们一直怀疑，是心理原因让山本不肯这么做。

他问我怎么受伤的，我说是几年前的旧伤复发。他吸了口气，然后说：“这就怪了，”接着又说，“我听说你跟一名日本士兵之间有一些摩擦？”

我没有回答，沉默地看着彼此。于是他说：“我们日本人要么在战场上杀敌，要么被杀。这样比较好。我认为当一名犯人实在让人不舒服。”

我说：“嗯，现在把我们都杀了也不迟！”

“哈，我可没这么想。现在其实很尴尬。”我们都笑了，然后我知道我能得到弹性绷带了。他起身离开办公室去储藏间，1分钟以后回来，拿着一卷红十字的弹性胶带。他递给我，笑着说：“别告诉你们的医生！”

又问我是否还需要别的，我说还想要一个麻醉剂，因为疼痛让我彻夜难眠，另外还想要块肥皂给乔治洗澡。他从一个派德大药厂的瓶子里取出一些白色的小药片给我，我想大概是巴比妥类药物的一种。然后，把手伸进他桌子的抽屉里，用折叠式小刀，把一块大肥皂切下一半。接着，又伸进另一个抽屉里，拿出4根熟香蕉，说：“这给乔治。”

我说：“太感谢您了，您对我们太好了。”

他又离开房间一会儿，拿着2个鸡蛋回来，递给我，说：“这给你，不是乔治。”

我再次谢过他，称道他的善良，站起来便要走，可他让我坐下。他随后问了我的年纪，并对我的答复报之一笑。他很肯定地告诉我，战争起码还会再持续10年，而且日本一定会胜利。可这对他没有任何意义，因为他要不在战争中被杀掉，要不他会杀了自己。又再次警告我，不要对营里的医生说他给了我任何东西。叮嘱我自己保重，最后递给我一盒西贡香烟，才送我离开。

我正要走，忽然想起碳酸苏打水，乔治因为淀粉食物结构，老是膀胱发炎。我说：“我确实不愿意向您要更多的东西，山本医生，可您实在太好了，我忍不住想再要一样东西。您能给乔治一点碳酸苏打水吗？”

他起初看上去有些不悦，犹豫了一下，接着就笑了，说：“哈哈哈，凯夫[1]，好吧，我太善良了，我再给你一些碳酸苏打水。”他给了。

我鞠躬告别，回到营房，想着刚才的事：就像残忍并不是日本人专有一样，同情心在他们中间也并没有绝迹。

玛丽立即帮我缠上了绷带，这个有弹性的支撑给我带来了巨大的解放，又由于有了止痛片的帮助，这一晚我终于睡了一觉。第二天，我收起自尊，请求吉布森医生临时将我从劳动安排表中取下来，她同意了，将我放进病人名单里 2 个星期。我没有对她提及我去拜访山本医生的事。

第二天，一瓶红十字的多元维生素片被送到我手中，是山本医生送来的，附带一句简单的医嘱：“不要告诉你的医生！”我带着最大的警惕，立即将药和医嘱藏起来。狱中的生活向来阴云密布。

这时我们还听说，须贺突然离开古晋的营地之前，由于最近卫兵与犯人之间发生的事件，他命令训导所有卫兵。“训导”一词，在日语词汇中，意味挨打管教。结果，卫兵们个个受了皮肉之苦，于是全都怪罪于我。又听说，须贺命令所有卫兵不

---

① 这位医生的日本口音，将作者的姓“凯斯”（Keith）读成“凯夫”（Keif）。——译注

得“接触”我们，这也解释了他们为什么现在都用棍子捅，而不是直接用手了。

他们用棍子戳我们的脸，或者让我们把手伸出去，像对待小学生一样用鞭子抽手心。这些当然很不舒服，也很羞辱，但痛感并不剧烈。感受到来自卫兵的恨，以及知道他们急切地想要报复，而我们完全孤立无助，这一系列的认知所带来的精神上的紧张，远远超过他们所施加到我们身体上的折磨。

当然，他们对我尤其厌恶。但我很快意识到，我所遭受的一切，也许对于一个欧洲妇女而言，十分严重，但在亚洲士兵的眼里，根本什么也不算。我渐渐地觉得这些卫兵就像傻乎乎的孩子，只是个头大一些，力气大一些而已。那些虚张声势的吓唬、吐口水、敲打，是他们的一种发泄，紧跟着他们会大笑。

我们必须尽量离铁丝网远远地，待在营房内，以避开那些卫兵。这些使得营地生活更加可怜。尤其是我，因为是我连累了大家。我的行为也许是有道理的，可是这道理并不给处在我们当时环境里的人们的生活带来任何改变。无论是什么，只要给日常生活增添了任何压力和紧张，都是邪恶的。

恐怖气氛已经蔓延到男营，整个这一条路上的集中营，都可以见到犯人被打，被欺负，被虐待。我们妇女只是被扇耳光或者玩闹地敲敲打打，而男人们则被打得骨折，打到头骨碎裂，有一些甚至没有熬过去，熬过去的也有不少留下终生未愈的残疾。

日军的监狱，管理条例太多太烦琐，只要卫兵希望揪我们辫子，我们根本一天也过不去，一不小心就会触犯某一条。

有时军官会对牢头指出，我们的鞠躬不合规范，如果不提高鞠躬水平，餐食供应就会减少。于是一旦日本军官远远出现在视野里，妇女们便立即钻进营房，或厨房，或茅房，一句话，她们立即找个方式消失。于是军官好像走进了一座荒芜的营地，空荡荡的院子，紧闭的茅房门，这令他十分扫兴。然后下一次开营会时，牢头便宣布说，军官不喜欢女士们的态度，他们来是本着友好的目的来看望大家，躲起来太不礼貌了。希望大家以后都出来欢迎他。要不然，供应会再次被克扣。

我们可以躲开周围的卫兵，离铁丝网、大门、岗亭远远的就行。但我们躲不开那些找上门来的麻烦。对于想挑事的卫兵来说，有一个绝佳的位置，那就是妇女儿童的营房与厨房、洗澡房、茅房这些生活必经场所之间的某一个点。在往返厨房的路上，我们被抓住，是因为来不及把食物立即放下而正确地鞠躬；在往返洗澡房的路上，我们被抓住，是因为来不及把手里抱的孩子、肥皂、浴巾、衣物放下而正确地鞠躬。

去茅房也一样地困难。很多人因为食物的原因长期腹泻，而这时在我们和控制排泄肌之间的卫兵，成为困难的高点。除此之外，还有由于没有及时扔掉香烟带来的延迟鞠躬。损失一根烟，在当时不是件小事；甚至损失掉点好的火，都不是，因为我们没有火柴，点火必须去厨房，火种是绝对不允许带出厨房一步的。若不想扔掉香烟，唯一的选择是将它紧紧捏在手心里，或者藏进嘴里，直到自己被烫着。

这些小小的严苛，日渐把生活变得越来越不能忍受。日军总是指责我们不严肃，他们希望我们哭的时候，我们若是笑了就会让他们狂怒；但如果我们不再笑的话，可能已经自杀或者把彼此都杀了。笑成为我们生活中唯一的情绪出口，感情的唯一宣泄方式。笑声中有痛，有热情、爱、恨，有时还有幽默。这些笑声恐怖、热烈、歇斯底里，因为那些笑话本身就很恐怖。可毕竟好过眼泪。

因为我的投诉而导致卫兵集体受罚之后，有 4 个星期，他们一直不动声色地在我们身上实施报复。随后，真的暴风雨才降临。

这是星期天下午，5 个妇女在公共厨房里准备晚餐，是一些发绿的土豆和一点碎米渣。B 太太在头上围了一条围巾，否则她的汗会滴到食物里。她面对一口大铁锅，弯着身子用一个大木勺搅米。为了能搅动这一大团做给 120 个犯人吃的米，她必须动用她的全部力量，这样整个体重都压在了这柄大木勺上。

一名卫兵，私下里被我们叫作“打老婆”的，冲进营地。他嘶哑的咆哮从外面路上传来时，我们就知道这是找麻烦来了。于是能躲的都很快躲了起来，营房、茅房、洗澡房。

“打老婆”径直走进厨房，叫那里的女人集合。B 太太正弯

腰站在那口大饭锅前，鞠躬来得慢了一步，而且还来不及把头上的围巾取下。尽管条例是允许戴头巾的，但是某个卫兵觉得不舒服，它也可以不被允许。

“打老婆”一面大声呵斥B太太，让她取掉头巾，一面狠狠地打她的脸，接着就在她一边挣扎着取头巾的同时，持续地揍她，扇她耳光。B太太本能地抬起手和胳膊护着自己，出于对攻击防御的本能，她挡了回去。这个抵抗的姿态一显现，卫兵的歇斯底里于是彻底爆发，咆哮吼叫，发疯一样地打B太太的头和脸，直到她倒在厨房的地上，人事不省。

厨房里的其他人都呆了，站在那里也不知道怎么办。面前是一个全副武装的卫兵，而我们反抗他，是死罪。眼下他已经如此疯狂，任何的抵抗都只能招致更多的暴力。曾经一度我们不能保持沉默被动，现在我们都学会了。

当 B 太太倒向地板时，吉布森医生走进了厨房。她无所畏惧地走过那一排吓呆了的女人，径直走到 B 太太身边，把她的医疗台放置开来，并指了指自己身上别着的红十字徽章，以红十字的名义，命令卫兵离开 B 太太。“打老婆”犹豫了一下，显然被她的大胆所震惊。面对这枚红十字徽章，不多的一些符号中的一个，似乎对日本兵有点作用，他允许 B 太太被朋友们抬进病房。

随后他冲出营地，去向人报告一个囚犯加诸到他身上的暴力攻击。很快他便回来了，带着另一个卫兵，还有来自办公室的命令，宣称要带走他的攻击者，立刻将她押去办公室。

这时，B 太太已经脱离险境，在病房里了，人已经回到半惊恐状态。公文指令当然不能无视，更不能违抗，她只得被放上一个担架，由 6 名妇女抬着去办公室。

我不在这 6 名妇女中间，但我的朋友博尼塔在其中。博尼塔说话向来云淡风轻，即便是描述人类的某种高尚行为时，也往往一言带过。事后，她对我讲了那之后发生的事情。

她们抬着担架向坡顶走去，“打老婆”跟在旁边，一边喘气，一边嚷。女人们扛着担架，一脸的严峻。

在通往办公室的路上，要经过 4 个其他营地：英兵营、荷兰士兵营、男公民营以及修道士营。这个担架及其护送队在这几个营里引起了注意，紧张而担心的视线一直跟随着。

到了办公室，负责的军官看着他面前这个躺在担架上骨骼娇小、面容柔弱的中年妇女，她被指控袭击全副武装的日本卫兵，让军官显得有些尴尬。然而，他究竟还是重复了一次对她的指控。他对 B 太太说，这个罪名相当严重，袭击当值的卫兵，是死罪。她被问到有什么辩解。

B 太太在来的路上，练了一路辩解词。她说，她没有抵抗，也没有打卫兵，只是在挨打时，本能地抬起胳膊来护脸。这个动作被卫兵误解为袭击。她说自己连想也不会想到要去袭击卫兵，这整件事是一个误会。接着 6 名妇女都为她作证。

于是军官和卫兵用日语向彼此喊叫。卫兵声称犯人是在撒谎，而 6 名妇女则坚持她们的说法，当事人可怜的状况更像是无声的请求。军官要求 B 太太向卫兵道歉，因为她的行为导致了误解，并且保证以后注意自己的言行以避免下一次误会的发生。B 太太道了歉，卫兵生气地嘟囔着，女保镖们鞠了躬就往外走——这既是失败又是胜利——大家回到了营里。队伍向坡下移动时，英国士兵都靠在铁丝网边守着，显然他们很想知道，究竟遇到的是什么麻烦，也为自己不能提供帮助而沮丧气馁。

接下来这天，每周的联络例会在日军代表和来自 8 个集中营的牢头之间召开。英国军官代表提出了一份抗议，反对日军卫兵虐待体罚妇女。抗议说，如果类似的虐待事件继续发生，代表们将不能再对他们所联合代表的集中营俘虏的纪律负责。

一位英国士官长，英国战俘营的牢头，警告日本人，如果卫兵持续殴打妇女，他将不能继续约束士兵。男公民营的拘押人员代表也提出了类似的抗议，反对我们所遭受的虐待。

再接下来的一天，各牢头要求与须贺上校见面，他这时已经回到了古晋，于是抗议直接提交给了他个人。他对犯人代表的态度里带有歉意，说，以后将更加严格地禁止卫兵殴打妇女。“但是，”他接着说，“如果妇女们违背命令，士兵们当然必须得强制执行！”他并没有说怎么样强制。这在我们听来，意味着，带枪的男人永远正确。

抗议多少还是有用的。古晋的日本官员们对于这些吃不饱、手无寸铁、衣不蔽体、长期被虐待的犯人毕竟也有所忌惮，他们怕如果不公的暴行过头，终会招致犯人造反。

男营里不少头脑发热的家伙，一直在试图组织大规模的反抗。如果他们真的起来造反，可能会杀死几个日本士兵，以及一些当地未参战的亚洲人，但他们毫无疑问更会立刻将自己杀掉。这对于280名妇女和儿童来说，以后的命运几乎是注定的。监狱里的日子当然不甜美，但它甜过断肢少体或者被虐待致死。而这，就将是妇女和儿童将会面临的命运，如果反抗的话。

我和长田之间那件麻烦事过去以后，第一次见到须贺上校是在一次宣传新闻片拍摄时。新闻片要展示一名日军将军视察集中营的情景。

一些挑选出来的犯人又一次被要求“穿着整洁干净”，去上校办公室集合。这一次她们将被带到美丽的背景前进行拍摄，背景有鲜花、绿树、灌木和猪圈，之后她们又将被带到古晋城，一度曾是白人拉者的花园里，在那里将拍摄她们微笑着采花的镜头。新闻片的拍摄者们从未被允许进入集中营。

那天下午，在日本人的命令下，穿着干净的裙子而不是日常的破布短裤，多莉·亚当斯和我向须贺的山顶办公室走去。这些裙子在营里很少穿，因为它们对于我们的日常生活而言，太纤弱。可造访办公室时，会被要求如此打扮。到了那儿，我们发现有十来个来自男营的代表，个个看上去极不自然，穿着他们在集中营里所能达到的最体面的所谓“干净整洁”的服装。由于需要等 1 个小时将军才会出现，卫兵允许我们在旁边的车库里待着，目的是避免在大太阳底下晒着，能为新闻片的拍摄保持干净整洁的形象。

在车库里临时的放松气氛下，我得到机会与从前沙捞越的一位政府秘书劳格罗斯·克拉克[①]交谈，他现在是男公民营的头儿。他问我是否知道这一段大伙儿遭受迫害的原因，因为他听到一些传言，说与我有关，并告诉我哈里十分担心。我告诉他，源头确实就是我，我投诉了一个士兵对我的不端行为，因此他向我们所有人实施报复。我又说，我尽管仍然认为自己汇

---

① Le Gros Clark，前沙捞越州秘书，他与中华民国驻婆罗洲领事的交往与友谊，参看：http://baike.baidu.com/view/411983.htm。——译注

报此事是正确的举动，但绝不会再这么做，无论正确或者错误，因为我每一天都明白了更多，拘押犯无疑是没有任何权利可言的。

劳格罗斯是一名绅士，这使得他无法诚实地对我说出他的真实想法。可从他并没有说“哦，你这么做当然是正确的”这一点来判断，我想，他同意我的第二个论点，那就是：我本来应该保持沉默。性别现在已经没有什么区别了，可悲、危险、死亡正养育着我们。

能与一个聪明、彬彬有礼、有教养的男士交流，总是一件愉快的事。哈里也在车库的这群人当中，但由于卫兵知道他是我丈夫，所以在劳格罗斯与我未受干扰地交谈时，却不允许他靠近我。劳格罗斯答应我，会将我所说的全部转达给哈里，并且告诉他，事情已经过去了，现在我一切都好。

我再也没有和他说过话。几个月之后，他与中国领事卓还来一起被带离古晋，他们被指控谋反。

现在犯人们被要求排队立正，须贺上校带着征服者的英雄姿态，站在办公室外的回廊上，摄影师们激动地卷片期待。这时汽车“哐哐”地开上山来，将军出现了。是一个大个子还是小个子？一定是大个子吧，从来自卫兵们所发出的噪声里，我这么猜想。可拘押犯是永远看不见日本将军的，拘押犯总是在鞠躬，而将军总是消失在制服和汽车里面，而汽车和制服总是太大。

相机在卷动，犯人在鞠躬，须贺上校拔出了剑，将军登上了台阶，这一队军事人马走进了办公室，回廊在他们的步伐下颤动。房子两旁的竹林谦卑地摇摆，仿佛在哀悼死者；那颗红色的水煮蛋在头顶骄傲地飘扬着。办公室里，军人们坐下来，享用茶、咖啡、清酒、木薯条、西米饼干、甜点、果冻、柚子、菠萝和香蕉，他们是精细的食客。肉乎乎的圆脸明亮而健康，大日本的世界，一切美好。

办公室外面，犯人们对着新闻片的拍摄者们鞠躬、微笑，知道若不这样，身后随时可能会踢来一腿或打来一拳。这部新闻片的名字将会叫作："快乐的战争犯感谢善良的日本人民给予他们人道主义的待遇。""快乐的犯人们"随后立即被赶回营地，吃碎米饭和土豆皮。

1 个月后，这一段时间的恐怖气氛开始减弱，卫兵们渐渐淡忘了。季风也开始变化，每天的雨也来得更晚一些。卫兵们又开始懒洋洋地靠枪躺着，坐在我们台阶上谈论家乡，跟我们的小孩儿玩，走私又复活了。

可他们没忘记我。在他们的脑子里，我是须贺上校的朋友，不能被信任。

我再也没有对须贺上校提过任何与此相关的事。我相信他知道，为了让我承认和忏悔，别人施用了什么手段。在审讯犯人时，虐待和拷打是常规，而为了避免见证这一令人尴尬的事件，他自己离开了古晋。

在与他后来的会面中，我们都对此心照不宣，任何一方也永远不会提及。在暴力的战争面前，我们同样地无力：我们是敌人。

10.
关押中的孩子

这是1943年春天，一辆日本卡车开进营里。车里下来37名欧洲妇女和儿童，这些人我们已经整整18个月没有见到了，其中一些我们甚至以为已经死了。此时相见，拥抱、握手、欢呼、哭泣。

他们好像很高兴被关了起来，说，因为能跟我们，他们的同类，在一起了。这样的话让我们忽地意识到了抱团，有了同种的归属和惺惺相惜之感，还带着一丝骄傲，以及很久没有感受过的温暖。

他们中有山打根医生们的太太和孩子，赛利亚·泰勒和玛丽·旺兹。旺兹医生在男营里，泰勒医生则因为协助澳大利亚战俘逃亡而受到军警关押。还有玛丽·梅弗，她的丈夫因为同样的原因，与泰勒医生一起在押。她告诉我，我的朋友，那位在山打根医院帮助过我的拉邦德医生，也与那两位男士因同案关押在一起。

艾莉森·斯杜克医生也来了，她是瓦尔·斯杜克医生的妹妹，之前一直在拉哈达图的日本人手下提供医疗援助，她哥哥此时已被送进这里的男营。

又来了5个孩子和20名来自古晋医院的护士。

团聚了，这是欧洲社区在这个遥远的亚洲国家最后的聚会，要么胜利、要么被击败、要么死去。

我们初见时流下了眼泪，但随即决定再也不轻易抛洒，直到有一天，它变成了喜悦的泪水。

没有孩子的那些妇女们总是对我们说:“我完全不知道你们怎么能忍受!在集中营里做一名母亲,应该无异于地狱吧!”是的,那就是地狱,可也是天堂。在古晋拘押营的那些挣扎滚打中,有 34 个让我们活下去的最有力的理由,那就是我们的 34 个孩子。我们把他们全部带出来了。

其中有一个婴儿就出生在营里,另一个进来的时候仅仅 2 个月大,还有 3 个进来时不足 6 个月,尚未断奶;另有 7 个与乔治一般大,关进来时 2 岁。在古晋最大的一个孩子是在 7 岁时被关押的。

这些孩子个个淘气、捣蛋、生事、无礼,他们都学会了欺骗和走私,有时我甚至担心他们会偷盗,他们打架、互相踢,他们顽劣皮实,因为他们不得不这样。

他们学会了饥饿,懂得了饥饿也是生命的一种自然状态。他们懂得了吃饭是人生大事,鸡蛋比黄金更宝贵,一块腐烂的鱼是一件奢侈品,一根香蕉是一个宝。而且这些都是禁运物品,还只能悄悄谈论。

他们还学会了,所有的东西都得藏起来不让日本兵看见。当士兵搜查房间时,鸡蛋要藏到屋子下面,油要放进茅房,糖得放进下水道。

他们也学会了礼貌地对日本人鞠躬,而他们在日本人背后做的动作,我们都假装没看见。

他们十分慷慨，分享一切，包括那些不能分享的东西。他们乐于助人，即便那项工作超越了他们的能力。他们富有同情心，当看见我们遇到麻烦时，那焦虑的脸色令人不堪直视。他们令人快乐，还很有计谋，非常勇敢。而且，他们从不抱怨。

这些孩子是：菲奥纳和芬妮拉、安妮、罗斯玛丽、丹尼斯和丹迪、艾迪斯和艾迪、银杏、苏珊、阿拉斯泰尔、布莱恩、简、伊莎贝尔、约翰和迪克、卡洛和迈克尔、希娜和罗纳德、大卫和德里克、吉米、卫基和特蕾莎、约翰和玛格丽特、彼得和弗兰克、托尼、米蒂和库夏、朱莉，以及乔治——他们是关押中的孩子。

现在营里的活越来越重，妈妈们一天比一天更加疲惫和紧张，孩子们一天比一天更野，像野兽一样地疯跑。随着妈妈们的精神压力越来越大，体力也因此每况愈下。

我们与英国修女营里的奥邦嬷嬷沟通，吐露我们的担忧。她充满同情地听我们讲述，然后修改了过去只能派出 1 名修女来教小孩儿的决定，重新调整了她营里的工作安排。这样佛朗西斯和克丽特斯两位来自山打根修道院的修女便也可以腾出身来，教我们中等年龄段的孩子，也就是乔治那么大的，每天上午 2 个小时。

我其实不关心乔治有没有学到什么，但一想到他每天能在我去做工不在他身边时，被修女看着一段时间，不惹祸，我就感到生活又有了希望。营里有几本大孩子进来时带来的学校教科书，已经破了。我们便尝试着用能够找到的纸片和铅笔来复制，还写了字母表，佛朗西斯修女又做了写着字母的积木块，用来教孩子们识字。铅笔和纸都是禁品，一旦发现将全部没收，所以现在这些都属于珍稀物品。不过，最后我们还是设法给每一个孩子都搞到了一支，而且就像外面学校的孩子一样，他们咬掉铅笔头，总是戳断笔芯。

这个小学校被安排在祷告营房的一角，它一点也不比普通学校更受欢迎。乔治每天早上都不肯去，哭着说，他不喜欢学习。佛朗西斯修女同意他这个说法，他确实不爱学，而且说的时候，她也都快哭了。她说，乔治很难专心。可我记得我自己在他这个年纪不是这样的啊，我哥哥也不是。于是我查看了《人生的最初五年》这本几进几出、被日本人缴获又被我祈求要出来的书，我说这书对营里孩子的生存状态至关重要。我查看了“专注力”这一节，便不再担心了，那里说，正常的小孩儿都不爱专注。

可尽管他想尽办法不学，居然也在营里学会了认字，捧着他那破烂的家制课本，眼泪汪汪地读起来。

当修女们努力教孩子学习这件事被多莉和多米尼卡修女汇报到须贺上校那里时，他对此十分感兴趣，也很欣慰。这些都契合他对于一个理想的集中营的设想。于是他差人给老师送来黑板和粉笔，并允许通过办公室给孩子们买一些纸片和铅笔。

不久，孩子们获准每周一次去集中营外走一圈，沿着山坡走到办公室再下来，由那些授课的修女领着。当然绝不允许母亲跟着去，因为他们觉得我们都对男人太感兴趣了。偶尔须贺上校会在他的回廊上，给孩子们发一些糖果，并且总有至少一块小饼干，让带回家给妈妈。

乔治和他的同党被送去上学不久，英国圣公会①的1名助教就挑了6个小孩，每天2个小时组织起来排戏，道具和设备是营里的泥巴、泥巴，还是泥巴。

这些教导我们孩子的女子工作得十分认真刻苦，也开始变得憔悴、疲惫，脸颊瘦削，可从未停止过微笑，始终耐心而和善。他们谨遵耶稣的教诲，把孩子们的苦难分担到自己身上。

已经下了三天三夜的雨，我们的营地里满是烂泥，这个星期天早上看上去让人十分抑郁。孩子们变得很烦躁，妈妈们也很烦躁，哨兵也很烦躁。早餐迟来，米粥一股煳味。

后来雨总算停了。孩子们从营房中奔逃出去，整个营地里满是半裸的小孩，在泥塘中蹚水嬉戏，向彼此投掷烂泥。

人群外，有两个小女孩和一个小男孩，紧靠在岗亭的铁丝网边上站着，脸贴在铁丝网上，充满希望地看着外面的马路。

女孩们像马来妈妈和婴儿一样，在胸前系着小方巾，她们

① Society of the Propagation of the Gospel.

的裙子和那光着上身的男孩的裤子，都已经破败褪色。三人都光着脚，但三张小脸上都充满了兴奋的光辉。

他们看见一辆灰色的大轿车插着红旗开了过来。所有开过的车都让他们开心，但这辆插着旗的灰色大轿车似乎尤其特别，在这些孩子们的脑子里，他们想到的是车里的君王。轿车里装的是集中营的王，须贺上校和他的小饼干！

这三个孩子，安、罗斯玛丽和吉米，看着这车开近，满怀希望。慢慢地它开进了营地，停在路边，圆滚滚的上校从车里出来，很快又消失在坤甸[1]修女的营房中。

三个孩子飞快地向停在路边的车跑过去，日本司机正独自坐在那儿。他们便用讨好的眼神看着他，并很快钻进开着的车门，坐在铺了软垫的车座上。司机咧开嘴笑着，都知道，尽管成年犯人要谨守规矩，孩子们却是可以在上校身边玩儿的。

坐到车里，满足了荣耀之后，女孩儿们开始照看她们的玩具宝宝。等吉米也加入进来，便开始玩一个叫“去见须贺上校”的游戏，游戏里吉米扮演须贺，假装发须贺饼干、须贺点心和水果。

这个游戏会一直兴致勃勃地进行，直到上校本人忽然出现。这时女孩子们会有一点，只是一点点，尴尬，而吉米一点也不。

“我只是假装是你，须贺上校，”吉米笑着说，“我正在做

① Pontianak.

一件我觉得你会做的事，给我自己，也给这些女孩儿发些饼干，并开车带她们转转。”吉米用他 7 岁的嗓音给出这一番外交解释。

上校笑了，看着这些孩子期待的眼神，他看见了自己的职责，继而决定要完成这些职责。

“我们开车去转转，然后到我家去吃早饭。”他这时像一名骑士。孩子们脸上绽放出笑容，但并不吃惊。须贺上校的声誉是他自己早就挣来的。

汽车启动，哨兵行礼，一转眼他们已经在外边的大路上，呼吸自由的空气了。

孩子们回来时特别兴奋，他们知道这一事件会立即在整个营区传开，其实还没等他们回来，已经出名了。

车向古晋疾驰，须贺上校根本不用开口说话，他的客人们一直十分满足地在自娱自乐。每一片绿色的田野，茂盛的美人蕉，每一座房屋，每一辆汽车和人力车，每一头奶牛和公牛，每一只猫，每一只狗，天空中的每一只鸟，都被他们热烈地讨论。对于集中营里犯人的孩子来说，这一趟旅行，完全是一连串的奇迹，而奇迹最完美的高潮是来到须贺上校在古晋的家里。

孩子们自信地下了车，走进这座热带的庭院平房。

像一名典型的士兵，上校的第一个念头便是照顾他们的肚皮。他下令在他们面前布置了一个宴席：饼干，蛋糕，红毛丹，加了糖的牛奶，加了好多糖的椰汁；牛奶和椰汁喝完了，还给倒上咖啡，再加一次糖。咖啡喝完了，杯底还有好多糖可以用

勺子刮起来。足够的糖是这些小犯人眼里完美餐食的标准。

他们吃到再也吃不下了，那可真不少啊，又给须贺上校养的猴子喂了香蕉，还看了图片杂志《日本时代》，浏览了须贺的照片和奖章。这些尤其让吉米崇拜，然后他们就来到外面的花园里。

这下罗斯玛丽和安高兴得疯了。在经过了一年半暴土扬尘、丝毫没有美感的监狱生活后，再次看到这些玫瑰、兰花、紫藤、雏菊、杜鹃、龙船花、美人蕉、香脂树，她们的幸福感被彻底地满足了。吉米偶尔扯一支万寿菊，可他的兴趣完全在刚才回廊上所见的一支斑眼雉鸡羽毛上。

眼见姑娘们如此喜欢这些花，须贺上校剪下满满一怀抱给她们带回营。然后，她们抱着一个大包裹，里边整整齐齐地装着蛋糕、红毛丹、几本用作宣传的《日本时代》杂志，以及那支羽毛，还有一包真正的厕纸、鲜花。孩子们闹闹嚷嚷地坐进那辆插着红旗的车，准备回去了。

回来的路实在太短，古晋的风景又一次被深深地印在这些兴奋的孩子们狂喜的眼里。一切都太快了，又看到了铁丝网的营房，哨兵敬礼，轿车停在门外，孩子们跳下车向上校热情地挥手道再见。

这次礼遇结束了，但还有巨大的满足在前方呢。这一令人兴奋的“我在须贺的家里干了什么”的故事，在接下来的很多天里，一遍又一遍地讲给了营里的其他孩子听。

与此同时，须贺上校一定也带着满足的笑容吧。毕竟对一个军人而言，打胜一场不流血的战争并不是常有的事。

营里的水供应有时会被切断，这时我们就必须到 1 英里外的地方，用空油桶去打水回来用。妈妈们和嬷嬷们都觉得这一趟一趟的很不方便，可孩子们却很喜欢。

一天晚上，我又开始给孩子们讲起了系列故事。其实一开始，我自己都不知道这会变成系列故事，更没想到会讲给所有的孩子听。我只想着给乔治讲一个故事，哄他睡觉。

通常，一到黄昏，我和乔治就钻进补丁密布的蚊帐里，听别的孩子们唱歌，然后我花几分钟时间给他讲一个故事，他便睡了。他最喜欢的故事有：爸爸射杀大象，爸爸砍蟒蛇，爸爸射鹿，妈妈射杀鳄鱼，妈妈驯服猿猴，等等。在一遍一遍的重复中，大象、蟒蛇、鹿、鳄鱼和猿猴都会成倍地增加，尺寸也会越变越大，力气和激情也都会增加。对这些要求，我是不会说不的，我们就是拼命要找乐子呀。

我跟他确实也因此而开心了。不久我就发现有些热切的小脸，安安静静地贴在我们蚊帐外面，大气也不出一口，小鼻子蹭着蚊帐上面的煤灰，小耳朵耐心地竖着，稚嫩的声音热切地问着。每当我正犹豫要不要给蟒蛇加 1 英尺长，要不要让鳄鱼变得再长一些，或者要不要让猿猴变得更有力气的时候，这些声音就会响起："然后呢？快告诉我们然后呢？然后发生了什么？"

我能对他们说"快走开，这是讲给乔治一个人听的"吗？这一切都静悄悄地进行着，没有吵闹，没有事先安排，也没有要求要进蚊帐里来，什么也不要求。就是听！只有集中营房里一些小小的白影子爬过来，耐心地站在那儿，急切地，喘着气，等着想知道，那个强悍的、英武的、勇敢的、无畏的、优雅的野兽猎人，"婆罗洲的凯斯"，今晚射死的是一只大象，还是十只？

于是"婆罗洲的凯斯"一定不能辜负了听众。我从来不喜欢夸大其词，可是现在，在我这些特殊的听众面前，我们就不要去管事实了吧。

那里，我们围在铁丝网里，被日本人囚禁，每人一块局促的栖身之地。可我们穿越了丛林，在空中在海上旅行，征服了一片又一片的土地，与最血腥的野兽搏斗，刺杀最凶险的恶人，娶到了最美丽的金发新娘——这次，在监狱的黄昏薄暮中，我们获得了自由。

等我们把丛林已经清理得很安全，小小孩子都可以进去散步时，便开始讲“巨人杀手”杰克的故事。

“……是一个小小的家伙，就像我们卫基一样小小的，他很勇敢，也像卫基一样，还有卫基这样的金头发。杰克十分聪明，有远见，这很像约翰……当约翰顺着豆藤，哦，不，我觉得是顺着一株很高的椰子树[①]，爬到顶时，他看见——你觉得他看见什么了呢，特蕾莎？”

特蕾莎见过自己的父亲在营里被打，她说：“他看见了一支枪，可以用来杀日本人！”

“不对，他看见一条路，这条路把他引到一座房子里，房子的桌上摆了一桌丰盛的饭。现在，孩子们，你们觉得桌上摆的是什么好吃的？”

玛格丽特 9 岁了，她还记得一些过去在家里的事：“他看见桌上有巧克力蛋糕和草莓冰激凌。”

---

① 杰克和豆藤，是一个著名的英语童话。这里作者根据孩子们所处的热带地区，将豆藤改成他们熟悉的椰子树来讲述。——译注

而乔治，他只有拘押生活的记忆，对他来说，最高级的奢侈品就是："他看见桌上有一个鸡蛋！"

就这样，这个系列开始了……

好几个月，我们都与"巨人杀手"杰克一起生活，他砍巨人，杀日本人，坐着飞机来到古晋集中营，用降落伞投掷甜点心，帮他奶奶上大学，他结婚，直到儿孙满堂。而且，他还与那个被杀的巨人的弟弟，一个好巨人，做了朋友。这个好巨人的名字是……

要编一个系列一点也不难，因为孩子们在故事开始前就已十分投入，比我投入多了。于是我往往记不住自己上一次讲了些什么，只好每回都这样开始：

"现在，孩子们，谁记得昨天晚上发生了什么？"记不住的通常只有我一个人。

可所有这些故事，从来不能把人哄睡着，我自己也睡不着。

杰克绕了地球一圈，来看特蕾莎和卫基，又去英国看苏珊和约翰，再去中国看艾迪斯和艾迪，最后回到美国去看乔治。乔治环游世界，我们跟随他神游。可与此同时，我们的身体却越来越瘦，越来越虚弱，越来越疲惫。以至于很快，连我晚上讲这样一个系列故事，也开始觉得吃力。

于是我早早地把杰克哄上床，身边围绕着他的朋友，他的巨人，他的古晋宴席，他的婆罗洲丛林动物，他的战时新娘和子孙，他的飞机、公牛以及猫和狗。我让他上床——他再也没

有起来。卫基说 :“发生什么事情了？然后呢？”

我 :“什么也没有发生。他就是睡觉了，他累了，待在那儿，故事结束了。”

我们的营房，是别人眼里的垃圾堆、污水坑、瘟疫传播地、最龌龊的地方，雨天更是阎王殿冥府，吃饭时像铜管乐队。这里闻起来是孩子、锅、尿的味道，噪声从早上 6 点，持续到第二天早上 6 点。

可是每天晚饭后有那么 1 个小时，噪声会忽然变得不一样。孩子们都在床上，妈妈们也在床上，已经累得哪儿也去不动了。

黄昏降临时，那一幕开始发生：34个小恶魔忽然变成34位天使，闻起来香，听起来甜，还捏着你的手，甚至还想来亲你。这时，他们开始唱歌了！各种灾难降临过我们的营房，可我们一天也没有间断过孩子们晚上这一轮唱歌。

“亲吻我晚安吧，士官长”“晚安，爸爸和吉姆”“克里斯托弗在祈祷”“我想我听见了那个甜美的老故事”“一根手指，一个拇指，一个胳膊，一条腿”“听，天使在唱歌”。然后，永远不变的是最后一首，是各自回到床上，唱“天佑我们伟大的君王，天佑我王”。

我将永远不会忘记这些孩子的声音，他们歌唱，在根本没有什么值得歌唱的时候。如果他们的歌声可以通过电波传递到外面的世界，不知道有多少人会心碎。我曾经夜里站在营房外，听着他们唱，我啜泣着，为我们的孩子感到骄傲、爱和伤痛。

我前面说，我们把他们全部活着带了出来。但也许我应该说，是他们把我们活着带了出来。

11.

敌人

一天早上8点半，长田和九部[1]，2个搜查队长，带着5名军警和5名卫兵来到营里，命令所有人从营房里出去，站在户外。荷枪实弹的卫兵站在场院里守着我们，军官们走进营房去搜查。幸运的是，他们从我住的营房的另一端开始，头两个搜得很仔细，到第三个开始打折扣，到第四个，也就是我住的那个时，已经累了。通常他们会对我的东西给予特别的关注，千方百计想找到我的日记本，这一次找到了一本存折，也算满意。

在搜查中间，须贺上校和另外两辆载着访客的车也来了。显然他对长田发起的这一次搜查并不知情，因此还带人来参观，给人展示理想的关押营是什么样的。看，这些是快乐的在押人员，待在屋外的一丛橡胶树下，被持枪的卫兵包围着，日常工作停止，厨房空空如也，军警在搜查他们的私人物品。须贺看了我们一眼，犹豫了一下便向祷告用的营房走去，示意来人跟他去。

但那些人中间的一个好像认识我，很随意地掉在后面，把我从人群中叫出去，对我说：

“你看上去不太好，凯斯太太。”

起初我以为他指我的穿着，随即便意识到他说的是我的健康状况。

“是的，”我答道，“现在没有多少吃的。”

---

① Kubu.

“你喜欢虱子[①]？”

“是的。”

“你喜欢虱子——还是流血[②]？”

这让我犹豫了一下，然后我说：“都喜欢。”

“你饿吗？”

“很饿。我们只有很少的一点蔬菜，几乎没有其他食物了。”同时我还在想，是应该借机反映这个问题呢，还是谨守斯巴达线。

那人又问：“你喜欢鱼吗？”

“是的，我们也喜欢肉。”（我身边的人开始悄声提醒我，“要点鸡蛋”“要点土豆”“还有猪肉”“还有牛奶”。）

我说：“我们还希望能有鸡蛋和牛奶。”

他显得很吃惊：“你们每天有肉、鸡蛋和牛奶？”

我说：“不不不，我们从来没有过！只有绿叶菜，还有一点点米。我说我们喜欢，希望有肉、蛋和奶。”

我们彼此都不太舒服地盯着对方，接着他就走开了。我很糊涂，刚才那算是什么呢？

搜查一直持续到2点钟，我们已经开始头痛，日本人持续搜出钢笔、铅笔、墨水笔、结婚证，狗、轮船以及朋友的相片，还有些纪念品。

---

① 虱子，lice。这里本意是问米饭（rice），但作者模拟问话人讲英语时的日本口音，将 rice 发成了 lice。——译注

② 流血，bled。日本口音的英语，将面包（bread）发成了 bled 音。——译注

有一天我们被告诫，要特别注意，把晾的衣服取下来收好，以保持营地整洁美观。要清扫营房，保持我们的道德纪律，保持快乐健康的状态，注意个人卫生。与这些忠告相伴的，是那天的食品供应的掐断。

这一系列的密集行动让我警觉，这段时间城里不是来了更多的将军，就是有日本媒体的先生们，他们在这里一方面要参观我们“幸福”的拘押生活，一方面要“帮”我们吃掉供给。

中午过后不久，我收到命令，让去一趟须贺上校的办公室。在那里我被介绍给一位“同盟通信社”[①]的编辑，一位大约40岁的男士。比一般日本人高些，有一张令人印象深刻的脸，坚毅的下巴，几乎像欧洲人的脸型。他是日本人中十分现代的一位，对西方的习俗显得流利而熟悉，讲话轻声、体面。

介绍完毕，须贺和长田就走了，将我们留在办公室里，翻译也在。

我跟他的交流通过翻译进行，有时他也用不太流利的英语直接跟我说话，让我告诉他“我的想法”，这是日本人最喜欢的一个题目。我一般很少主动说，等有具体问题了，再回答是或否，这样会安全些。但这一次，我告诉他，我希望战争尽快结束。说完之后，我发现好像并没有惹祸。

他回答说，所有人都希望如此。这可不是一个典型日本人

① Domei News.

的说法，通常难道不应该是："不到英国人被打败那一天，战争不会结束的"吗?

他接着说："请继续讲你的想法。"

我回答说："我最主要的想法都集中在我3岁半的儿子身上，他跟我一起在这个拘押营里，我为他担心。"

他说："你不替你的国家担心吗？"

"我眼下对我的国家一无所知。2年来我们得不到任何消息。我为它的幸福安宁而祈祷，此外没有别的可做。但对我的孩子，每一天我所做的一切都是为了他能平安快乐地度过。"

他告诉我："日本的女作家们会把除了国家之外的一切都抛在脑后，牺牲孩子和丈夫，四处旅行，为她们的国家而工作和写作。"

我说："我会十分乐意为我的国家而工作和写作，可我现在被关在这儿，想也没用。"编辑点点头表示同意。我继续说："我的国家在日本人占领前，让我的丈夫和我留在婆罗洲，留在工作岗位上，这便是我们对国家的职责，我们履行了。随后日本军队开进并占领，我们仍然在这儿，现在唯一能为我们的国家所做的事，是等待，用我们所有的耐心。"

说完我就沉默了。编辑还满怀希望在等我的下文，而我已决定，不再主动告诉他关于我们集中营的情况，无论好的还是坏的。

于是编辑和我，就这么无言相向，干坐着，忧郁而沮丧地看着彼此，直到二人的视线都变得呆滞。他用手在眉毛上擦了擦，说他执行了好几轮采访，已经很累了。我于是通过翻译问，是不是我可以走了。编辑很快摇头，要求我继续提供“想法”。这时他主动说，读过《风下之乡》，非常喜欢，并问我是不是一名“诗人”。我说不是。他又问我都写些什么，我说短故事、散文，还有小说。

交谈再一次枯竭，编辑继续追问更多的“想法”。我说希望未来有一天，他的国家和我的国家会成为朋友。这时编辑用十分有限的英语，自己回答说：“你的国家很贪婪，英国人霸占了很多国家。现在日本需要一些留给他自己。所以日本必须与你的国家作战。”

我问翻译，编辑的意思是不是：我们两国将永远不会成为朋友。面对这个问题，编辑笑了笑，微微摇了摇头，回答说，他也跟我一样希望，将来我们的国家会成为朋友。随后他示意说，采访结束了，并对翻译说：“你告诉凯斯太太，我很喜欢她对未来的希望。”我告辞，依照标准鞠躬，离开了这个看上去跟我一样被这采访折磨得精疲力竭的编辑。

第二天，我再次接到命令，去须贺上校的办公室。这次要带上 6 个孩子，去“做一些图片”。我想象自己将会坐在一些前来参观的军官面前，记录他的讲话，然后会领一根香蕉。孩子们将要扮演的角色，我不知道，但我一向相信，只要有孩子被邀请，总会安全一些，因为这暗示着，日本人是想要展示他们著名的善待儿童的形象。

我穿上我的“办公室裙装”，这不是我最好的那件白色斜纹呢料的裙子，那条裙子仅用于被命令“穿戴整洁美观”或者有机会见到我丈夫时，而今天的通知里没提那句“整洁美观”。我穿的这套“办公室裙装”，是一件有很多洞，而且缩水厉害的上衣和一条半裙，看上去是典型的拘押犯样子，又旧又局促。我觉得这比穿那件最好的衣服有更恰当的宣传效果。

然后我带上乔治和另外 8 个孩子。因为他们都想去，很难遵守限定的人数。我希望日本人不会注意到多出来的几个小孩。

在办公室，我们被交给来自“同盟通信社”的摄影师，还有一些新闻电影人员。他们将我们领到须贺办公室后面的水塘边，水塘在树荫下显得特别漂亮。一个画架和画布已经为我架设好，还有一张凳子，孩子们被成群安排在我周围，手里抓满了糖果。交给我一些纸和蜡笔，让我坐下，拍摄中的我，正在画“美景”，以展示一个“工作中的艺术家”的场景。在古晋集中营，在日军保护下，人们从事着自己所选择的职业。

看着这一切，我全无心思。摄影师们，有的说英语，有的说法语，不住地敦促我：“高兴些，请高兴起来！别这么伤心的样子！不要做出伤心的表情。哎，这样拍摄不好的，一定要高兴起来！请你高兴一些好吗？”

这回我占了上风，他们没有办法让我看上去快乐。只有孩子们，他们百分之百地合作，一边笑一边吃，其中一个还掉进

了水塘。我只是坐在那儿，一副伤心的样子，心里感到很满足。

几天以后，须贺给了我一张印出来的相片，我看上去十分忧郁。

又过了一天，“4个最美丽的女人”被叫去见证日军的友善。她们是巴布斯·希尔、贝蒂·霍普金斯、琼·克里夫特以及玛嘉烈·科里。她们装饰了自己的美丽，余下的我们贡献了化妆品、发饰、鞋子、衣服和建议。

他们被军用卡车拉到须贺上校的花园里，被安置在树荫下。手里捧着花，满意的表情，滑稽的举动，相机“咔咔”地拍下了她们的美貌和微笑。

第二天，又一辆货车开来。要拉着妈妈和孩子去拍摄一部游泳派对的新闻片。命令参加者必须穿着泳装下水，仅限20人，大家都想去，于是抓阄。我没有去争，我受够了。

车来的时候，那些没抓到的人也都涌出去想上车。须贺和长田坐在须贺的轿车里，跟在卡车后面。见状，命令能上的都上吧，于是去了预计人数的两倍。他们走了以后，我忽然为乔治感到难过，他简直都心碎了。我想，也许我们还是该去的吧。

几个小时后，这一队人回来了，大呼小叫兴奋极了。他们去了拉者王宫附近的古晋博物馆公园里的游泳池。因为大部分妇女都没有泳衣，于是临时用了各种方式的服装组合来发挥，这些临时泳衣在水里都没能老实待在身上。不会游泳的杰西，抱着2岁的伊莎贝尔进了泳池，池底很滑，杰西一个踉跄滑到了深水区，伊莎贝尔从她手里被扔出去，开始下沉。

这时一个从台湾岛来的日本卫兵扎进了水里，救起了伊莎贝尔。妇女们七手八脚地把杰西拉起来。这一幕也被相机拍摄了下来，杰西理应为此获得日本政府颁发的一个铁十字勋章才是。伊莎贝尔立刻就没事了，可杰西足足用了日本人和其他在场妇女15分钟的急救，才醒过来。

杰西开始呼吸以后，每个人都坐下来，从一个桶里取出很甜的咖啡来喝。

听说第二天，一队澳大利亚军官也被带去那个游泳池拍照，穿着日本人提供的泳衣站在池边挥手，拍照时还端着杯子，好像在喝。拍完立即被送回去，连水都没喝，杯子里据说什么都没有，是空的。

我们的耳朵都对一个句子特别警惕，通常是一个人走过你身边时，用轻得几乎听不见的声音传递给你："在禁闭室——地牢。"

能真正引起所有人同情的一个情况便是，你的丈夫被送去了禁闭室。她们总会试着先瞒住你，你一般是最后一个知道实情的。而当你知道以后，大家又总会说："别担心""他没有被怎样，我们打听过了""卫兵说他很好""真的，我肯定他们没打他"。然后，"如果我们听说不好的情况，肯定会告诉你"。

其实大家都知道那里是什么样，你自己也知道。

那儿只有一个妇女去过。她因为在营房外抽烟，被关了6个小时。但事后什么也不肯对我们说。

有两位丈夫跟我们讲过那里的事。那儿就像一个一个的狗洞，得手和膝盖着地爬进去。一旦进去，你更只能像条狗一样待着，那里污秽不堪。偶尔他们会开恩让你去一趟茅房，但不能洗澡。食物是米饭和盐，没有蚊帐，也没有任何用于蔽体的东西，地牢里的潮湿使它成为蚊子的天堂。

一整天，囚犯必须跪在地牢中间，远离墙边，手背在后面，有时会有一根棍子穿过双臂，夹在肘弯前面。很快双腿便血脉受阻，人摔倒下去，卫兵便又把你踢直身子，再倒下去，再被踢起来，如此往复。

卫兵的工作就是虐待囚犯，而他们都很称职。用烟头烫只是一项雕虫小技。地牢是一项严厉惩罚，在这里，囚犯丧失了本来已经所剩无几的抗议权利。从那里出来，都变得又聋又瞎。

知道了这些，所以那一句耳语“在地牢”若与我们的丈夫联系在一起，立刻能让一颗心冻到冰点。

1944 年 3 月 13 日，中午 12 点，当我干完活回到营房时，佛朗西斯修女来到我面前，告诉我斯蒂芬妮修女看见哈里被卫兵押着，从路上经过，去往地牢的方向。我的心立即沉了下去。

那一整天没有任何确切的消息。第二天有人说一个修女去给日本人缝补衣服时，看见了哈里，他是自由的。第 3 天，多莉告诉我，她得到正式通知，哈里在禁闭室。又过了一天，她又告诉我，他被放了。再过一天，哈里又“被带走”。

经过了 5 天的传言之后，须贺上校派人叫我去他办公室，当时是下午 7 点，办公室里只有他一人。他故意将时间安排得比较晚，这样他更有机会独自一人。

他告诉我，哈里被判处 21 天在禁闭室接受重处罚。“作为同案犯，协助山打根那一伙澳大利亚战俘逃跑。”他说，一封信和一张地图，证明了他与此案的关联。

他说，是他将哈里的案子截留下来，没有送往军事法庭，现在他的掌控之下，才得以轻判。但他仍然担心会被否决，如果那样，哈里要么会被执行死刑，要么会在整个战争期间被一直监禁。哈里请他向我保守秘密，但他认为我应该知道全部事实，而且希望亲自告诉我。随后他说："不要担心！"

我，知道哈里为了我和乔治，一定要撇清与这件逃跑密谋之间的关系，便说："我不相信这个指控是事实。"

须贺回答我："我过去也很喜欢你丈夫，一直把凯斯先生和太太都当作我的朋友，因为这个原因，我冒着给我自己带来巨大麻烦的风险，想要救他一命。日本军事当局如果知道我这么做，一定会震怒。而且，我现在并不肯定是否已经救了他。"

他等了一刻，问道："为什么你和你丈夫对日本人抱有敌意？他为什么要协助一个反对日本人的密谋？你告诉过我，你们没有任何种族偏见。"

我回答说："我的确没有种族偏见，可是在战争中，不是被杀就是杀人，是你们发起了这场战争，这场战争令我们成为敌人，尽管我真心只想做朋友。我也不知道我丈夫做了什么事，以及为什么要做。他什么也没有告诉过我，我只知道你们以此事指控他。但我肯定知道的是，他没有对日本民族或者个人抱有种族偏见。然而日本此时是他的敌人，作为一个英国人，在有机会时去帮助同盟，是他的责任。就像去制止他这么做是您的责任一样。"

须贺看着我，说："我觉得你现在就充满敌意，凯斯太太。你现在恨我，因为你丈夫受到了伤害。"

我说：“不，我没有恨您。我恨战争，是它让我们变成敌人。我也恨战争给我们带来的一切。我还相信，您也恨战争。”

他很长时间没有回答我。当他迟疑不决之时，我意识到我们之间有一种理解，我们渴望彼此信任，而且我们都已经对战争厌倦，都不想再恨，都厌恶了杀戮，都憎恨战争让我们的生活变得如此粗糙。我们也不喜欢战争让我们对彼此如此警惕；而我们又知道，不得不如此。我感到我们多希望能够像两个普通的正常人类一样相遇，但我们不能，因为我们是敌人。

最后他回答我说：“我是一名士兵，所以我不能说出我对战争的看法。也许等战争结束时，我可以跟你谈论此事。”

而我知道，他也一定知道，战争结束时，我们不可能都活着。要么被打败，要么胜利；一定有一方死去，另一方才能活下来。

我说：“无论我丈夫做了什么，他那么做都是因为，他认为那是他为国家应尽的职责，而不是出于种族间的敌意。不幸的是，您的职责和他的职责相冲突。”

他说：“你看上去非常忧郁，人也太瘦，你应该好好照顾你自己，请不要担心。”

在我与须贺上校的整个交往当中，我从未向他提出过任何个人要求，尽管我有很多次机会可以这么做。我一开始就拿定主意，除非真有一天，到了危及我丈夫、孩子或者我自己生命的时候，否则我绝不开这个口。这不仅仅出于尊严，更因为我希望囤积须贺想要帮助我的每一次冲动，留给可能出现的危机时刻。

这时我对他说:“对我来说,在这个世界上,除了我的孩子之外,没有什么比我丈夫更重要的了。我感激您对他的帮助,也相信您所做的尽到了朋友的义务。您告诉我他仍然有可能丧命,或者在整个战争期间被关押,然后又说让我不要担心。可是我很担心!我求您,尽您权力所及来救他。他现在是个犯人,孤立无助,对您的国家不构成任何威胁。您过去告诉过我很多次,会在可能的情况下帮助我,我从未求过您任何事,现在我想请您救我的丈夫。”

他回答说:“我向你保证,我将尽我所能。但是请你理解,这对我也是很危险的,所以你不要对任何人讲起我对你说过的话。”

我说:“在我们仍然是敌人期间,我绝不会这么做的。”

然后他说:“我答应帮助你的丈夫,我非常喜欢你的儿子乔治,请教导他像你一样真诚,也请你引导他像你一样去感受世界,不要恨。你帮我带一些饼干和2个鸡蛋给乔治。”

随后我便回去了。

3天后,须贺上校又叫我去。他说想要让我有所准备,他可能不能把我丈夫的案子再压住不提交军事法庭了,军警又在重新审理。如果这样,他是没有能力保住哈里不被处决的。如果我被提审,请我记住自己的承诺,不要提及他对此案的干预。

我告诉他会信守承诺,又问,有没有任何拯救哈里的机会和可能。他说，如果军警重开此案，绝没有机会救他。我说："请再试试吧，这对于我比世界上任何事情都更重要。"

好多个夜晚，我不能入睡。11 点，12 点，1 点，2 点，用香烟来计算时间，然后睡 1 个小时，再醒来四五个小时。我向山本医生求了些溴化钾，但对我已经不起作用。

4 天后，须贺再次让我去。他说，军警放弃了追查此案，他这次确信我丈夫的命保住了。这是他努力的结果。

我无言以对，坐在那里看着，努力想要理出头绪说点什么。我被紧张和焦虑折磨得筋疲力尽，什么也说不出来。我对自己说，一定有什么能让我表达一下感受吧，一个符号、一个词、一个动作，来表达这件事对我的意义：死里逃生。

但我知道，没有这样一个东西可以表达我的感受。我知道，我就是这个星球上的一个微不足道的生物，面对命运要施加给我的一切，我都无能为力。任何一个活过、爱过、希望过的生命，从来都不完全知道为什么或者是怎么回事，也从来不能够表达那些惊人的美和丑、惊人的快乐和忧愁。我想要用我整个的心去歌颂主、赞扬须贺、抓紧哈里。可我什么也没做。

"谢谢您。"我说。

复活节到了。须贺上校捎信来，说哈里被释放了，可以见我。我们见面时，哈里看上去生着病，身上明显有被虐待的迹象，紧张、不安、烦躁。可我们相见了，这最重要。

无论须贺上校是否告诉了我真相，是否真的是他救了哈里，我也并不能证实，但我相信是他。没有人同意我，他们都说他是顺水推舟，显示自己的权力，也有人说他就是个投机分子——哈里只是很幸运，而须贺居功而已。我却始终相信，须贺想要救哈里，也的确办到了。

我仍然不知道我丈夫的完整故事，究竟发生了什么，因为他承诺过要保守秘密。我仍然不知道他经历了什么危险，为什么要这么做。可我知道他活着，而古晋因为此案新竖起了很多木十字架，有军官，有士兵；也有其他公民为此案受关押，直到死，或者直到和平那一天才被释放。

1944 年 3 月，当整个战争期间古晋收到第一个也是唯一一个红十字包裹时，哈里还待在禁闭室里。

少量的衣物、内衣裤，几丈衣服面料，10 双女鞋，4 双儿童鞋，一些别针、面霜、牙粉被发放到我们这个共有 280 名犯人的女营。

同来的还有一些食品包裹，大概古晋集中营每 6 个人分得一包。

这些衣物标注了是送给“美国在押人员”的，而食品则标注着是给“战犯，以及个人”的。日本人强调说，这些东西来自美国红十字会，这让我很吃惊，因为我一直认为红十字会是一个国际性组织。

由于标签上写明了给“美国在押人员”，因此包裹送到了 4 个美国人手里：马尼拉来的贝蒂、玛嘉烈，修女玛丽·迪克森，加上我，由我们来分配。

我们4个被叫到日军办公室，一人给了一双男式的军用鞋，以及一包可以自己留下不需分配的食品，作为对美国人的补贴。当我们双手抱满这些物资沿山路下去回营时，两旁的士兵和修道士，早已听说了这件事，对着骄傲的我们吹起了“扬基小调”的口哨。

玛丽说，今天觉得做一个美国人很棒！玛嘉烈说，每天都很棒！贝蒂说：“天哪，我最高兴的是又有鞋穿了。”又说：“天哪，你看见那巧克力和奶粉盒子了吗？”

乔治闪电一般冲出来接我，看见崭新闪亮的食品罐头包裹时，兴奋得发疯。他跟我一起打开包装，所有的孩子都挤过来，对着那些罐头又看又摸，崇拜、羡慕、惊呼，我却发愁，怎么分配这些东西呢？

在那个盒子里，那些贴着美国标签的闪亮的罐头，是这些食品：1磅听装克里姆奶粉，1听富含葡萄糖和麦芽糖的速溶咖啡，1包卡夫奶酪，2个开瓶器，3罐腌牛肉，2罐午餐肉，1条小三文鱼，1罐沙丁鱼，4罐黄油抹酱，1盒梅子，1听肉酱，1听葡萄果冻，2包巧克力粉，1包块状的糖，6盒切斯特菲尔德香烟。所有这些食品都有加强的营养成分，军用。若不是因为战争，我大概永远也不会见到这样的东西。

查看完了以后，我取出香烟，把其他食物交给丽拉，她是孩子们的牢头。我请她拿去用到孩子身上，但是建议说，可以把这些东西先保管起来，然后在乔治生日那天分发。乔治的生日，已经被我任意地调到了 4 月 10 日，希望那一天哈里能够从禁闭室出来。

刚刚还以为这些都将是他的，一转眼看见转手了，乔治哭了起来。不是因为贪婪，而是他想现在就打开，立即吃。

46 个类似的盒子也发到了营里，供整个社区分享。

现在我们几个美国人面临了巨大的问题，怎么把 10 双鞋分配给 280 个人，又怎么让 6 个人分享一份食品供应。每个人都需要鞋和衣服，但部分人的需要更迫切。最后只好让每个人提交需求，然后尽量满足最迫切的。当遇到迫切程度相当时，就抓阄。

现在有 10 双鞋，而绝大多数人都光着脚。人人都试了，然后开始争，尺寸最合自己的脚的人，结果伤心远远多过快乐。

我比大多数人的装备都要好一些，因此我不想留任何东西给自己，但我真的想要留一双鞋给乔治，他一直没有。我们有 34 个孩子，其中 6 个有鞋，一共来了 4 双红十字的儿童鞋，孩子们也都试了，就穿那么一刻也让他们觉得很满足。然后每个人登记了需要的尺寸，有 2 双鞋适合 8 个孩子，另外 2 双适合 6 个人，最后又只好抓阄，乔治没抓上。

46 箱食品送到了公共厨房，将在每餐饭里一点一点公平地让大家享用；另外有一小部分单独放起来，供紧急之需。

于是现在每一餐饭都有了些让人盼望的东西。美妙的一天是，上午10点钟，咖啡客们喝上了咖啡；另一天，我们吃上了巧克力布丁，里面的成分是米、可可粉，还有糖。那些罐装肉、鱼、香肠等等与米饭结合起来，做成了肉饼，这样可以吃得久一些。

奶粉按人头均分，每个人大约分得了$3^2/_3$盎司。我本来觉得应该都给孩子，可这个提议没有被通过。奶粉或者任何形式的奶都让人兴奋。听装黄油也分了，每人半盎司，大约是在家时每个人一餐饭的用量。当你在靠米饭和一点绿叶蔬菜之外什么也没有的情况下过了2年，此时哪怕尝一口奢侈的东西，都能令人激动。

更别提孩子们了。他们因为自己所分得的那一星半点的食品所获得的喜悦，根本无法丈量。乔治跟在我后面，从厨房回营房时，我端着托盘，他蹦蹦跳跳就像一个正被训练捡东西的小狗一样迫不及待，想要看托盘里都有什么，然后大叫："香肠卷！小孩儿们"，或者："鱼，小孩儿们"。有一天，他又兴奋地叫："梅子，小孩儿们"，那天每个人晚餐都分到了7个炖好的梅子。

几天以后，"美国人"又被叫到办公室。这次给了100根香烟，散装，没有标签，还有4包烟叶，以及一根烟斗。我们后来了解到，这些东西因为那上面印着一些什么字，而被扣押下来接受检查，拆了包装，最后只好散着发给我们。我猜想大概是一些战时的广告用语，让某些敏感的日本人觉得受到了侵犯。

我把我得到的大部分香烟、烟叶和那个烟斗，都存着给哈里，准备留到他生日那天，或者随便哪天他从禁闭室被放出来

时给他。看那些修女收到烟叶、烟斗和香烟时的急切表情，让人觉得很好玩，因为她们想把这些送给神父和修道士们。

4月5日，乔治满4岁。这是他在营里过的第二个生日。哈里仍然在禁闭室，乔治没有收到来自他的礼物。

这天午间，丽拉和我把红十字会那些盒子里的食品拿出来，挨个打开，每一样都分成34份。这还真考验我们的数学能力，但我们办到了。每个小孩儿都端着一个盘子或碗过来，用亮闪闪的眼睛看着。

我们给每个盘子里装上一点点三文鱼、沙丁鱼、黄油、午餐肉、火腿、果冻、肉、梅子、巧克力、奶酪，以及我们用牛奶和米饭做的牛奶布丁。最后找来杯子，分了咖啡和糖。每个妈妈都因为妈妈的身份，而获得了一些香烟作为鼓励。

每个孩子拿着盘子，礼貌地说："谢谢你"，又对乔治说："生日快乐"。随后急忙赶回去，每张苍白的小脸上满是兴奋。这不是普通的好玩或者简单的开心，这是让人心跳的天堂一般的感受。

我之前还想过，是不是不该把这些东西拿出去分享。如果留下来给乔治一个人吃，可以支撑很长一段时间啊。但这时，当我看见那些小脸时，我知道这个决定是正确的。

而乔治从给予和分享中所获得的幸福，以及作为赠予者所带来的骄傲，让他在我眼前飘飘然膨胀了一整天，直到睡着。天哪，我那一刻有多爱他呀！

12. 忍耐

1944年5月，日军通过牢头通知卓太太，她丈夫卓还来因为不便告知的原因，现被关押在禁闭室接受审讯，一同被关押的共有7人。贝蒂·韦伯接到通知，她丈夫哈里·韦伯是其中一个；艾莉森·斯杜克医生的哥哥，瓦尔·斯杜克是其中另一个；巴布斯·希尔的丈夫，斯坦利是第三个。[①]这些妇女表现得很坚强很勇敢，但是回想起哈里在禁闭室期间我的感受，我知道她们心里其实深藏了些什么。

卓太太努力像平时一样，自然地与艾迪斯和艾迪说说笑笑。这个她很擅长，看似一切都好。可有时忽然间她的声音会尖锐起来，对孩子们吼叫，让他们安静，接着便用歉意的眼光，远远地看着我："我感到紧张！"我想帮她，却不知道能做什么。

巴布斯·希尔很年轻，看上去完全不能承受照顾病中苏珊的任务，以及丈夫命运未卜的双重压力。我记得他们在山打根的日子，两个疯狂相爱的人，一起打网球，走在路上牵着手，在电影院里牵着手，总是微笑着，彼此打趣着。

贝蒂的担忧则表现在，她呵斥所有的人，直到没人敢走近她。她比以往任何时候都卖力地在厨房里干活，把三个人的工作一个人揽下来，不顾一切地把自己那份食物送给别人。

艾莉森·斯杜克很抑郁，并且艰难地想要战胜这个状态。她辅助做一些营里的医疗工作，这似乎对她有些帮助。她哥哥

---

① 关于这一段史实，参见：http://baike.baidu.com/view/411983.htm。——译注

是她一直以来的榜样。

其他几位被一起关押审讯的有劳格罗斯·克拉克，沙捞越一位前任秘书；一位叫克劳福的先生；还有一位不知名的英国士兵。山打根的一位公务员扬·阿博特，则被单独关押。

在禁闭室待了两个星期以后，听说这批人被带到了古晋监狱，在那里接受军警审讯。在那里又过了四个星期，卓、希尔以及克拉克获释，回到了古晋集中营。在我们营里，获释犯人卓和希尔各自妻子的欣喜，被韦伯和斯杜克仍然在押这一阴云掩盖了。

在丈夫获释后的这个星期天，卓太太收到丈夫的口信："我问心无愧地回答了所有的问题，在人格上没有蒙受任何污点，我保住了所有的荣誉。"这是那个我熟悉的、曾一起欢笑畅谈的卓领事。

这之后不久，卓、希尔以及克拉克再次回到禁闭室，接受进一步审讯。几星期后，韦伯和斯杜克从古晋监狱也被带了回来，与希尔、卓一样，他们被告知，将被送往不知名的地方。他们允许在卫兵监视下，与各自的妻子在办公室内见一面。

贝蒂告诉我，她那天见到丈夫时，发现他已经头发全白。他请求日本人批准他在被带走前，在有见证人的情况下订立遗嘱。他那时患有脚气病。

卓太太说，她的丈夫谈笑风生，告诉她，日本人没有任何可以指控他的证据，而且他相信，战争的趋势已经渐渐在向着有利于我们的方向变化。我们对他能够活下去似乎抱着希望，因为他终归是一名亚洲人，也许会更善于与亚洲人打交道吧。

我无法忍受哪怕看一眼巴布斯·希尔，或者去问问她斯坦利的情况。

斯杜克医生的情况不乐观，他妹妹说。我担心他很清楚自己将要面临的是什么。他过去有过大量与英国士兵之间的“违法”接触，英军战俘营紧挨着男公民营。他一直利用私运的食品和药物，致力于给予这些士兵以医疗上的建议和照顾，对这一切日本人极有可能是知情的。整个拘押期间，斯杜克是个不顾一切的走私客，在巴哈拉岛上他就频繁地偷越封锁线。听说从“一战”中担任飞行员开始，他就一直生活在不顾一切的节奏下。他自己勇敢，也希望别人勇敢；他不计代价地付出，也因此获得了同等的回报。他当然不会在此刻再去学会谨慎，从与命运的赌博中退缩。

赛利亚·泰勒刚刚告别了经历10个月酷刑和审问后的丈夫。日本人仍然指控他协助了澳大利亚战俘从山打根战俘营逃跑，这与哈里当时被指控的是同一件事。泰勒医生此时也患有脚气病，他不知道他将要被送到哪里，也不知道将怎么被判处。杰拉德·梅弗与他同案，在一起。我上一次见到泰勒医生，是因为疟疾在山打根医院住院时，他给我一听牛奶，我藏在了行李中，留给乔治。

鲍德温妈妈，一名70岁的荷兰女子，9个孩子的母亲，却已不再有任何悬疑。她正式接到日本人的通知：她的丈夫，贝能汽轮[①]的总工程师大卫·鲍德温，在荷属婆罗洲的塔拉干拘押期间，死于痢疾。[②]

但是妈妈有一颗狮子般的心，什么也不会让她停止歌唱。圣诞前夜，圣·安德鲁日[③]前夜，新年前夜，或者任何一个妈妈认为我们需要歌声的夜晚，她都在唱。在监狱里，听已经70岁的妈妈唱“友谊地久天长”[④]——知道她的儿子们此刻有的正关在德国的集中营，有的正在前线出生入死，丈夫刚刚在拘押营中死去，她自己正在经受艰难、病痛和苦难——无异于听见命运被一位勇敢的女子击败。我们这些诉说着不能忍受的人，从中学到了很多。

也是在这个时候，日本人派来一位女翻译朝香[⑤]女士，来对付我们这些妇女。他们大概觉得需要一个强硬的角色来取代小维尔弗莱德。朝香绝对是你在任何书本里都没有见到过的东方女性，其“敏感纤细”如一桶铁钉，石头心肠，沥青般“柔软”，隧道里电车一样轰鸣的声音，酒桶一样的胸膛，水泥柱一般的腿，但她会讲英文。

---

① Baynain，荷兰制造的一种汽轮。——译注

② 鲍德温一家的事迹，在一个英国民间纪念远东英雄的网站上有详细记载，请参见：http://www.far-eastern-heroes.org.uk/。——译注

③ 圣·安德鲁日，苏格兰国庆日。——译注

④ Auld Lang Syne.

⑤ Asaka.

据说她是个寡妇，丈夫在中国死了，骨灰就放在她床头。日本人有时有着非同寻常的绅士风度，命令我们每晚必须派出一个人，去朝香那里睡，以陪伴她。我们大多数人都宁愿睡在牢里，但也有人出于各种原因尝试了去她那里。有一个私运物品被抓住，另一个跟她争辩被打了耳光，还有一个跟士兵玩儿被关了禁闭，一个独自哭了一整天，一整晚不得安宁，还有一个很机灵，偷看了她的秘密。最后日本人不得不放弃了这个主意，朝香终于可以一个人住了。

她大多数时候都穿着军装，后来轰炸开始后，便穿上带着长拉链的连体裤①，被大家称作她的“扬基裤”，只需一拉就脱掉②。

随着朝香的到来，营里的搜查变得更加彻底而且系统化，不太容易逃掉了。但在她铸铁一般的外表下，她其实比我们还怕那些日本军官。我不喜欢她，但我替她难过。她那处于我们和军官之间的生活，不可能有太多意义和乐趣。

临近战争结束，婆罗洲战况激烈时，我们人人都面临随时在朋友和仇敌之间被轰成碎片的局面。可她对我说：“你不用指望盟军会来古晋救你们的，如果他们真来，我们也会先将你们剁成碎片。我们日本人打起仗来是疯狂的！”

---

①“二战”轰炸中流行的服装，Siren suit。

②这是用英语开的一个调侃玩笑。因为有拉链，所以“一拉”就可以脱，“yank”是拉的意思，被调侃为 yankeepants，扬基裤。——译注

也是在这个时候，一位荷兰修女莱昂廷修女庆祝了她的金婚，献身耶稣 50 年。

大家替她举行了一个象征性的婚礼。莱昂廷修女像新娘一样打扮起来，穿着一件借来的旧晚礼服，有面纱和裙裾。荷兰小姑娘特蕾莎扮作花童，婚礼在歌声和祈祷中完成。随后所有的营友都被邀请来参加庆典。

修女们每天省下一些食物，之前还发疯地私运，所以这次的仪式颇像一个宴会，营里所有的小孩都得到一些珍贵的食品。莱昂廷修女看上去十分快乐，但有些迷茫。似乎不敢相信，这一切都是为了她。这是营里有史以来最隆重的一次庆祝，莱昂廷修女一下子很难接受。嬷嬷们不得不在一旁支撑着她，才得以让她在大伙排队上前跟她握手祝贺时，保持了清醒和镇定。

第二天莱昂廷修女就病倒了。接下来好几天她不能见任何人，再后来就开始发出古怪的声音，在小教堂里做出古怪的举动。很快我们便明白过来，金婚典礼事实上标志了莱昂廷修女最后的清醒意识。

她又在营房里住了一阵，便被送进集中营医院的病床上。后来又在小教堂里住，用布帘子隔开。每当有月亮的夜晚，她的叫声和哭声凄然可怖。

她不能入睡，我们也不能。两个修女日夜陪伴她。在她的哭叫声中，夜晚变得如坟场荒野一般。卫兵们也都没人敢接近她。

我们对日本人说，这个状况不能再忍受下去了。

几个荷兰神父被派到营里来，在营地山脚下的菜地中间，用棕树叶搭了一间小房子，两位修女和莱昂廷一起住了进去。以后，每个白天，莱昂廷修女都坐在门前，头埋在膝盖上；每个夜晚，她都唱着，哭着。

日本人给了我们一只小母猪。“养猪吧，”他们说，“别再抱怨吃的了。”

“用什么养？”我们问。

“用垃圾。”

“可我们把垃圾都吃了。”

“别吵，这是命令。”

怎样用仅有的一只雌性来养殖出一群猪仔，这个没有说明。我们反正给它起了个名字，叫萨利纳，就养了起来。孩子们对它宠爱有加。而且，作为一只婆罗洲本地猪，它自给自足，就把自己给养活了。只是它既没有增膘，也没有怀孕。

一天电闪雷鸣，我们都吓坏了。萨利纳，当时乖乖地躲在附近一棵树下的垃圾堆上，却被闪电击中，死了。尸体立刻被抢运进厨房，由一位屠宰能手荷兰修女给它割了喉，身体被分成三部分，分给三组：荷兰修女，英国修女，以及其他妇女和孩子。一整只猪炖出来，供 280 个饥饿的人享用。

我怀着一丝担心，把萨利纳的死讯告诉乔治，我想着必须得在晚餐前让他知道。“可怜的萨利纳，”我说，“它去了猪的天堂。”

“呜啦！晚饭有猪肉吃了，小孩儿们，晚饭有肉啦！”乔治说。

修女们也以她们的方式，显得很务实。“主允许我们在万圣节享用一顿盛宴。”她们说。

我们一直在营房里保留了十个位置给生病的人用。这些位置通常总是满员。如果你病了，便带着自己的床去那里，修女们会轮流来照顾你。

我有一天早上醒来，意外地发现自己在这个营区的病房里，而不是自己那一块领地。问身边的人，我怎么到这儿来的，只依稀记得这之前，我冷得浑身发抖，伤心地想，我已经没有奎宁了。

修女说我头天晚上被送来，当时发着高烧，精神错乱。我说战争已经结束了，我要回家了，好几次试图要穿过铁丝网出去。她们担心被哨兵发现，营里的医生便将我送进病房，交给修女照看。

我在这儿待了两个星期。佩涅洛普搬到母婴区我的位置，去照顾乔治。乔治好像变了一个人。大家都说，他与佩涅洛普在一起，比跟我时乖多了。他也没有想我，只是我很想他。

病房里除了一位小个子比利时妇女外，其他都是修女。修女们戴着睡觉用的软帽，以节省她们的头巾。每天早上 7 点，有领主前来，带领她们做圣团契。她们躺在地上，看上去活像是死去的十字军，双手在胸前交叉，张开嘴，脸上显现出满足的喜悦。几分钟后，进入冥想，此刻病房里一片安宁，大概是主出现了。随后她们跳起来，整整帽子和衣服，让人送早餐来。

露西娜嬷嬷是一名英国修女，一度患上了胃溃疡和肠道腐烂，说是就要死了。没有药品食物，也没有办法输血，只有日本人送来的一点降温用冰块。

一天半夜，她眼看快要不行了，病房里仅有的光线，来自修女们一盏小小的椰子油灯，端着从这个床移到那个床。

凌晨 2:30，露西娜嬷嬷的修女们被叫醒，召集起来念诵最后的祷文。于是，一队白袍妇女，像鬼魂一样，由三个高职位的修女领着，在病房里一边走一边祷告，吟唱："玛丽，请为我们祈祷。拯救她的灵魂，拯救她的灵魂。"最后齐齐围在露西娜嬷嬷的床边。

起初我藏在自己的蚊帐里，还想再睡一会儿。这么一来睡意全无，于是干脆坐起来加入她们。露丝嬷嬷走过来，跟我说了几句话。然后对大家说："亲爱的姐妹！她是如此欢欣！所有的我们都是如此欢欣。她正在快乐地离开，你看，唇上还带着笑意！"

在修女们忙碌的这几个小时中，屋子里一直伴随着露西娜嬷嬷肠道出血的呕吐、喘气、呻吟、歌唱和诵经的声音，直到 5:30，在修女们的祷告声中，露西娜嬷嬷睁大眼睛，看着她眼前的一张张面孔。“敬爱的主还没来叫我呢，你们回去吧，姐妹们，回去睡觉。”姐妹们走了，露西娜嬷嬷也睡了过去，那以后她便一天天地好转了。

每隔几天，山本医生会来一次，站在门口，摆出小拿破仑的姿势，一只手放在衣服前面，另一只手藏在身后，猜他拿着什么？绿香蕉！他总是喊着：“吉布森！”然后带着一种混合了调皮孩子捉弄大人、仁慈君主给感恩戴德的饥民发放救济、查理卓别林模仿拿破仑士兵的表情，给我们发香蕉，一人一根。我们仰卧着躺在床上，双手放在胸前，就像祷告时那样，等着他的发放。在每一对手掌心，由山本医生本人，放上一只香蕉。

山本在这里看见我的第一天，他说：“凯夫？你怎样啊，凯夫？”

“糟透了！”

“哈，啊啊啊！”

吉布森匆匆来到我旁边。“哦，她好些了，谢谢你，医生，她好多了。”我们每个人都“好些了”，因为这事关吉布森医生的骄傲。

山本：“哦？好些了？凯夫好些了？”

我坚决地说：“不，我一点也不好，觉得很难受。除非有奎宁，我不会好起来的。吉布森医生那里没有足够的奎宁能让我吃够剂量，她只能给我 10 粒。你能给我一些吗？”

“没有奎宁？哈，哼，哈！奎宁很难得哦，谁都没有太多。

哈！……好的，我给你一些。”然后对吉布森医生说："我送一些奎宁过来给凯夫。懂吗？给凯夫，你得把它们都给凯夫。”

这意味着，他会送足够剂量的奎宁来给我，而不是拿来让所有的疟疾病人，每人分几粒。

奎宁送来了。我5天便起了床。尽管触犯了社区规则，但我又能干社区的活，而且也能照顾乔治了。

1个月后，山本发现我又在医院的床上，握着手，等他的绿香蕉。

“什么？又是凯夫？这次什么病？”

“疟疾。能请你再给我一些奎宁吗？”

“我觉得这次不是疟疾，凯夫，不是，不是。我认为是流感。现在古晋流感严重，漱口就很好。”紧接着向我示范，并为了防止我向他要漱口药水，他急忙说："热水用来漱口就很好！”我据此判断，他的奎宁肯定也短缺。

“这不是流感，医生。我知道是疟疾。如果你送些奎宁给我，我很快就好了。”“奎宁！奎宁！奎宁！你总是要奎宁，凯夫！我总是给！哈！哈！好好好，我给！”

接着进行了他的香蕉仪式，鞋跟“哆哆”响着出去了。每个病人都急切地审视着手里的绿香蕉，想知道它究竟有没有熟的那一天。

再一次，山本兑现了他的承诺：奎宁送到了，全部给“凯夫”。

这一次住院让我的体重降到了 80 磅[①]。

我离开病房后不久，爆发了一波复发的痢疾，病房很快满员。妇女们痛苦地躺在床上，什么也吃不下。吉布森医生去请求牛奶和鸡蛋，也没有给送来。但山本来了，带着绿香蕉！

我在医院里空闲时间很多，因此也就想得很多，但基本上也就一件事：从哪里去弄一只母鸡来？

这是有人曾经想出来的好主意。因为我们的食物基本上是碳水化合物，而孩子们需要蛋白质；如果养鸡，用米来喂，然后鸡下蛋，我们就有蛋白质了。这是关于母鸡这个念头的最初来源。

于是在医院期间，我做了很多脑功课，一出去便用一条黑天鹅绒晚装，跟一位不知什么原因特别喜欢这条裙子的妇女，换了一块白色的棉布床单。营地外的华人有母鸡，他们喜欢白色的棉布，自从我们被战争切断了一切资源供应后，再没有白布抵达过婆罗洲。

我通过一个日本卫兵做成了这项买卖，那块床单值 100 块，可以换两只生蛋的母鸡（强调了会生蛋），每只这样的鸡值 50 块。这个卫兵负责从农民那里换鸡，他自己要么会收到第三只鸡，要么他可以留下半张床单。

把床单交给那个卫兵以后，经历了一段悬念。他被调到另

---

① 大约是 36 公斤。——编注

一个营去了，好几天不能与我取得联系，而这期间母鸡已经涨价，棉单子的价格下跌，走私风险接踵而至。

那卫兵和我之间倒是有信任的，因为我们都有东西握在对方手里：都怕事情暴露。如果他被抓到可辨识的赃物，我有可能被追查出来；而如果他本人被抓住，在刑讯拷问之下，我则肯定会被吐露出来。

一天黄昏，他回来了，叫我出去。我走到铁丝网边，他胳膊里夹着一只母鸡。这是第一只下蛋的母鸡，黑娣。我们欢迎了它。在这之前，除了浇着汁放在盘子里端上桌时，我从来没有留意过鸡的样子。这一只，个子特别小，正在换毛，还感冒着，一直在哆嗦。可我想要明确的只有一点：它下蛋吗？

乔治对它爱极了，又抓又抱，直到明显把黑娣吓坏了，他才肯松手。于是黑娣"咕咕"地叫着跑了，从铁丝网之间钻了出去。留下我们痛苦地跟在它后面，站在网边学虫叫，学小鸡叫，学各种我们认为母鸡会喜欢的声音。黑娣对这一套根本不理。我们够不着它，只听它"咕咕"叫着，刨着，一会儿又"咕咕"叫着，不停地哆嗦。我从来没有像这一刻这样恨过这铁丝网。这么持续了几个小时，乔治和我，还有邻居们，轮番地又引诱又诅咒。这时哨兵换了，换成了乔治的一个老朋友，我们求他帮我们把黑娣给轰进来。他一轰，黑娣果然就进来了。我们扑上去，把它的腿牢牢地绑在营房下，哪有对动物的一点仁慈。

第二天早上，我去厨房倒茶，听见乔治、卓太太还有营房里所有的妈妈都在大呼小叫："快来，快！"我跑过去，园子里站着黑娣，一脸惊恐地看着众人，而它身边有一颗蛋。我们便崇敬地看着它，那颗蛋，值 2 块钱。

从我的天鹅绒晚装到这枚鸡蛋，中间经历了三个星期。黑娣变得喜欢伏在窝前，一共下了 41 个蛋，创造了营地的纪录。它们像乒乓球一样，长着赛璐珞模样的壳，但它们真的是鸡蛋。乔治从此有了蛋白质，一天 1 个鸡蛋。

接下来的第二只鸡，我们等了很久才等来。这个卫兵被关了禁闭，接受审讯，我也发誓再不走私，本已放弃希望。可 1 个月以后，卫兵又来了，这一次他带着莱娣。莱娣比黑娣看着更健康、更活泼、更丰满，可对下蛋这件事的了解不多。每个人都说："多漂亮的母鸡啊！"然后莱娣就忽闪一下羽毛，在地上刨两下，转转眼睛，优雅地拉出一堆鸡屎，唯独不履行它的下蛋本分。吃得多，下得少。我一直在琢磨它，给它喂一切我可以省下的东西，就差没有给它从一头塞个蛋进去，再从另一头挤出来了。它有时也下一些，足够维系我的希望。

我省下自己的米饭中的一部分，来喂黑娣和莱娣，有时也喂一些我在营外牲口棚里刮来的麸子。我用绳子把它们拴在我的手腕上出去找虫，因为只能在自己营房面前的园子里抓虫吃。后来，我们门前每一寸土地上的虫，都被它俩吃了，只剩下人肚子里的虫了。

一时间养鸡成风，愈演愈烈。一度日军军官允许修女们接受来自古晋修道院里亚洲修女送来作为礼物的几只母鸡，还有几只印尼人送来作为礼物的鸡。最后这 8 只合法化的鸡，落入了茫茫 100 多只走私进来的鸡群之中。

两个十分对抗的团体因此成立：鸡主联合会和园丁公会。鸡主联合会想要蛋白质，而园丁公会喜欢维生素。园丁们说，鸡刨了她们的园子；鸡主说，菜园子占据了太多本可以提供鸡虫的空间。我既有鸡又有园，乔治很快就学会了用石头扔别人的鸡，以保证自己园子里的虫能留给黑娣和莱娣。

我的菜园子里有土豆叶可提供维生素，还有辣椒可以帮着让叶子稍微好吃一些，因为我们都没有盐。我那块地太湿，种不出土豆。

鸡主们总是遭遇各种麻烦，有人发出针对鸡的生命威胁。

但有两件事救了它们：第一，鸡跑得比女士要快；第二，也没人真敢杀一只价值 50 块钱，并能下 2 块钱 1 个鸡蛋的母鸡（后来鸡蛋涨到 20 块钱），真杀的话，可能会引发人命。

鸡主们定期开会，讨论如果办公室有一天让我们解释营地里鸡的数量，并因此指控我们走私的话，该怎么应对。最初，我们打算说，这就是修女那 8 只合法的鸡，可后来总数超过了 100 只，这个 8 只的说法肯定就盖不过去了。

我打定主意要抵赖黑娣和莱娣的事。没有什么能证明它俩是我的，除了我一叫它们，它们立即就来这个事实。如果某个军官问我，某只鸡是不是属于我时，我就说，什么鸡？如果有一只鸡飞到我的营房下面，下一只蛋，我能让它不来吗？

养鸡这件事在我这里一直持续到下一次的米饭供应减少。我已经把我的配额分一些给乔治了，实在没有多余的来喂黑娣和莱娣。

乔治和我也不能奢侈到把鸡杀来吃了，我们不需要一顿盛宴，我们需要细水长流，供我们活下去。于是我用黑娣跟荷兰修女做了一个交易，一天给乔治一个甜薯，持续六个星期。她们是比我好得多的园丁，先用人粪施底肥，当时这令我毛骨悚然，可现在人家甜薯丰收了。这些甜薯，意味着乔治有长长的 6 个星期的保障，每天上午 11 点在荷兰厨房里交给我。在这 6 个星期里，还有 3 个节庆日，那几天乔治就得到两个甜薯，那时他总是一边吃一边唱。

我把莱娣给了博尼塔，她一直想尽办法喂着莱娣，并且还给乔治鸡蛋。停战以后，莱娣被送进一份炖菜，我和乔治也帮忙一起吃了它。乔治爱莱娣，但最爱它在炖菜里。

天知道我们有多渴望美啊：美好的景物、声音、气味、想法！我们梦见又去听了交响乐、歌剧、爵士乐，一切让做梦的人感到美的声音。我们也梦见了美丽的鲜花、景色和漂亮的衣裳。在梦里我们还闻见了香水、姜饼、大海，以及香花的气味。玫瑰和紫罗兰的香味让我着迷，每天晚上睡觉前我都使劲地回忆这些味道，以便让它们能在梦中出现。可日复一日，我闻到的都是茅房的味道。

我们的厕所是由腐烂的木头搭起来的，总是担心哪天会有孩子掉进去。结果有一天它就发生了。

米提，一个爪哇小孩，营里个子最小，也最纤细优雅的一个小女孩，她整个人都是摩卡色：皮肤、眼睛和头发。

一天晚饭时分，妈妈们都站在厨房外面，排队等汤，听说有小孩掉厕所洞里了。我们赶快跑过去看是谁的孩子，赶到时，看见米提正被一个荷兰修女捞起来，浑身是粪。

由于米提的妈妈在厨房里干活，她立即被其他妈妈围着送去了洗澡房，这时本能的母性才被“幸好不是我的孩子”这个大松一口气的感觉代替。我们想要给她洗个消毒澡，可营里仅有的消毒剂是安息香酊。我们只好把孩子“煮”了，还抹了些盐。

第二天米提就没事了。

随后，我们向日本人请求，要建一些孩子的厕所，还附带了一份设计图，是三叶草形状的洞，这样可防止掉进去。他们很欣赏这个设计，却并没有给我们修这样的厕洞。

我们对于生活垃圾的态度已经彻底改变。一开始，个个都对茅房避而远之，轮到自己清理厕所时，也都捏着鼻子。现在我们开始囤积，按人头和菜园定量分配。痢疾和医生的命令都没能制止我们。因为肥料可以出产蔬菜——饥饿战胜了卫生。

而我常常会想起故乡的那些女卫生间里光滑的兰花色地砖，配着舒洁[①]手纸、蔻丹[②]、高洁丝[③]、乳白的香皂、若有若无的香薰，以及“这个房间的香氛由 Kush-Nu 设计”的满足感。

对食物的严苛消失殆尽，犯人们把花草、猫狗、老鼠、蛇、蛐蛐、蜗牛通通吃进了消化道里。在那里，绝望加上重力，将它们引向肠胃，再流向下一个归属。第二天，作为园丁，我们再把它们搬回甜薯地里。

如果非要让我说，在营里有哪一个节日比其他节日让我更讨厌的话，我觉得是圣诞节。那本是个给予和馈赠的季节：礼物、喜悦和快乐，而在这种时候，食物和精神的短缺都很伤人。1944 年的圣诞节是最坏的一个。

按基督教的说法，1940 多年前，救世主诞生了。他向人类承诺了地球的和平和友好，他向我们展示了，如何用爱来实现这些承诺。而我们，用完全相反的方式来度过他的生日，实施他的教导，这让我崩溃。

我们又被切断了米饭供应，乔治牙疼，还听说哈里在生病。圣诞节就快要到了。

---

① Kleenex，卫生纸品牌。——译注

② Cutex，指甲护理品牌。——译注

③ Kotex，女士卫生用品品牌。——译注

我甚至只想一了百了，再也不用伪装。于是建议，既然物质和精力现在都没有，我们应该像修女一样过圣诞节，仅仅将它作为一个宗教节日来对待，请大家同意不给孩子们任何礼物。如果没有孩子收到礼物，那么别的孩子就不会难过。

但是大多数的妈妈都认为，由于过去的两个在集中营度过的圣诞节，我们都准备了礼物，这次如果没有，他们会失望。一旦一部分孩子有，那么所有孩子都得有。

于是圣诞的忙碌开始了。我们剪袖子，截裙子，切领子，把一切可以牺牲的材料都集中起来做礼物。我们中间有很多人已经把晚礼服当睡衣穿过了一年多，因为睡衣全都穿坏了，现在还完好的部分也都被牺牲了。又从丝袜或者袜子里拆出线来用于缝纫。我有一双小孩的手套，被我剪了做成玩偶的鞋子。在创造的乐趣中，我们把一切可以利用的物品都牺牲了。用这些零星材料做了布娃娃和动物，却没有一样像的。

身体通常由肉色的内衣、睡衣或者乳白丝袜做成，里面填充木棉、茶叶或碎布。头发则是从麻绳里抽出的麻。脸上的五官，有的绣上去，有的用蜡笔画上去。我有几只蜡笔，是日本同盟通信社的记者前一年拍摄宣传片《艺术家的活动》时给我的。我用它们加上口红和腮红画出了娃娃的脸，最后再用化妆粉来完成脸部的装饰。

前一年圣诞节，我画了 50 张这样的脸，几乎用光了我的化妆品，也耗尽了我的耐心。这次我说，我要用一张娃娃脸换一勺食物，或者一根烟。我本希望这样的物物交换能阻止一些交易的，结果没有。

我们还从橡胶树上砍下一些软木块，来刻成各种玩具，用橡胶树上挤出的橡胶液来黏合。所有可以吃的东西，都用到了这种以物易物的交易中来，并囤给圣诞节那一天。

如果我没有被耗尽，如果我没有抱怨精力和时间，如果我的心思在这里，也许还是有乐趣的吧。

那一天来了，孩子们高兴得发狂，营房变成了疯人院。节日的喧闹开场，兴奋、攀比、吵闹，不绝于耳。修女们拿着食物来找对应的孩子，还有经过日本人允许、来自父亲们的礼物：滑板车、刀剑、枪、推车、积木，都是用软橡胶木、用铁丝网上的铁丝拧成的钉子做成的。

日军办公室发话说，我们可以有半个小时与丈夫们会面，在铁丝网外面的空地上。于是我们化好妆便去了。

长田中尉在场，看上去显得仁慈，或者邪恶，不同的人看上去的效果不一样。朝香女士也在，宣布规则条例和禁忌。她特有的嗓音比所有的普通扩音器效果都更好。持枪的卫兵也在，流着汗在我们中间走动。须贺上校乘车经过，下来鞠躬，我们也向他鞠躬。他还带来一些饼干分给孩子们。

我们和丈夫们在树底下安静地坐着，他们充满爱意地抱着自己的孩子，满眼饥渴地看着他们。孩子们对这没多少感觉，他们只知道今天在铁丝网外面，在有树和河流的地里，疯跑、爬树、摘花，摘一切野生的东西，自由地跑着。父亲是居于自由之下第二位的需求。

哈里看上去有点病恹恹的，每次见他，这个感觉都加重一些，人也更瘦一些。半小时到了，该告别了。像每次一样，我觉得自己忘记了最重要的事情，其实我只需要说：“我爱你。”

男人们被集合以后沿山路下去了，有人回头，努力想把这一刻延长。总有个感觉，好像危险、破坏、死亡随时都可能发生，随时可能把这次变成最后一次。我已经不知道，像这样见面究竟是好还是坏。

下午我们收到圣诞树，是从男营那边送过来，已经装饰好的。听说是由平民男人们和英国士兵一起做的，由马尼拉来的一位美国人乔治·克里组织张罗。

圣诞树可爱极了，是一株树枝弯曲的小罗汉松。上面挂着花和彩色的小布条，还有一些彩色的纸，看上去喜气洋洋。还有给每一位孩子的礼物，轻一些的挂在树枝上，重的放在树下。就像每株圣诞树一样，这一株也充当了节日的神社。

一个亮闪闪的圣诞天使，体态诱人，表情陶醉，摇摇晃晃地站在树顶。这个诱人的天使是一个英国大兵做的，代表了每一个男犯人的梦想。

还远远不到分发礼物的时候，孩子们已经盯上了最好的那几份：木制拖拉机、火车，以及一个橡胶木刻的巨大而漂亮的轮船。这几样实在太出众而且诱人，充满了男子气。整个树上点缀着各种娃娃和动物，代表了妈妈们过去的服饰或者内衣服饰，十分巧妙，这些布料是事先送过去给他们的。还有长颈鹿、老虎、大象、斑马、带斑点的小马驹、猫、狗、兔子和黑面小人偶——怪诞、充满幻想、不真实。可我们却都觉得它们棒极了。

男孩儿们看着这些玩意儿无精打采，连女孩儿也提不起任何兴趣。这个时候他们一定都在想，妈妈的衣服要么应该埋掉，要么应该烧掉。

可树脚下，是他们热衷的地方。他们挤在一起，抓、抢，人人都喊着要那卡车、船和火车。

乔治开心地说："那是我的，是吗，妈妈？那个大大大大的轮船？"

"我想不是的，宝贝。那个那么大，一定是送给最大的男孩儿的。但是我知道，挂在树上的，一定有一样很棒的礼物是送给你的。"

"我想要那船，妈妈。"

"可是所有男孩儿都想要那只船，这不行啊。你等着你的吧。"

"可我就是想要它，妈妈。"

"等等。"

分礼物开始了。乔治屏住呼吸，十分坚定而有信心地等着他的船。我暗自祈祷，如果只有一个男孩儿可以拥有那只船，请让他是乔治吧！

一个又一个，礼物被分发到孩子们手里。乔治还没有拿到他的，船也还在那儿。接着，乔治被分发到了一只带红点的白色小马驹，橘色的鬃毛，还有一张漂亮的圣诞卡。“给乔治。”

“说谢谢，乔治。”

“谢谢你，可我什么时候得到那只船？”

“那是给别人的，宝贝儿。”

“我不想要这个马驹，我要那个船。”

“我们回去吧，乔治。”我感到要出事了！

“我要拿了我的船再走！”

就在这时候，那船被送给了卫基！它生生地交到了卫基手里，卫基拿走了它！

乔治看着船没有了。他的世界破成了碎片。这比战争，比挨饿，比牙疼都要糟糕。这是末日。

他正是这么表现的。

哦，乔治，亲爱的，我知道你的感受。如果我能够，我一定为你得到。我事先不知道，可现在太迟了，无论是做一个，还是走私一个，或者偷一个，都来不及了。

你把马驹摔到地上，还去踩它，可真不好。你哭喊着："我讨厌这只臭马驹！"也同样不好。是的，这样做不好，但我懂得你的感受啊。

黄昏降临，开始安静了，孩子们睡了。再一次，圣诞节过去了。我祈祷着："主啊，下一次圣诞节来临之前，请给我一只船，好让我送给我的儿子吧。"

在古晋，有一些东西支撑着我们，高于米饭和绿叶菜的东西。我们每一个人都开始意识到，米饭和绿叶菜已经不足以支撑我们的存在。一个人的存在一定是需要一个理由的。"人不能光靠面包活着，要靠主说出的每一个词，每一句话。"这句话从来没有像在集中营里时这样正确过。面包越少，我们需要的词语就越多。

对我来说，来自上帝的忠告是：不要被仇恨绑架，恨是一个无用的情绪。为我自己着想，我不想去恨日本人，或者周围其他的人。

每天晚上我躺在乔治身边，心里充盈着对他的爱。每天晚上，我们一起祷告。我不祈求任何回应，也没有颂扬主，只是宽慰自己。我在寻求安宁与和平，以及当生活变得难以忍受时，一个可以忍受的途径。

有乔治在我身边，让我可以体会到：是爱在危急时让我挺住；爱可以舒缓，也可以给我力量；当恨在摧毁时，爱却在建设。我于是既可以向爱祈祷，也可以向主祈祷，这二者是分不开的。

大多数时候，我都在黄昏时就上床，躺着，几个小时后才能入睡。夜里也会起来抽好几次烟，因为饿；还会因为食物的原因，去茅房几次。我的肋骨和肩膀依然还在疼，这也令我很难熟睡。我于是用晚上的时间来思考。

我想到了各个种族的青年男子，他们曾经也像乔治这样躺在他们妈妈的身边，如今正在遍布全球的战场上死去。当这些男孩子死去的时候，他们中有多少人问过自己：为什么而死？我绝不相信他们的答案是“为了恨”。恨既不值得为它生，也不值得为它死。

我们如今在狱中遭受虐待。可是迟早，只是时间的关系，随着格局的转变，我们的施暴者将被虐待，因为我们也有同样的残酷本能。是战争，激化了这些本能，并将它崇高化。我们应该恨的是战争，而不是彼此。

是日本人，迫使我们见证了他们对我们以及狱友的虐待，还让遭受折磨后的人们公示他们的痛苦。狗受伤以后，会藏起来舔伤，犯人却不行。

在这期间，我没有看到过一个人丧失坚忍、尊严或勇气。

在这种时候，我想到了耶稣，他勇敢地在十字架上承受了苦难。然而耻辱的不是他，是迫害者。我们勇敢的男人和孩子没有丝毫耻辱，除非有一天他们变成迫害他人的人。

我经常观察一位英俊的日本士兵。他总是负责让卫兵们驱赶我们妇女到营地外去捡木柴。他在日本人中算高的，还长着一双极不常见的好看的腿，他显然也对此十分自豪。总是把自己的腿照看得十分妥当，穿着日本人中少见的非常合身的裤子，末端放进擦得锃亮的军靴里。

在我们扛着木柴回营的路上，经常会看见正在干活的英国兵。他们几乎什么也没穿，没有鞋也没有长裤，处于半饥饿状态，挣扎着背负他们承受不起的重物。而我们这位英俊的卫兵，每经过他们身边，不用他漂亮的靴子在英国兵赤裸的身体上踢一脚，他是走不过去的。

我们总是假装什么也没看见，眼睛直视前方，面无表情。可是在每一次呼吸下面，我们都在自语："这猪一样的、肮脏的日本人。"我知道我们对他的鄙视，他永远也不能以同样的方式来回击我们。

这位日本小伙子还有另一个展示胜利的姿态。当他不高兴或者被什么事惹恼了，或者厌倦了生活的时候，他会叫一个英国士兵从队伍里出来，命令他将舌头伸出来，然后他用一记迅猛的勾拳，去击打这个英国士兵的下巴，让牙齿去咬伤自己的舌头。

我不情愿地见证了这个男孩2年间的变化。我想得很清楚，宁愿我的儿子在集中营里饿死，也不愿他活下去变成那样。我也明白了，我痛恨人性中的残忍本身，超过了日本人施加在我身上的任何事。

13.
最后的喘息

1945年来了。上一个新年，我们为一则假消息狠狠地庆祝了一番。消息说德国已经战败，对这个说法，我们持续相信了1个月。今年便什么也没庆祝。充满希望的庆祝以后，仍然看不到盟军的飞机从头顶飞过，便不再指望什么了。

可我们抬头看见的，比什么也没有还更糟糕：两架不可摧毁的日本小飞机，从附近的丛林中升起。机翼上带着“荷包蛋”的两架小飞机整日在我们头顶轰鸣，象征着日本人的至高无上。当日本人这些扑闪着进进出出的小把戏还在战争东线热烈上演时，意味着盟军的威胁不可能已经很近。

与新年同来的是米饭供应量的减少。妇女们的体力再次迅速下降。我们每天被要求在营地外工作6个小时，挖地。我是不多的劳动力尚存者之一。过去，因为须贺的写作任务，我只是作为替补劳动力，在有人生病时补缺，现在却不可能了。

我去见须贺，告诉他我必须暂停写作，回到田间地里去劳动。

他说：“可我已经免除了你的劳动！”

我说：“你命令我们每天派出大量的妇女作为劳动力。你豁免了我个人，这意味着必须有一个人来填上我这个空缺，现在除了我自己去，已经没有别人了。都病倒了，累倒了，我必须去帮忙。”

他没再说什么。也许作为艺术赞助者，他已经得到了满足。我从此回到了劳动力名单上，但日军办公室忘记了停止那3块钱的工资，这笔钱便一直被发放到集中营账上，直到和平来临。

在每一个纪念日，我回头看看，想着这些被耗去的光阴。每一年，我一无所获，却丢掉了快乐、青春、成就和爱。保住的只有一样：命。

生命有多少价值，我就付出了多少努力来维持它。我学会了做每一件事，不这样做就只能去死。我吃，或不吃，尽管我更愿意吃。我与细菌一同生活，却并没有因此死去。我没有保证卫生，却逃脱了疾病。

当不适和困扰看上去不可忍受时，我忍受住了痛苦。尽管我并不希望面对死亡，可真的面对时，我并没有恐惧地注视着它。可命运对人的吝啬还是超出了我的预期。

我怀疑自己以外任何东西的存在，但我却发现比任何时候都更需要它们。当生活变得前所未有的严峻时，唯一能证明自己之外尚存在着什么东西的，便是对之不断地探寻和追求。

监狱生活这个环境，把我们最坏的一面全都激发了出来。在原始空间里，适者生存的挣扎，不是两性之间的斗争，而是所有人与其他竞争者之间的斗争。

我们有两个优点：开心和勇气。营里的气氛总是很好。我们知道让监禁生活变得可以忍受的唯一办法是笑，而不是哭。眼泪和愁云比邪恶更遭到我们的唾弃。

如果有陌生人走进我们的营地，也许猜不到我们正在挨饿，很多人正在遭受病痛的折磨，而且缺医少药，更不用说每一颗心都伤痕累累。因为看上去，我们都是开心的。来视察的日本军官，往往把这归功于他们自己，说，每个人都可以从我们快乐的态度中看出我们一直被善待着。

一部分的开心来源于骄傲：我们打定主意要让日本人看看，西方妇女不抱怨。我们总是听到关于日本妇女比起西方妇女所拥有的各种独特美德。

在我们自己中间，也有骄傲。人人都羞于埋怨，尽管每个人都有充足的理由这么做。一些人身上的英雄气息是显而易见的。当她们的丈夫从营地被带走，或者关在日军禁闭室里没有消息，或者完全消失，不知所终时，她们所经受的精神折磨，怎么哭诉埋怨都不夸张。可她们一直是勇敢的。营里的几乎每一个人都表现出勇气，我们开始接受不舒适和病痛作为生活的常态。那些年长的，那些生病的，那些柔弱的，都完成了看似不可能的身体挑战，战胜了不可战胜的疾病，躲过了原本逃不开的死亡。

在男人营里，只有一口棺材，反复用。这口棺材有一个活底，每一次葬礼，棺材放进墓穴以后，底部便会松开，尸体掉入泥土中，然后棺材再被带回来，掸一掸土，留着下一次再用。这个习俗的起因，是一大批尸体的出现导致了木料短缺。而在女人营里，每一具尸体都得到了安息，在她自己的棺材里。

一位修女快要死了。

好几个月的折磨过去了，白血病缓慢而残忍。在这漫长的日子中，只是凭借着安托尼亚修女那一颗坚强的心，她才支撑了过来。吉布森医生只有碳酸苏打水这一个手段，来缓解她的病以及这个病所带来的痛苦。营里的饮食中，已经没有什么东西她可以吃的了，就靠米粥维持着。

她最后的时刻到了。修女姐妹们前来看她，低语、跪下、祈祷，然后带着一副抑郁而神秘的表情，干涩、神秘的眼睛，拖沓的脚步还有窸窣作响的裙子，排队再走出去。

病房的另一端，是3个小姑娘，躺在病床上，艾迪斯、玛格丽特和安。

艾迪斯是卓太太5岁的女儿。她长了8颗腐烂的重生牙，牙床因此脓肿，被腐烂覆盖。那些腐烂的牙齿没法拔，因为没有麻药，在没有麻药的情况下拔牙，对孩子的神经系统将造成太大的伤害。艾迪斯好几个月来一直在忍受着腐烂的折磨，并伴有贫血和营养不良。

她旁边床上是玛格丽特，10岁，已经心力交瘁，四肢的疼痛让她哭泣不止。风湿症，医生说，由营养不良和身体极度衰弱造成。

安是第三个孩子，一头浅黄色的直发和一双棕色的怅惘的眼睛。她小小的身体盖在床单下，几乎没让床单显露出任何痕迹。她在多米尼卡修女给他们上课时忽然晕倒，人事不省，被送来医院休息。她的问题是心脏虚弱，同样由营养不良和身体虚弱造成。

这是3个病例。但她们真正需要的其实不是药物和医生，而是食物：鸡蛋、牛奶、肉、蔬菜、水果，而这些，医生和医院都不能提供。在整个古晋，食物已经很难获得，而且奇贵；对拘押犯来说，则是不可能获得的。

小女孩们的床上堆满了各种手工玩具，她们互相小声议论着，将害怕和恐惧的眼光投向病房另一端，那个将死的修女病床上。她们时常在玩耍中途被打断，注意力被引到那边神秘祷告中的修女身上。

“没事的，”医生反复安慰她们，“一点别担心，不要去管那里！”

但她们显然并没有安心。

现在一个修女死了。

我们在厨房里停下手里的活，看着尸体被运出去。灵车是一个架了四个轮子的担架，棺材是一个粗糙的木盒子，盖子用两根生锈的铁钉扣在上面，上面盖着猩红色的美人蕉和凤仙花。这些花都是修女们种的，自从我们来到这里，已经开了几季。

担架被六七个罗马天主教修道士推拉着，在他们身后，是25名修女，和一小队世俗友人。因获得了特别许可，这个送葬队伍可以步行去古晋公墓，大约距离营地2英里。

其时正当正午，太阳炙烤着大地。在热浪中，修女们穿着白色长袍缓慢地移动着，其中不少人戴着草编的苦力帽，或者达雅[1]帽，稳稳地系在她们戴了白色面纱的头顶上，也有几位撑着黑色的棉布伞。

队伍从我们大门出去，经过岗亭，沿山路下去，停在了男营的医疗室门口。很快，另一具棺材加入了这个队伍，上面盖着米字旗，由英国士兵抬着。躺在里面的，是一位今天早上刚刚死去的战士。热带的气候不允许葬礼有丝毫的拖延。

两具尸体，行进在去往古晋的路上。

慢慢地，他们走过怡人的田野，婀娜的树木，明亮的天空，正在吃草的奶牛，狗、猫、小鸟、松鼠，所有的自由小生命——所有这些简单的生命，诉说着生命和快乐——所有这些，这两个被拘押的人渴望再看一次的事物。今天他们再也看不到了，眼睛已经闭上，感觉永远停止。

一位修女死了，一位士兵死了。两名囚徒自由了，两个被拘押的灵魂回到故乡了。

这些年长体弱修女的去世，博学的嬷嬷们的离开，好像在告诉我们，变化就要来了。这是仁慈的主在解救那些被病痛、衰弱和年老所折磨的我们。我们为之祈祷，从囚禁到自由的出埃及记。

士兵的死亡已经不计其数。

在这里自然规律已经被篡改。在集中营外面，有生，有死。

---

① Dyak，达雅，婆罗洲土著的一支。详见《风下之乡》。——译注

这里，只有死，没有生。

所有的变化都朝着坏的方向去。规则越来越多，食物越来越少，工作越来越繁重，体力越来越下降。失望加倍，乐观从来没有被证实，希望已经成为不愿面对现实的人的避难所。

这时，我们每天由日本人供给的食物如下：一杯稀薄的米粥，5勺米饭，有时有一星绿色，一点糖，时而加一点盐，再就是茶。日本人指望我们借此生存。他们真的希望我们活下去？

在这些配给之上，还有我们自己种的甜薯苗。之所以吃苗，是因为太饿，等不及甜薯长大。营里的每一寸土地都被我们利用了来做菜园，可土地也已经枯竭，我们已经耗尽。监禁的最后8个月，我们几乎不可能再干任何重体力活，可还是干了。太阳升起之前，我们就起床把营里的活干完，然后去营地外，做日本兵分配的工作。到上午9点钟，已经体力不支。

现在，士兵们已经开始买卖剥了皮的猫和老鼠，人们开始吃蜗牛和各种虫，所有的人都开始吃草，而且我相信很多人其实已经想吃人了。

我吃过从日本人垃圾里偷来的香蕉皮熬的汤，当一顿饭。

3月25日像其他任何一天一样来了。上午10点钟，那2架“荷包蛋”飞机匆匆从丛林中升起，扫过天空。阴影投射在我正在挖地的田野上，可以想象太阳光照在那2个“红色鸡蛋”

正中的样子，我听见了，却并没有抬头看。

半小时后，我们这些菜农坐下来休息，头枕在手上，凉茶放在身边，耷拉着眼皮。听见一阵飞机的嗡嗡声，越来越响，汹涌澎湃。我们眯起眼睛，天空中有一些小点。更多的日军飞机？我们想着……可它们不是这样的声音！我们再一次眯起眼睛看，天空在旋转，云层在震颤，天空中传来轰炸的怒吼！不是日本人！不是日本人！不是！

我们的飞机！

我们这次相信了，绝不是别人的，是我们的。这一刻，所有的民族激情都回来了，爱我们的国家，爱我们自己的荣耀，爱这份最大最好的感觉。

这些飞机在我们头顶晴朗的天空划过，雄伟而从容。太阳光照在它们的机翼上，空气中充盈着它们发出的声音，地球依然无助地躺在它们下面。沿着古晋河，从上游到下游，它们轰炸着，缓缓地调转身体，飞走了。日本人没有回击一枪。

我们，没有喜悦发狂，乐观还没有复活。我在日记中写道：

> 今天第一次见到了盟军的飞机。3年前我可能会喜极而狂。今天我既没有体力，也没有心情来兴奋。没有吃的。

随着盟军势力来到婆罗洲上空，因为上面印着香蕉树而被称作“香蕉货币”的日本钱急剧贬值。卫兵们紧张而迫切地想要我们的金首饰和钻石，任何形式的棉布，以及男式服装。而这个时候，我们眼里只有一样东西：食物。

卫兵们会强迫周围的中国人接受现金，卖食物给他们，然后他们拿这些食物来换我们的贵重物品，或者拿我们的物品去直接与农民换食物，从中截留一些食物或物资作为佣金。

我随身带了不多的一些首饰，都是因为感情或怀念而带上的。有订婚和结婚戒指，缝在一个上衣口袋的里边。另一些是家族信物，嵌了钻石的金饰。还有大学联谊会的胸针，那是大学年代特别定做的，特意嵌了一颗我母亲戒指上的钻石。

我第一次的首饰交易是一根沉重的金链，来自英国祖母的家传信物。我用它换了4瓶椰子油，正常价格每瓶大概值10分钱。但油很重要，而我们已经断了。

我还卖了一个金胸针，上面有一块托帕石，用它换了1斤虾酱。虾酱是一种本地人做的腐烂的鱼酱。婆罗洲解放以后，美国海军来到营地，我把装虾酱的罐子打开，让一个水手闻了一下，如果水手身体不支会晕倒的话，我相信他一定晕倒了。他说："哦，小姐，连水手也受不了这个啊！"可虾酱富含蛋白质，有盐味，而我们一点盐也没有，所以我们还是很喜欢它。

我有一只母亲的表盒，做成一个坠子，里边用来放父母的相片。我用它换了40个鸡蛋、1瓶油，还有1瓶日本产的牙痛药给乔治。

用那枚大学联谊会胸针也换来了40个鸡蛋和1瓶油。正常年代，鸡蛋曾经是3分钱一个，而这个交易换来的是，持续20天，每天2个鸡蛋和1勺油。这保证了乔治大约3个星期的生存。

钻石风进展得好好的，直到有一天，一个妇女忽然特别紧张，把市场平衡打破。她用一个嵌了3颗钻石的戒指换来的食物，是我们通常用一颗钻石可以换取的量。这事发生时，我正处于一桩与一个日本卫兵的交易当中，就是那枚大学联谊会胸针。他答应了40个鸡蛋、4瓶油和500块日本钱，并且先付了这500块给我做保证金。然后他拿着那胸针去城里找中国珠宝商鉴定钻石。这士兵回来以后，把胸针还给我，说不要了，让我把500块钱还他，可我还不出来，我已经花100块买了一瓶油。他说："算了，钱你留着吧！"我说我不想要钱，我想要食物，一面坚持让他为这枚胸针出个价。

用了3天隔着铁丝网的谈判，以及他到我营房里来的无数次，我们谈妥了价钱。在我坚持让他买我这枚胸针的同时，我还了解到，他在把胸针给他朋友看过之后，已经很愿意跟我做完这笔交易了。到了交货的时候，他却显得并不热情，带了40个鸡蛋和1瓶油过来，说，他这么做只是因为可怜我。我又把剩下的400块钱还给了他。

补充食品就以这种方式进入了女营房，这也许是哪怕在食物最短缺的时期，我们也能比男人们保持更好健康状况的原因吧。每一个营都走私过，可妇女营离总部最远，卫兵被发现在协助我们的风险最小。但我们能够更加成功地私运物品的最主要原因，其实是日本军官有意放我们一马，只要我们不赤裸裸地把这个行为直接摆到他们眼前。如果我们实在因为太笨，被他们抓住，他们会很严肃，以挽回面子。可在男营里，走私者一直被激烈地追查，被严苛地惩罚。

不久，军官们攫取了大部分我们换出去的那些东西的所有权。

有时我彻头彻尾地享受这件事：因为意识和头脑已经无所他用。跟日本人斗智斗勇而换取食物，成了生活中的娱乐。有时，当我差点被抓住的时候，当我面对可能的后果的时候，也被吓个半死，渴望回到那些生活在法制之下的年代，不用为了食物而冒险。

我们这时接到命令，让去开垦那片木薯地。那是营地附近的一片沼泽，大约 15 分钟的路。那儿的木薯根已经成熟，可以挖来吃了，而且很多都已经在地里烂掉，我们早就没什么吃的了，正饿得慌。可我们并不是被派去收割木薯的，我们的任务是开垦这片荒地。这时营地里共有 80 名俗家妇女，这中间，只有 38 名身体尚可支撑体力劳动。

要求我们每天派出 30 名劳动力，于是还剩下 8 个可以留在营地里干这边的活，做饭、打扫等等。地里的工作时间是上午 9 点到 12 点，下午 3 点到 6 点。我们轮流去地里干活，没轮上的日子就留在营里值班。

修女们也必须派劳动力出去，她们因此便中断了给孩子们上课。我们问日本人，孩子怎么办，他们说："带上一起去。"

只好带上。每天都会下雨，又每天都有酷热的大日头。那片荒地是一块泥塘，满是蚊虫、蜈蚣，还有蛇，以及一条一不小心就会滚进去的河沟。孩子们高兴极了，但妈妈们满心忧愁。

于是我们把他们留在营里，乱跑。等晚上收工回来，自己浑身又脏又臭，还发现他们总是又闯祸了：在洗澡盆里游泳了，在井里蹚水了，在饮用水里钓鱼了，从修女的园子里偷甜薯了，扔石头了，用刀在其他小孩身上划拉了，要不就是直接把我们那小小的生存空间滚得全是泥了。我们的孩子在这个世界上有权利做任何一件事吗？回答是：没有。

这时盟军的飞机开始轰炸古晋。把孩子们留在营里无人看管，变成了对我们的折磨。又是修女，出面救了我们。她们重新安排了出工的时间和人员，腾出了两位修女，孩子们的学校得以重开。一旦空袭警报拉响，她们保证将孩子们送进几周前荷兰天主教神父们专门给孩子们挖的战壕里藏身。

在木薯沼泽地里工作了 2 个星期后，营里患溃疡的人数一下上升了 2 倍。病人名单翻倍，发烧开始流行。要维持出工人员的数量看上去已经不可能了，但是像面对此前所有的不可能一样，我们还是坚持做到了。

木薯根是长在地里的块茎，马来语中叫 ubikayu，字面意思便是“木头薯”，这名字是对它很生动形象的描述。块茎纯粹由淀粉和水组成，老了以后便纤维化，一掰就断成碎片，也就不能吃了。可嫩的时候，无论是烤还是煮，都十分美味，至少在我们这些饥饿的人眼里如此。它们有一点像土豆，却怎么煮也不会软，只会变得糯。皮有毒，需要削掉很厚的一层。可无论是否去皮，吃得太多都会导致严重的消化不良。

它的根在地下的长度可以从 6 英寸一直长到 2 英尺，而地面则是细细的一株绿色、像灰尘掸子一样的树苗，6 ~ 8 英尺高。

如果我们是被派去收割木薯的，我们可能会很热心。但我们只是去开荒拔草的，却眼睁睁看着木薯烂在地里，这让人很心烦。

当然，我们不会让所有的木薯都白白烂在地里的。我们一边干活，一边疯狂地吃，就用双手在地里挖，刨那些树根，再用泥填回坑里。按说这样生吃是有毒的，土里的肥多数是人粪，可我们饿啊，所以就这么吃了。

我们变得越来越大胆，开始将这些木薯根藏在身上带回营。从 2 英寸到 1 英尺长的，都能吃。我穿一件男式衬衣和一条卡其短裤，把所有的口袋都装满，把衬衫前襟里边也塞满，腋下还夹几个，短裤的口袋更特意被我加大，以便能装大个的。有人试过用口袋或者提包来装，但这无疑会被检查到，而搜身却基本上不会发生。所以靠装在身上，木薯被安全地带回了营地，我们或者烤或者煮，给孩子，给自己，也给朋友。让自己有能力赠予，也是冒险做这件事的动力和快乐源泉。

卫兵们知道我们一边干活一边吃，他们对我们抱怨、吓唬几句也就罢了。他们大概也像我们一样，厌倦了战争。还说，他们也厌烦这个开垦木薯沼泽地的工作。“如果你们生木薯都吃得下去，那一定是很饿。”这是他们对我们说的。

有一天，一个卫兵警告我们，别再往营里带了。他说长官对这件事很生气，觉得我们干活不卖力，只惦记偷木薯。估计会有一次搜查。那天，我就只在地里吃了个够。可好多人还是在身上藏了一些。饥饿的动力是无穷的，而我们也习惯了有惊

无险。

到了中午，我们在路上集合准备回家。女士们身上鼓鼓囊囊，修女们也浑身波浪汹涌。可我们却没有像预想的那样列队回营，相反，日本兵让我们立正站在原地。这时我们看见朝香女士，那位翻译官，带着一名日本军官从远处走了过来。

我们立即明白过来。于是木薯像某种发射物一样在空中抛射，女士们想都不用想便将自己的身上清理得一干二净，赃物抛得越远越好。空中一时间弥漫着这些抛射物，无论如何，最重要的是洗白罪证啊。前一刻，各位女士身上还塞满了木薯；下一刻，路旁的土地已经被木薯盖住。我们这些女士已经没有了羞耻感。

可修女们不一样，她们的赃物被藏得太深太仔细；而羞耻感又阻止了她们公开暴露内衣、四肢和身体，公开暴露自己在身体的隐私部位私藏物品这一层不体面，使得她们犹豫。

朝香和军官来到了跟前：地上堆满了木薯根；女士们身上大多已经清理干净；修女们被内疚和羞愧弄得瑟瑟发抖。朝香开始了搜查，她在我们身上，一边拧一边拍打，一边捅一边看，一边撕衣服。她自己没有羞耻感可言，更没有性别带来的含蓄。她只知道该怎么搜查。

有部分女士身上还有没销赃的木薯，于是名字被朝香记了下来。她一边搜一边自言自语："不要脸！无耻！偷东西！你们这些白女人！无耻！无耻！"

接着轮到了修女姐妹。这是怎样的悲哀啊！从长裤里，内裤里，上衣里，围裙里，衬衫里，背心里，长筒袜里，袖子里，全都搜出来木薯。人赃俱在，没什么好说的。朝香搜着，咕哝着，"无耻"着。

修女姐妹们从未因顽劣不守规矩而受过指责，她们不像我们这些女人，这些责备在她们眼里异常严重。日本人也一向认为她们好过我们其他人。

于是姐妹们抽泣着。而我们这些女人想的只是：糟糕，木薯没有了！

当天下午，消息传来，让所有犯了事的去办公室报到。我没有被搜到有木薯，名字却也被点到。他们一旦学会了怎么叫某个人的名字，一定要在各个场合用一用的。

我们去了，长田中尉发表演讲。他说，偷盗是我们白人加在自己身上极大的耻辱，我们不是最爱谈论荣誉和尊严的吗？他又说，我们应当有更好的认知和更高的标准。最后他问：“你们为什么要这么做？”

每个人都给了他同样的回答：“我们饿。”

他说：“饿可以要求我们，但不能偷啊。”

我们说：“我们问过了，可你们不给。”

他说：“啊，哦，在古晋的所有人都饿，因为盟军阻截了向婆罗洲运米的船，这是盟军的责任，我们日本人也饿。”

我们看了看他，又看了看卫兵，再看看我们自己，在脑子里对比了一下我们身体上的差别。

“我们以后干完活可以从地里带一些木薯回来吗？”我们问他。

“现在还不行，”他说，“因为你们刚刚违反了纪律！如果再偷，我会严厉惩罚，但是这次就算了。回去吧，记住要好好表现。”

我们回去了，却并没打算好好表现。

1945 年 5 月，每人给发了一张明信片，说可以寄回家。不含地址，准许写 25 个字。类似的事情，一年有 3 次，可这次有点不一样。在这 25 个字之外，一定比例的犯人被要求加上一些宣传用的句子，在预先替我们写好的一些段落里挑选来抄上去。

下面是一些例子：

> 婆罗洲是一个充满牛奶、蜜糖的丰腴土地，有水果、辉煌月光照亮的夜晚，还有快乐甜美的白天，以及一切的满足，这里跟我们在一起的是了不起的日本人民。
>
> 我们感恩于日本人民所给予我们的善良和慷慨待遇。
>
> 我们自从接受了日本人民的拘押以来，已经学会了欣赏东方人的很多宝贵品质，他们对我们温和、善良、慷慨。
>
> 我们可以吸烟、唱歌、哼小调、吹口哨、玩游戏，亲爱的，如果你们也在就更好了。（我很想加一句："但是我们不吃东西。"）
>
> 这些善良而快乐的人民为我们做了这么多，亲爱的你们啊，能跟他们在一起，真是我们的幸运。可我们希望我们的侵略成性的祖国现在能祈求和平……

我仔细研究了这些句子，想找一个最不让人反感的。我想，如果我写上这么一句，这张卡能平安送到的可能性更大。我认定，这些宣传口号这么明显，我家人一定能看出来。

我寄了这么一张：

> 发出过7封信，收到过7封信。健康状况一般。乔治

很好，精力充沛，顽皮无赖，令我想起哥哥。

受够了战争，希望总被延期。

婆罗洲是一个美丽的地方，梦想中的国度，这里气味芬芳，小鸟歌唱，美味的果树遍地生长，我们快乐地在这里。

艾格尼斯，哈里，乔治

我的姨妈后来告诉我，她对我命运的担忧，从来没有像收到那张明信片时一样沉重过。她说那看上去毫无疑问地，我已经丧失了理智，疯了。

也感谢那句宣传口号，这张卡片才被送到了家里。后来我们发现，从前发出去的明信片，大多数都还堆在古晋的日军办公室里。

春天那一次米饭供应减量以后，病号名单又翻了一倍，犯人中开始出现一些因绝望而产生的举动，他们之间也开始出现暴力行为。一些人偏执纠结，另一些人则善于放下。也许一个具有最大的情感包容能力的人，也只有当他的生活沉入一种单调的苦难中时，才能够意识到，生活本身其实就充满苦难。

在男平民营里，有一位易感而才华横溢的年轻人，战前在大英婆罗洲沙捞越政府工作。他有极强的语言天赋，除了会说多种西方语言之外，还说日语和汉语。

在古晋城里，他有不少亚洲人际关系，正因如此，他多次被日本军警关注。一次次地被提审，被施以各种审讯手段，想从他口里挤出他那些亚洲关系的信息。他一定也想过，不知道自己在这些拷打折磨面前，还能挺住并沉默多久，且不论他是不是真有可以交代的。他说，如果再次被提审，便只能自杀。

一天上午点名时，这位年轻人有病在身，没有去报到。他的缺席引起了当天负责集合的九部中尉的注意，九部记得这就是那个多次被提审和拷打的人。

这一天没有什么值得兴奋的事件，九部有些沮丧，情绪因此不好，处于要找人麻烦的状态。他把这个人叫去办公室，又审讯拷打，接着把他带到外面操场上，让他站在岗亭旁边，双手举过头顶。等着一会儿再被送进禁闭室，接受军警的审讯。

这位年轻人让卫兵允许他去一趟茅房。他便再也没有回来。卫兵跑去茅房一看，他躺在血泊之中，正在死去。他砸碎了茅房里的一个用于冲洗的水瓶，用碎玻璃片划破了自己的手腕和喉咙。

九部气急败坏，立即下令全营搜查。搜查通常是日本军官平息愤怒的途径。

更年轻的人们将这位自杀者埋葬。营里的墓葬区地硬，这些年轻人又大多虚弱有病，肚子里空着。挖得很慢——反正埋完了回去也没有别的期盼。下一个是谁呢？

第二天上午，当我刚刚把这个年轻人的故事写完，营房里传来“搜查”这个词时，一个卫兵已经出现在门口。

搜查分队是什么样，我们本来是熟悉的：几个咆哮的军官，其中一个通常是九部，被五六个持枪的卫兵簇拥着，叫喊声比平日里都更响亮。总能看见他们远远地，如此这般地过来，我们便算是得到了警报。可今天他们悄无声息地来了，在早晨的匆忙中，不声不响地来了。

我绝没有机会将日记本藏到罐子里，再埋到营房下。在卫兵进来那一瞬间，我只好立刻将这一叠纸塞到衬衫里。藏在身上，比留在营房里的任何地方都要安全些，然后我跟着卫兵出去点名。

我们在营房前分组集合。离我们最远的是荷兰修女营，通常日本人对她们比较有礼。可今天卫兵们又吼又叫，十分嚣张。更令我们吃惊的是，今天这位军官居然对女士搜身，他不是九部。显然这起自杀事件让他们十分生气，必须要找个途径发泄出来。

情况进展被悄声地传递到我们这边：“他在狂怒中！他把她们浑身上下摸遍了，他在摸裙子下面了。他在看……哦，他搜到了什么！哦！现在那个嬷嬷在解释。哦，他打她了！他今天真是狂怒了！现在他到我们女人这边来了。正对一个人说话呢，他把L医生叫出队了，哦，她身后藏了一支香烟！是啊，她肯定会啊！他要打她了……哦！她不屑一顾！天哪！她无所谓，真的！他越来越疯狂了……现在他过来了……”

这绝不是一个可以将日记本藏在衬衣里边的时候。我像一个学生女孩儿一样对卫兵举了举手，带着歉意说："Benjo[①]？"他向我嘟囔着埋怨时，我已经向后面的茅房跑去。在那里，我使劲够着将这一叠纸放到了棕叶搭成的屋顶上，然后回到队伍中接受点名。

士官长已经比我先到了，但他经过开头几组的搜身以后，已经对女人身体有些不耐烦了。现在他木讷地望着我们，厌倦而沮丧。战争到底是个什么东西？能让一个爱国的日本军人找不到比搜女人内衣更勇敢的事可做。这一切都为了什么？他显然并不知道为什么……

于是他让我们去阴凉处坐下，他进屋搜查。

1945 年 4 月，食物到了最短缺的时候，药品已经绝迹，须贺上校将多莉·亚当斯、我，还有乔治叫到他办公室去，招待我们喝咖啡。

我们吃了常见的饼干、水果，还有很甜的咖啡和茶。乔治把每一样东西都舔过，那种饥饿的状态根本无须语言描述。我几乎总是可以依靠乔治来替我陈述事实。点心端上来的节奏根本赶不上他的胃口：他喝了 3 杯咖啡，自己盘子里的、桌子中间盘子里的所有食物都被他一扫光，然后开始看着我的盘子，那儿还剩了一根香蕉，是我打算留着带回去给他的。

---

① 日语俚语：厕所。——译注

须贺看着我，问道：“你为什么不把香蕉也吃了？”

我说：“我想把它带回去留给乔治。”

“你吃吧，我再给你一些带回去给他。”

这正是我希望的。

14.

敌人坠落

整个春天，盟军对古晋城、河流、田野以及机场和道路日日袭击，不是飞机轰炸就是机枪扫射。有时爆炸碎片会落到营地里来，我们时而急忙躲进掩体，时而站在外面为盟军占了上风而高兴。然而这期间，那2架小“荷包蛋”飞机总是在盟军飞机来之前半小时从丛林中升起，又在盟军飞机离开后半小时嗡嗡着回去。我们一直仔细地听着，想到这一次“荷包蛋”飞机的跑道一定被炸毁了，找不到地方降落了。可每一次，它们都能找到一块手帕大的地方把自己安顿妥当。以某种特有的方式，它们就像我们的大飞机一样，不可战胜。

起初我们都躲到战壕里，因为日本人命令我们这样做。孩子们很喜欢去，还比谁都有条理。警报一响，乔治会立刻冲回家，戴上草帽，装上一些简单的食物，拿上水瓶，以及防水斗篷（将一个士兵斗篷剪短了改的），再把小板凳背在背上，向儿童战壕走去，不管我在不在场都如此。

日本人还要求我们，尽力将这里住的是妇女这个事实掩盖住，说如果盟军知道我们是妇女儿童的话，一定会轰炸我们！为了不暴露性别，禁止我们在外面晾衣服，还要把自己也藏起来，要么待在营房里，要么待在战壕里。很快便不再有人去战壕了，我们待在营房里，享受着没有卫兵看守的自由。卫兵们都躲在树下。

经历了6个星期的空袭之后，最初的喜悦消失了。很明显，这些飞机的出现并不意味着我们会尽快被释放。对天上的飞行员来说，这件事就是成功或者成仁两个都很光荣的选择，何况他们肚子还是饱的。可我们呢，每天早上问自己，今天能挺过去吗？每个晚上再问，明早我还能醒过来吗？对我们来说，天上那些穿梭自由的飞机变得令人烦躁。

那个夏天的气候热得可怕。水管被日本人截断了，我们不得不用桶从远处的井里提水回来。食物供应短缺已经到了闹饥荒的程度。

一个又一个这样的夜晚，在热带月光的照耀下，我醒着躺在那里倾听。那些围城的美国兵会从河面上漂来救我们吗？古晋城里那些憎恨战犯的日本兵会赶来把我们都杀了吗？或者，水塘那一边那些每晚醉酒喧闹的日本混蛋们，会蹚过来，将我们尽数屠戮吗？那迟迟不来的黎明，那盼了很久的空降师，终会出现在我们眼前吗？如果真这样，我们在救援来临前，会被敌人都杀了吗？

在这些酷热的、黑黢黢的夜晚，妇女和孩子躺在一个集中营，而男人们单独在另一个营里的时候，我们问自己，为什么，在如此贫瘠的生活中，我们的身体还会挣扎着活下去。

在这些孤独守寡等待的夜晚，我们想要得到满足的，不是激情或者欲望，我们只想摸一摸彼此的手，听到一句安抚的话语，分享一点欢笑，将我们从绝望的孤独中拯救，让自己活下来，可以靠近你，我所爱的人。我们的身体为之痛苦，心为之破碎。

月复一月，还是没有释放的迹象。整夜躺着，听天上的动静；

整日里，犁田挖地。再一次我们停止了寻找，停止了对获释的期盼，停止了一切的盼望。没有目的地存在着。

8 月的第一个星期到了。我知道胜利会来，圣诞节会来，我也知道死亡会来。可哪一个将率先降临呢？而且，这有什么分别吗？

8 月 15 日这一天，对围墙外的世界无论是否有什么重要意义，我们都在日本人的号令下，庆祝了那标志我们被拘押 3 年的一天。这是古晋峇都林当营成立 3 周年纪念日。1942 年，须贺上校被任命为此地战俘与平民拘押营的总指挥。在他的命令下，我们年年庆祝自己被关押这一事件。他好像完全看不见这其中的讽刺意味。有时我们会在这一天得到一根额外的香蕉，有时 1 个鸡蛋，有时一些甜点。可是 1945 年，食物已经极度短缺，于是他们在集中营成立 3 周年纪念日这一天，给了我们半天时间与丈夫相见，以示庆祝。

哈里、乔治和我在铁丝网外的树下相聚。乔治直接奔向小溪边玩耍，而我和哈里坐下来说话。现在我们已不再谈论战争胜利，或者胜利后的计划、盟军的飞机等话题，而是一些更有意义的简单的生存问题。

快要分开的时候，哈里说：“我得告诉你一件事，值得一提的一件事。也许你不会相信，但希望可以让你笑一笑。一个喝醉酒的英国兵昨晚钻过铁丝网，从战俘营溜到我们这边的厨房来，正在偷东西吃时被几个人抓住了。正要打他时，他说，如果放开他，他会告诉他们一件肯定能令他们高兴的事，从而绝对不想再打他。他说，当晚有消息通过私藏的无线电传来，停战协议已在当天于盟军和日军之间签署。”

我说："好吧，当我在古晋广场见到美国水手时，我就会相信战争结束了。"

英军战俘营在我们外面的道路一侧铺开。一天我正向须贺上校的办公室走去，忽然有什么东西引起了我的注意。整个战俘营里，我看见有很多小篝火在跳动，火上有各种各样的锅，冒着烟。我一边想，一边闻……是鸡肉！我停下来，向那边看过去，又深吸一口气，离我不远的岗亭里，日本哨兵什么也没说。这一切都不平常——火，食物，沉默的哨兵。

一个看上去可怜巴巴、瘦得皮包骨的英国兵，什么也没穿，缠着一条裹腰布。他离铁丝网很近，我能看见他对我眨眼睛，无所顾忌地大声喊道："快乐的日子又回来了！"离他不远处，另一个男孩儿也大声说："不会太久了，小姐！"另外两个开始哼起营地里熟悉的调子。"他们来了，就会沿河而上！"又有其他人开始唱起士兵们最爱的歌谣：

"让那些中国人、达雅人、荷兰人去打吧，就让他们拥有婆罗洲吧。我们不要……"

我还可以听见一阵一阵的"扬基小调"充满了整个营地。

这时我视线内的所有英国兵都在冲我笑，大拇指向上晃着。而附近岗亭里的日本人，没有像平时一样又吼又举枪，只是用无神的眼睛瞪着，一动不动。

我这时想起了哈里告诉我的话。继续向前走，想着这件事。平时在这条路上“咯咯”叫着扑闪的印尼鸡，今天一只也没见到。慢慢地，我开始把路上看不到鸡和战俘营里的篝火联系起来。我闻到的，是鸡的味道，没错！

这些士兵如果没有充分的理由相信和平就在眼前的话，他们不会把这些平时零星供应鸡蛋给他们的鸡都杀掉的，日本兵更加不会允许他们点篝火。那一路所闻到的鸡的味道，此后一直留在我的记忆中，与第一缕和平的先兆牢牢地联系在一起。

第二天，日本人发放了双倍于平时的大米供应量，还有一些西米粉。那之前我们已经领过了 8 月的供应，抱怨过太少，当时的回答是："古晋没有大米了。"当这双倍供应发下来时，我们知道，一定有什么事发生了。

与此同时，日本军官紧急辟谣，否认所有关于和平的传言，卫兵们自然也都相信他们的长官，坚信自己是不可战胜的。

于是，在古晋的我们，开始了自开战以来最令人崩溃的阶段。当和平已经降临外面的世界时，我们却离自己的毁灭越来越近。

8 月 20 日下午 2 点，有传单从盟军的飞机上撒到我们女营地里，我们捡起来，赶在日军从我们手里抢走之前匆忙读了。

澳大利亚第九指挥部

大英婆罗洲

1945 年 8 月 18 日

致：大英婆罗洲所有盟国战俘

自：澳大利亚帝国陆军[①]总指挥官

---

① AIF: Australian Infantry Force.

终于，盟军彻底打败了日本。日本天皇，代表日本全国，接受了无条件投降协议。必要的投降安排正在盟军总部高层与日军之间协商。

欢呼吧。

我知道你能够理解，鉴于你所处的位置，施以立即的援救存在一定困难，但是你尽可以放心，我们会尽一切所能，最快让你们获得释放，得到照顾。

G.F. 乌特恩

总司令

澳大利亚第九指挥部

2个小时后，我被叫到须贺上校的办公室。去之前，我把藏起来的传单缝在衬衣里面，猜想这次去，一定与这个消息有关。然而，须贺像往常一样跟我打招呼，寒暄倒茶。最后还是我实在忍不住，向他询问战事有没有任何变化。

他说，盟军正在攻打婆罗洲，很快会占领古晋。然后会在这里——战俘营，与日军进行最后的决一死战，争夺战俘。交流进行到这里，我已经不知道，究竟是我，还是须贺疯了。

随后须贺给我看了一份机打的命令，让所有战俘营的犯人离开营地，“为了你们自己的安全”。撤离地点尚未指定。须贺说，这个命令很快会颁布。我看见上面标注的时间是9月。

我说：“如果你再让我们搬迁，会把所有人都害死。”

须贺冷峻地回答：“那是我的职责！”他目光坚定，加上这个语气，无异于警告我，不要再继续说了。在这名受过大学教育的毕业生身上，我看见了日本人的狂热。

我只好询问欧洲的局势有什么变化，我们之间谈论欧洲，从来不会引起情绪的激烈化。他告诉我，德国已经宣布了彻底的失败，接受了和平协议，现在剩下日本孤军作战。盟军新近向日本投掷了新型原子弹，是有史以来最具摧毁力、最不人道的炸弹。第一颗毁掉了一整个城市，而他的家人住在那里，他相信已经全部遇难。

这次谈话是在8月20日。整个过程当中，我深深地感到，那一页和平传单没有给我带来任何保障，因为敌人还握着枪。

自从飞机撒了传单以后，我们变得对日本人的规则不管不顾。倒不是我们真觉得安全了，而是，杀吧，我们懒得想那么多了。在管制者们一天比一天更加歇斯底里的情况下，他们没有冲我们开枪，这完全是个奇迹。那些军官和卫兵前一秒钟还在威胁，下一秒钟又开始抚慰。没人明白，究竟是谁处在更有利的位置。我知道他们的感觉，所有的美好都已经成为过去，厄运刚刚开始，在前方向他们招手。这与我们3年前的感受几乎一模一样。

在这些不确定的日子里，我们尽量不让孩子们知道这一切，因为不知道他们会跟卫兵们谈些什么。但他们知道“日本人挨打了”，因为那几个大男孩，约翰、吉米、维吉就是这么说的，而乔治又是如此地信任我，所以他把这个消息也分享给了我。他们对待征服者的态度，也发生了转变，骄傲地晃着小肩膀，乔治和艾迪互相喊着：“你这肮脏的日本人！”

8 月 24 日，军事翻译来到女营房，命令所有妇女 4 点钟去小教堂，须贺上校将要在那里发表讲话。须贺过去从未在我们的地盘上对我们说过话，一向是我们被命令站在广场上等候他。

下午 4 点，太阳炙热地挂在古晋的天上，使人昏昏然想要入睡。光线透过小教堂的窗户，几乎平射进我们眼里。房间里热得令人窒息，没有声音，连呼吸声都没有，紧张到极点。在迟到 1 个小时后，须贺上校来了。

乔治待在我身边，从未有过的安静，他也体会到了空气中的气息。我一遍又一遍地祈祷，这是最后的机会，如果这一次的祈祷再不被听见，我不可能再挺过去了。主啊，赐我们和平吧。

我看着小教堂里，我身边的女人。我们坚持得太久了。当日本人缩减食物供应时，我们一笑而过；当他们命令我们去地里劳动时，我们一笑而过；当他们切断供水，我们去井里提水时，我们一笑而过。在饥饿、病痛、劳累面前，我们都一笑而过。可这一次，如果和平的承诺竟然最后变成了一句玩笑，我们将再也笑不出来。

我看着身旁这一群承受了难以想象的苦力的妇女，这些苦力明白地写在她们身体上。脸是扭曲的，布满皱纹的，痛苦而克制的；手是扭曲的，粗糙的，长满了茧的；脚光着，上面是断裂的指甲，布满伤痕，肮脏不堪；衣衫褴褛局促，打着补丁，褪了色。在这264人中，最多还有五六个看上去尚有活力，尚且迷人。其他的人，也许还有机会重拾魅力，但永远不会再年轻。监禁夺走了我们太多。

下午5点钟，须贺上校到了，由2名副官陪同。他走进小教堂时，我紧张得开始发抖，心跳得好像注射了肾上腺激素，手心又湿又冷。我们站起来鞠躬，这是最后一次。

在监禁的第一天，他脱稿向我们发表了自己的讲话。那之后，他的演讲变成了读稿，稿子由犯人给他写，有时是我，都是一些自吹自擂的内容。今天，他讲得很慢，每一个字都谨慎挑选，所有的情绪都努力控制，全都做到了无懈可击。我知道，这些字眼让他说出来有多痛苦，这对于他的骄傲甚至躯体都是致命的打击，却给我们带来了新生。

曾经很多次，我观察过须贺上校的笼中猎物，在他们身上感受到隐藏的笑意，潜伏的讥诮，抑制的不屑，这些都看不见也听不见，却比大声的狂笑更伤人。有时候，须贺会在这样的感受中，忽然冰冷地停顿下来，变得蜡黄僵硬，他脑子里在探寻，有什么方式，能让他报复这2500个犯人带给他的轻侮。然而作为胜利者的他，无力报复。他可以枪毙他们、折磨他们，或者贿赂他们，可是那蔑视在他们心里，即便他们死了，他也能感受到。

那一天，作为败军中的一员，他第一次在营地里公开表达了尊重，包括向那些最恨他的人。我们知道，我们在看着他走向死亡，他正勇敢地执行着。

他对我们说，和平降临了。而导致日本投降这样结果的主要原因是：1. 德国在当年 5 月的彻底溃败，以及它对《波茨坦和平协议》的接受；2. 盟军投掷在日本的原子弹无可比拟的破坏性，以及它对国际法和人道主义的野蛮侵犯；3. 8 月 9 日，俄国对日宣战。日本天皇再不能忍受目睹人民的苦难，目睹挣扎在原子弹威胁下的妇女和儿童。为了将日本民族从彻底的毁灭中拯救出来，他于 8 月 15 日宣布停战，并接受了《波茨坦和平协议》。

须贺说，这对我们战俘来说，是好消息，但我们不要太激动，不要失控，危险远没有过去。我们目前还必须继续服从，保持平静。

日本军队仍然没有被打败，他们还继续在所有占领国保持着胜利姿态，尤其是在中国，他们的武装力量在战场上尚未被击败。这些军事力量拒绝投降。可作为日本人，他们必须服从天皇，因此他们中的一部分只好放弃了民族，否认了对天皇的忠诚，下定决心要血战到底，以捍卫自己勇敢的、胜利的、不可战胜的、士兵的荣耀。

这天早上，天皇派出3名皇子，就任3个重要的军事职位，试图说服将军们服从命令。须贺说，希望并祈祷皇子们能成功，以便早日结束这一切。如果和平协议的条款对日本足够公平，皇子们也许能说服军队停战。

他接着说，古晋现在是婆罗洲的军事总部，军事力量已覆盖铺设到所有的山林地区，将在那里阻止抵抗盟军。而他自己，决定服从天皇的命令。他关注我们的安全，但尚未收到来自任何方面的任何命令，古晋目前无线电中断，无法与外界取得联系。他会尽一切可能来确保我们的安全，但是军官们，年轻的士兵们一腔热血，而且手握武器。所以，“尽管和平已经在眼前，请一定保持冷静，不要过度兴奋，要服从命令，不要挑衅军官和士兵。请耐心一点，保持风度”。

随后他宣读了盟军飞机20号撒下的传单。正是那天我见他时，缝在衣服里的那一份，也许当时他的身上也藏着一页。当他读到：“终于，盟军彻底打败了日本。日本天皇代表日本全国，接受了无条件投降”时，我想起了曾经的那些时候，须贺告诉我们，日本最终会打赢这场战争，哪怕持续10年甚至更长。传单上的这一句话，我认为造成了对须贺尊严的终极摧毁。

这是整个监禁期间，须贺与作为战俘的我们最后的交流。

他坐车离开了，正是那辆他作为一个胜利者时，多次用来给吵闹的孩子们分发小袋饼干糖果的车。乔治对他有一些恻隐之心，他说：“妈妈，他因为输掉了战争而伤心吗？”

从我们这里离开之后，须贺去了男营，发表了类似的声明。很显然，他尽量回避大规模集会或者露面。

一架道格拉斯 C-47 在营地上方低空盘旋，机身中间有一扇门开着，两名金发飞行员探出身来，对我们挥手，喊叫，大笑。我们听见飞机低空飞行的声音，便出去聚在营地门口，疯狂地对他们挥手，欢呼雀跃，并不知道发生了什么，只知道，一定是好事。

C-47 盘旋了一阵，又回来了，这一次更低地从我们头顶擦过。机身中间的门再次打开，金发飞行员又探身挥手，忽然间，一个鱼雷形状的东西从门里被抛出来，就在它快要触地时，一个降落伞撑开，鱼雷轻轻地落在地上。34 个孩子一起跳到降落伞上，躺在上面。那个 6 英尺长的鱼雷上，印着“面包”二字。

后来有人问我，那一刻我们有没有蜂拥上前，撕咬争抢那一盒食品。那样的行为想想都是可怕的。也许我们想要冲上去抢，但我们绝不会那样做。我们确实在监狱里学会了很多下贱的手段，可公平分派生存物资却一直是神圣不可侵犯的。

任何情况下，对于饥饿的我们，那一个降落伞空投食物的意义都远超食物本身，我们连想都没有想过要去抢。这远远超越了我们的身体和心灵所饱受的饥饿感。我们真正渴望的是，与我们的人能有联系，以及向我们伸出的关怀之手。那个空投物资上的字拼作“面包”，可它诉说的意思是，“你们没有被忘记”。我们最希望从那个盒子里得到的东西，已经得到了，满足了，在心里。

那天一共有25个降落伞空投物资。起初日本人拦住我们，可是等到飞机离开时，我们已经开始回收利用那些降落伞了。在我们看来，这是多好的面料啊，可以用来做衬衫或者裤子。不到24小时，最初的那几个降落伞已经被一些妈妈和孩子们穿在身上走来走去了。

那天，除了面包之外，我们收到的盒子里还有罐装牛舌、火腿、兔肉、牛奶、黄油、巧克力、饼干、白糖、蛋奶粉、香皂、厕纸、红十字药品以及一些衣物。

整个过程中，疯狂持续着，乔治像一只小狗一样腾跃。女人们跳着尖叫着，涕泗横流，心潮澎湃，笑声和欢呼声如决堤之水。我不在其中。那一刻我安静下来，冒着冷汗，心情无法描述。我只能一直点头，是的，是的，这是我们的战争中最辉煌的一刻。

9月3日，须贺举行了一个“告别派对”，邀请盟军战俘营的代表去参加。

有人拒绝去，这是整个监禁生活中，我们第一次有权说“不”。鉴于目前营与营之间已经允许交流，哈里送信给我，叫我别去。但新闻直觉却敦促我，应该去，这个派对将会十分特别。我看过了泥污和血腥，这一次我想去见证鲜花撒满在胜利者的脚下。于是我让多莉给哈里捎了个信，告诉他我会去，问他是否去。他说，去吧。

6点钟，我们到了办公室。须贺上校灿烂的军服上，胸前点缀着“一战”时盟军军服上的装饰，就像哈里当年军装上的一样。他过去的囚犯，今天的客人，穿着停战后日军提供的新制服，平民拘押犯穿着一直囤积、等待获释时穿的盛装。

包括营里的所有日本军官，派对上一共有大约60个人。施暴者和受害者，极不自然地融在一起。九部中尉，营里的头号长官，坐在我对面。他对某种药品上瘾，一旦药品短缺便会变得极其残暴。他通常周五得到供应，因此周五晚上向他提什么要求都能得到响应，然而周一到周五之间，他是一个恶魔。

那天晚上他问我，谁是我最喜欢的英国作家。过去每一次见面，都是在全营搜查时，而每次，他都会问这个问题。因为按照他的说法，我们俩都很“文学”。每一次我都会说一个不同的作家，而他却始终坚持一个答案：“吉卜林是英国人最爱的作家。”吉卜林，充斥着对白人荣耀的颂扬，从来不受日本人的喜欢。今晚，我告诉他，我最喜欢的是狄更斯。他反问：“真的？不是吉卜林？”

山本医生挨着我坐，一如既往地彬彬有礼。我们谈得很少，他也几乎没有吃东西。在这个气氛下，没有人能讲出任何笑话。

朝香女士坐在哈里他们营的两个人中间，将敌人和朋友混坐，以强加一点友好，这个意图十分明显。她那列车通告员般的声音可以穿透其他人压抑的笑声，可没有什么可以穿透那不时出现的、死一般的沉寂。

我们坐在一张很长的 U 形桌边，这间山顶上的最高办公室，是战犯们头一年为须贺修建的。还没修好，工人们就已经把战俘营里带来的床虱跳蚤填满了这间新办公室的木头缝。今晚一位年轻的澳大利亚军官提醒我这件事，他恶作剧地冲我嘟囔："你觉得痒了吗？"

长田中尉坐在 U 形桌中部，离须贺很近。一整晚他都上蹿下跳地给级别高的犯人斟倒饮品。须贺自己坐在一群澳大利亚军官中间，以示对正在向我们开进的澳大利亚解放军的敬意。

这顿饭有汤、牛肉、猪肉和炒饭，还有蔬菜、香蕉、果冻、热水和香烟，最后还有本地菠萝酿制的"威士忌"。在威士忌传递过程中，须贺说："这种威士忌可能有点烈，你们大概不习惯，我们就仅仅用来祝酒吧。"于是我们只好等着，祝酒时再喝。

吃完，须贺站起来开始致辞。他的手抖得厉害，不断地清嗓子，发错音。我从没有听过他的英语讲得这么糟糕。他说：

"和平已经到来，日本已经投降。这是你们的好消息，不是我们的（此处伴随着一声尴尬的笑，没人附和）。我非常难过，很多犯人死去了。这一点似乎被你们很多人忽略了（接下来是一串完全听不清楚的语句，持续了好几分钟）。我为那些死去的人的亲属难过，我自己就是其中一员。我感谢集中营代表所做的工作以及对集中营运作的协助。我希望你们不要有怨恨和报复的心理，更希望有一天我们可以做朋友。现在让我们为将来干杯。祝福大家。”

喝完这一杯，人们开始无意识地频频举杯，威士忌顺着我们的喉咙流下去，那一刻我感到，没有任何言语可以用来描述这个派对。

这些人曾经是我们的迫害者和刽子手，他们让我们挨饿，让我们病死。但这是战争，杀害正是战争的目的，屠杀和摧毁都是合法的。如果今晚的汤里有毒药，酒里有砒霜，我兴许都会同情和理解。可这样像客人一般坐在一起，酒足饭饱，面带傻笑，彼此祝福，感觉完全而彻底地变态。

15. 老妇

抛开饥饿和酷刑，士兵们有一样能够助他们维系士气的东西，我们没有，那就是来自外面世界的第一手消息。

整个拘禁期间，英军营里一直隐藏了一台能正常工作的自制收音机。正是通过这台收音机，8 月 14 日晚，和平的消息传来。

在山打根的澳大利亚战俘营，日本人 1943 年发现了一台类似的秘密收音机。通过它，当时在巴哈拉岛上的我们，获取了很多消息。那一发现，令后来的日本人一直怀疑我们在古晋也有一台，他们多次搜索想要找到。然而上一次几名澳大利亚士兵因此被处决的记忆，让这些士兵们加倍小心，藏得更好。

在营里它从来没有被直接称呼过名字，而始终以奶奶、哈里森太太、冰激凌、老妇，或者其他几个不太礼貌的名字来指代。知道它一旦被发现，意味着它的制造者和保护者将失去生命，以及全营遭受处罚，一个安全组织因此成立，用以保护这位“老妇”。这个安全组织对卫兵的防范效力，远超卫兵对他们的防范。每日每夜，一个包括了歌曲、口哨、鸟叫声的信号系统，保证了“老妇”时刻对来自卫兵、军官和军警的风险保持着警惕。

最初士兵营里有电灯，那期间，这台收音机一直用电。后来供电停止了，收音机也跟着中止了大概 4 个月。这期间，男人们便一直忙着做一台手动发电机。其实做成发电机只用了 1 个月，而做那些用于制作发电机的工具，却花了他们 3 个月。

发电机由一只飞轮驱动，飞轮隐藏在一个木桶中，轮子又经由手工转动，而且必须达到至少每分钟 3000 转的速度才能获得足够的能量来供收音机工作。这个转轮子的人，由营里的其他众人为他提供额外的食物和照顾，他的一只胳膊和身体的一侧因为转动这只轮子，肌肉变得格外强壮。每 60 秒的转动之后，他汗如雨下，而每一次最多只能转几分钟。

除了制造发电机那 4 个月，这台收音机从来没有停止过工作。只有 10 个左右的士兵知道“老妇”的准确藏身之处，也只有他们知道“老妇”带来的第一手消息。

但各种基于事实的谣言一直没有断过。传到每一个人的耳朵里，这些消息振奋了他们，令他们充满信心。知道无论日本人怎么威胁，怎么搜查、监视、偷听，“老妇”都能躲过被发现的命运，好好地活着，这与她所带来的消息几乎同等重要。这种对敌人的藐视，给了人活下去的勇气，给了他们忍受的力量。当和平终于到来时，“老妇”的安宁被视作鼓舞集中营犯人士气的重要因素，她的制造者和保护者因此受到军事嘉奖。

这些年里，“老妇”的隐蔽方式不断地在变。起初埋在地下，夜里挖出来用，可这对“老妇”的勇气和胆识都是考验。不久又在厨房的墙之间修了个夹层，她被嵌在假墙后面，假墙每晚打开，用完之后再放回去。最后，一个带活动底的桌面被制造出来，她因此又被藏在那儿的一个抽屉后面。在这里，她满足地生活着，一直到战争结束。在这张桌前，常有日军军官坐在那里，指挥卫兵搜查“老妇”，暴跳如雷地对着桌子又踹又拍。

在“老妇”秘密的一生中，屡屡遭遇几乎被发现的情形，以至于她的保护者们即便逃脱了立即被处决的命运，也一定因为担惊受怕而折了寿。可“老妇”从来没有惊慌过。完全凭着她的女性直觉，游刃有余地活在一群紧张的男性中间。

第一年，收音机里传出的消息被记下来，送到古晋的一位华人那里，以便在当地的亚洲人中间传播。很快，日本人开始怀疑此事，那位华人被处决，警告了一切可能的相关人员。那以后，消息便仅限于营内。有一阵，每星期会有一份新闻报告通过牢头传到平民男营、英国军官营以及其他几个营。

随着战争越来越朝着不利于日本的方向发展，对于新闻来源的搜查也越来越严厉。一丝微乎其微的乐观气氛，或一缕欢快的表情，都足以招致怀疑。命系于保密，而并不是所有人都能在任何情况下做到绝对的保密。于是决定“老妇”的唠叨严格限制在军人圈内，并且只供士兵营里的士官长和军官营的牢头知悉。尤其严格限制向平民男营走漏消息，理由是那里有很多丈夫，也是唯一的一个可能与女营保持联系的营区。想到可能的夫妻见面，可能的向妻子泄露消息，再由这妻子传遍所有人，这是“老妇”的保护者们最担心的事。

他们并没有意识到，其实不能保守秘密的并不是我们的丈夫。每一个与我们有接触的英国士兵，路上见到，干活时碰到，清理茅房时遇到，都忍不住会产生令我们开心一下的冲动。当我们急切而诡异地悄声问：“有消息吗？”他们想都不用想，便一边吹口哨，一边唱歌，一边把那一周的大事传达给我们了。他们喜欢给我们惊喜，“让那些姑娘们开心”。其实真正救了我们和他们的，是我们并不太把这些消息当回事。到了得知停战时，一位士兵对我高声说：“不会太久了！”这只让我报以苦笑。

“老妇”的故事，由几位坐在有活动底桌边的年轻人告诉我。说的时候“老妇”就端坐其中。我问他们：“谁对这位伟大女士的出生、血统和健康负责？”每个人都指着别人说“是他”，最后，“哈哈，是我们一起干的”。

可当我说，“我的意思是，谁是这位专家？谁令她诞生，以及在她一生中，为她的健康负责？”时，他们都指着一位其貌不扬的年轻人，说：“是他。”

这位年轻人是莱昂纳多·贝克特中士，无线电专业人士。他的责任如此重大，照顾并使用“老妇”，以至于整个拘禁期间，他的所有其他工作都有人代劳。

她的出生是如此平凡卑微，如此简单无奇的材料赋予她生命和功能，“老妇”完全像是被创造出的一个生命，而不是被制造出的一个物品。创造她的原始元器件如下：

接收器，是一个偷来的诺顿摩托车上的阻尼器旋钮。

转盘，胶木的吉布斯剃须皂盒。

可变电容，来自饼干盒，撕开压平后，再塑形。

电阻和阀门，来自平民营里一位耳聋男子的助听放大器。

可变电容板，来自一个旧地图袋的胶木内胆。

高频扼流圈，来自一个高露洁剃须皂盒。

小变阻器，用的是偷来的铜丝、胶木和铁丝。

绝缘材料，来自去军用机场干活时偷来的飞机上的玻璃。

点火线圈，是从老的炮台上偷来的。

整流器，由一个士兵去古晋干活时偷来。

固定式电容器，也是一个士兵去古晋干活时从一辆摩托车上偷来的。

信号发生器，是用废铁、瑞典软铁、铜做的，这些是从日本人商店里偷来的。

而作为完整的“老妇”，则被组装放在一个士兵的杂物盒里，这对于在士兵营里过夜的唯一“女性”来说，显得有些不敬。

在等待解放的这一段时间，一名负责拘押期英军营的医药长官，金上校，要求我去探访他们的营地。他说，如果我将要写这一段故事的话，最好多了解一些真相。于是哈里和另外两位平民营的男子，陪着我和金上校一起走进了英军营地。

一踏进去，我立刻被它与我们营比起来那一派彻底的贫瘠和荒凉所震撼。那完全是一个被腐蚀掉的棕黄色的荒原，中间有一些水沟纵横穿过，一排一排枯萎的棕树叶搭起的棚屋，衣衫褴褛、缺胳膊少腿的男人们在其间进进出出。

我问，为什么这些士兵没有菜园子。他们说，那是因为，他们分配的活已经很多很重，根本没有精力再来照看一份自留地。持续的饥饿，超负荷劳动，加上不断的挨打，让一切额外的活动都变成了不可能。

营地里有 7 座棚子，被用作病区，这不包括马路对面的营房医院。第 8 个棚子刚刚被搭起来，因为迅速增长的病号人数。19 号是众所周知的死亡区，用来安置痢疾病人和正在死去的病号。

这些棚子修得跟我们的营房差不多，也有木头窗，一旦为了避雨把这些木窗户关起来，就既没有光线也不通风。直到这时，我看见这些士兵时，还有很多直接躺在地上，只有极少几个垫子或毯子之类的，那都是停战以后日本人临时送去的。

金上校带我参观病区前，特意问我有没有强健的胃，可以承受得住震撼的场景，我当时说，但愿有吧。等我见到时，我的担心却完全不在我自己胃的承受能力上，它毕竟已经坚强地挺立了这么些年。相反，我只对自己的入侵感到无比的歉意，不知道我给这些病人造成了多大的不安。我想，这些几乎全裸、身上满是溃烂脓肿的士兵们，如果有精力抵制的话，他们一定会让我走开。如果他们还有意愿，那一定是从所有人的视线中爬开，悄悄地死去。

可我发现自己错了。与他们身体上所忍受的巨大痛苦相比，他们生活的乏味无聊才更令人可怕，这点我其实应该是知道并且有体会的。他们与营里其他强壮、尚健全的男人没有两样，也渴望看见女人，听见女人，闻到女人。我们很快就交谈起来，说起他们的病情，几乎挪不开步去看下一个，因为所有的病人都热烈地向我们描述他们的伤情，展示他们的伤口。发现了他们愿意看见我这个事实，对我是个鼓励，我于是更加自然地在金上校描述的震撼场景中走来走去。

这些男子的身体在饥饿的折磨下，看上去已经收缩，骨架像骷髅一般显现，皮肤干瘪，眼窝深陷的头骨在身体上显得巨大。

所有人身上都盖满了营养不良导致的溃疡，有些布满了整个的腿、胸、胳膊。还有的手脚和阴茎出现坏疽。一些人的手指和脚趾，只能被描述为，融化掉了，指头顶端血糊糊地敞开着，没有皮肤包裹，看上去就像是手指随着血流走了。

他们说，有大约 2000 名英军士兵从新加坡作为战俘被送来古晋，现在有 750 名幸存者。这中间有 650 名伤病严重，整个营里大约有 30 名足够健壮，作为劳动力。

4 年以前，这些士兵是健壮者中间的健壮者。而眼前的景象，是战俘营里的战争带给他们的结果。我很高兴见到了他们，我永远也不会忘记他们，我真希望任何一个充满哲理地讲述“下一次战争”的人，可以看看他们。

那天晚上，当我哄乔治睡觉时，我看着这个小男孩的身体，凸起的肋骨显露出漂亮、健康的年轻生命的本色。我于是想起，这样漂亮而健壮的躯干，曾经也属于那些年轻人。

乔治睡着了以后，我坐下来喝点咖啡。西尾[1]，那位美丽岛来的高个子卫兵走进来，我请他坐下跟我一起喝。

他也是那天在古晋的游泳派对上救起了伊莎贝尔的那位卫兵，向来都对孩子们很友好，尤其是对艾迪和艾迪斯，还有乔治。他每次到营里来，总会给他们带些糖果，还给艾迪斯从古晋带来过一双鞋。在男人出工做苦力时，他也对他们很和善，从没打过或者欺负过任何人。

喝咖啡时，他告诉我，澳大利亚军队明天要占领古晋，我问他："那你们会怎样呢？"

他看着我没有说话，摊开双手一副无助的表情，摇了摇头。

很难想象，这些刚刚还在我们身上享有着绝对权力的人，一下子在我们面前变得无助。

然后，我用一张红十字的纸，为他写了一封信，致可能看见这封信的任何人。我说，他善待犯人，而且救过一个落水的孩子，一直尽可能地帮助我们。我请求看到信的人能够仁慈待他，这是他应得的回报。

他拿过信感谢了我，喝完咖啡站起来，走到乔治的蚊帐边，乔治睡着的头掉了出来，西尾亲吻了他。他回过头来握着我的手，摇了摇，想要开口说话，又止住。我看着他的脸，想探究为什么，只看见眼泪顺着脸颊淌下，他什么也说不出。他握着

① Nishi.

我的手，停留了 1 分钟，一边流着眼泪，弯了弯腰，很快直起身子，鞠了一躬，转身走了。

我回到床上。那一夜躺在儿子身边，问自己：为什么全世界的这些年轻人，都必须做出选择，要么杀人，要么被杀？

我也知道，没有答案。

16.

1945 年 9 月 11 日

C–47 没有准时在 11 点钟来空投食物，一臂之遥也不见任何飞机。

今天上空盘旋的声音，显得很高，很远，也很严峻，已经在古晋附近几个小时了。这一凝重的举动证明，沿河一带终于开始行动了。

下午 4 点，多莉 · 亚当斯告诉我们，澳大利亚占领军已经沿河而上，在古晋登陆。他们现在正在赶来这里的路上，一旦到来就会命令日军立刻投降，不给预警。如果我们想亲眼见证投降，必须在一分钟内立即赶到广场。

我告诉乔治，让他待在我身边，可我仍然不肯就这么相信，这一天真的来了。我非要等到亲眼看见澳大利亚军队不可。我们大多数人都有同样的感受，长长的等待和失望教会了我们。

5 点钟，通知来了，马上去广场，澳大利亚军队将在 3 分钟内接管集中营。

大约有 1 分钟，我呆呆地站着。我从骨子里相信，这次，是真的了。我全身心地感谢上帝，终于结束了。

随后，营地一片前所未有的混乱。大部分妇女扒掉身上满是补丁的破衣服，匆忙换上那最漂亮的一件，那件为这一天留了几年的裙子。

我回头四处找乔治，看不到他的影子。我满营地跑，还是看不到乔治。“好啊，乔治，你个小混蛋，”我这么想着，“这次我不等你了，就让你掉在后面吧。”

我最后喊了一声“乔治”，有人回答说，他已经跟别的孩子一起到外面路上去了。这是多快啊，都已经明白，他们自由了，可以跑去外面路上了。原来是我迟到了，我向营地门口跑去，准备也到外面路上去。

“妈妈！”乔治的声音依稀从身后传来。

我停下回头，他正费力地想要赶上我。“快，快，要不我们就看不到那些士兵了。”

“妈妈，我的腰带坏了，裤子要掉。”他一面说，一面赶了上来，伸着舌头，手里提着裤子。管它的裤子，管它的腰带。

“快！”

我们沿山路跑上去。这条曾经通往囚禁的路，现在将我们引向自由。这里，左边是医院病房；这里是太平间，人像沙丁鱼一样摞着的地方；这里是诊所，人们去乞求帮助，却一无所获，没有来自山本医生的药物和治疗；这里是有人站着鞠躬的地方，不管看没看见日本大夫；这里是哨所，我们都得停下给卫兵鞠躬，起码曾经是这样。今天，岗亭里没有卫兵。这里曾经是人们受尽虐待和折磨的地方。

右手边，是英国士兵的营地，是那些骷髅架的营地，那些虚弱地、费力地、缓缓移动的骷髅架，他们还能动，这简直就是一个奇迹。

这里是荷兰营，再上去，便是平民男营，它的对面是修士营。所有的营地都空着。所有还能走，能爬，能挪动的都聚集在路上，向广场去。也是在这条路上，妇女们一次次拖着拽着扛着，跌跌撞撞不堪重负地背着用来做柴火的橡胶树枝。

我们赶到了广场，这里曾经是日本人集合我们犯人的地方，须贺上校就常常在这里向我们训话。

他说过："这将是一次漫长的战争，10年，或者更长。日军将是胜利者，你们的陆军和海军已经被打败。日本人永远不会放弃。我知道你们思乡，对此我表示同情，我是一个善良的人。但你们是犯人，所以必须服从。"

这个广场也是公开惩罚的地方，在这里，乔治和我曾经被罚在太阳下立正。这里是那个绿色的主岗亭，通常树下阴凉的亭子里站着哨兵，而犯人站在路上的太阳底下。有可能他双手高举过头，扛着重物，也有可能蹲着，还可能跪着，双手举在面前。当他跪得久了，摔倒时，会挨踢，直到他挣扎着再跪起来，如果他实在起不来，就会一直被踢。

我们路过平民男营时，哈里加入了我们。3人一起，继续向广场去，那儿好像已经堆满了所有的2000个犯人。远端有个小小的台子，上面这时已经飘起了米字旗。

我四周一望，想找澳大利亚军，据说来了500人。可只看见了几个，高、挺直、强壮的青年人。相反，见到不少美国水兵。我曾经说过："当我在古晋广场见到美国水兵时，我就相信我们自由了。"

后来我们听说，澳大利亚士兵忙着在古晋城里穿梭，想用

500 人造成 5000 人的假象。古晋的日本人仍未缴械投降，他们才真的还有 5000 名士兵。

这会儿，瓦尔西上校，澳军战俘营里的最高长官，站到了台上，提醒大家注意。接着他向大家介绍了一名身材高大、蓝眼睛、红脸膛的澳大利亚人，他是澳大利亚军队第九分部的伊斯蒂克准将，R.A.A，此次登陆行动的总指挥。伊斯蒂克准将还介绍了美国海军的金尼斯上尉，他配合伊斯蒂克执行了此次行动。金尼斯上尉有一副标准的海军上尉模样。

伊斯蒂克准将随后用快乐而浑厚的声音发表演讲。

“我感到深深的荣耀，今天来执行这一令各位获释的任务。我想向大家宣读一份来自总指挥乌恩特将军的信，是乌恩特将军带领澳大利亚第九军，将自由带到了这里。我们十分抱歉，让你们等了这么久。因为你们所处古晋河上游的位置，也因为婆罗洲艰难的战况，我们来晚了。此前我们一直没有得到有力的工具来到你们身边，或将你们带走。你们的耐心等待实在是够长了。但是今天，让我欢迎你们，回到自由人中间来。

“我们预计将尽最大努力，尽早带你们离开古晋。当然伤病人员会最先得到照料，一部分明天开始就会陆续被送往第九军设在纳闽的驻婆罗洲总部。其他人将按天根据轮船的情况，分批带离。在纳闽，你们将接受所需的药物治疗、医务照料及休养，我们将尽一切可能帮助你们恢复健康，同时等待送你们回家的交通安排。

“我们随行有3位教士，1位罗马天主教，1位英国教会，一位联合教会。估计明天你们中的一些，会希望有一个感恩仪式。”

听着伊斯蒂克准将的演讲，人群中的我们才开始一点点地，真正走近了这个事实：我们自由了。我们无言相对，只有心在猛烈地撞击、跳动，血脉搏动，嗓子酸涩。只有抽泣或欢呼。我们互相拍着彼此的肩膀，紧扣彼此的手。孩子们被高高地举在空中，可他们这会儿忽然安静了，被我们的眼泪惊呆了、吓坏了。哈里想把乔治放到他肩上，可他仍然还是太虚弱了，一个朋友把乔治举了起来。

在这歇斯底里的海洋中，金尼斯上尉开始讲话，他说：

“今天是我第一次亲临这样的时刻，这一刻让我们过去所经历的每一战，在海上度过的每一个艰难的夜晚都值了。这正是我们战斗的目的。”

这是我听过的最好的讲演，这是我此生唯一想要听到的讲演，但它就这样自若地结束了。金尼斯上尉自己，后来有人告诉我，讲完时也已经泪流满面。无论怎样，谁也不会因为在那一天流泪而感到羞愧的。

这时，所有的人都痛快地哭过了，下一步就是战地记者和摄影师，忙着拍摄记录，将这戏剧性的一刻带给外面的世界。

伊斯蒂克和金尼斯被拍下来与每个人握手，我们也被拍下来，带泪或不带泪；解放军被拍下来；正在吃巧克力、棒棒糖、口香糖的儿童被拍下来；每一个士兵和水手都绽开了笑脸。

当澳大利亚第九军和美国海军来到古晋时，我们什么也没有。我们饿，他们给我们带来吃的；我们有病痛，他们照顾我们；我们衣衫褴褛，他们给我们衣服。我们焦躁不安，他们轻言相抚；我们歇斯底里，他们柔和以待。他们来到集中营，给我们做饭，劈柴，帮我们扛重物，照顾我们的病人，看护我们的孩子。每一辆吉普，每一辆水陆装甲车、卡车、轮船，都是孩子们的玩具；每一个士兵，都是父亲和朋友。

这些人到古晋时，手上还带着在婆罗洲和西里伯斯岛激战时留下的血。他们是以强悍不屈著称的士兵，可我们从未听见一句不耐烦或者生气的话，也从未见过哪怕一丁点不友善或者不愉悦的举动。对我们这些虚弱而无助的人来说，他们是从天而降的天使。我们再一次为人类而骄傲；这么多年来，我们已经习惯了为自己作为人类而羞耻。我们为他们的善良而哭泣，这样的哭泣，我们在遭受虐待时从来没有过。

这些年轻人，在那个时候，代表了所有的善意和美德，以及一切的爱。他们带给我们自由和解放，更重要的，他们将我们对人类的信心带回给我们。

这一天最戏剧性的一幕却从未被拍摄下来。

哈里和我站在人群的一侧等乔治回来，他被卷进了新闻片拍摄当中。人群依然面向那个舞台。人群外围走来一个小身材，很小，很矮，穿着卡其布衣服的男子，身上挂着的武士刀随着走动在他的短腿上撞击，脚跟发出“嗒嗒”的声音，疲惫不堪的衬衣下摆拖在外面。是须贺上校，一个人，没人搭理他。他绕着人群外围走了一圈，没人对他笑，说话，或者敬礼，不是人们没有看到他，只是对大家而言，他已经不存在了。

1 个月前，我们一定会以立正的姿势敬礼，再按要求的 15 度角鞠躬，同时所有在场的日本士兵会咆哮，辱骂，用枪砸我们，展示各种日本风格的行为。

须贺在人群中蜿蜒向前，向伊斯蒂克和金尼斯的方向去。他一边走，遇到人群拥挤时，会犹豫一下，随后耐心地站在那里等。然后，他一边道歉一边拨开人群继续向前，再等。最后，他看见那两位对他点了下头，漫不经心地示意他可以走了，他又转身回头，向我们这个方向走来。

我希望他不要从我们身边经过，我想转过身去背向他，不看他。在过去的 3 年半里，我同情我们自己，今天我不想再去同情他。我不想与他说话，欠他的那些人情并不是我想要的，而且我知道哈里不会愿意跟他说话。但我对任何形式的恨，无论是别人对我的，还是我对别人的，都厌倦透了。

须贺朝我们走来，当他靠近时，直视着我们。哈里和我同时说：“晚上好，须贺上校。”

他停下来，摘下帽子说：“晚上好。你见到美国海军上尉了吧，凯斯太太？”

“是的，我见到他了，谢谢您，须贺上校。”

“我希望凯斯先生和你都好。”

“我很好，谢谢，可我丈夫不。”

“哦，很抱歉。晚安。”

他转身消失在人群中，一会儿又出现了。

我对哈里说：“我以为你不会想跟他讲话。”

“是的，我不想。可我很同情他，他孤零零的。”

那以后我们又见过他一次。第二天，米字旗就正式地在山顶上须贺过去的办公室上空升起。我看见当我们的旗帜升起时，他一个人站在那儿，一个小个子的男人，我们中唯一的一个日本人，在敬礼。随后他的武士刀被收走，作为投降的标志。

次日他被飞机送往纳闽，第九军总部所在地，就婆罗洲虐待犯人的指控接受审讯。

很晚了。摄影师、记者、将军们和上尉们，解放者和被解放者们，都累了。乔治和我在哈里的营地门口与他告别。乔治也很累了，我把他背在背上，沿路走下去。人人都拖着疲惫的身躯回营，我们连被拯救后激动一下的力气也没有了。

营里比以往都安静，甚至连孩子们都静悄悄的。我们吃了点夜宵，孩子们就睡了。我想把今天记录下来，可四周漆黑，什么也看不见。

于是我穿过营房，走到英国修女那边，看见奥邦嬷嬷在，便对她说："您能借我一小段蜡烛吗？我想写点东西。"蜡烛是无价的，可修女们一向都有一些，做弥撒时用。

"真是伟大的一天。"奥邦嬷嬷叹着气说，从层层叠叠的衬裙下面变出一小段蜡烛给我。"十分伟大的一天，现在你赶紧回去，把今天的辉煌都写下来。"

我回来点上蜡烛，坐下来开始写。我想要搜寻一些充满激励和鼓舞的字眼，可我找不到。我希望向别人解释，今天在我们身上发生了什么。我还想告诉他们，被拘押意味着什么，重获自由又意味着什么。

自由意味着什么！我的脑子里再次浮现出须贺上校的身影，他已经不再存在。

我放下笔，吹灭蜡烛，一个字也没写。我的每一个细胞都疲惫极了，思想、身体和灵魂。我想躺到乔治身边，他的腿蜷在我这一侧的床上，我推搡着，在他身边给自己挪出些地方。他在睡梦中翻了个身，开始磨牙。

我把手放在他脸颊上，凉凉的；再摸了摸他的脚，暖暖的；抚了抚他的头发，软软的。我眼里再没有什么东西能像乔治这般美好了，我这样想着，睡了过去。

妇女集中营门口的路，有一样我特别喜欢。那就是，从这里能看到远处古晋黛青色的山坡，我眼里象征着自由的山坡。今天，我一边看着它们，一边向广场走去，我是一个自由的女人。

这个广场是我们营地生活的中心。最坏的和最好的经历都发生在这里。在我生命中以后的日子里，我必定会记住在这里所见过的一切，日复一日，月复一月，年复一年，那些被摧毁的，饥饿的，被虐打的人们，半裸着，瘦骨嶙峋。前方是日本哨兵面无表情的瞪视，须贺上校的轿车扬尘飞过，日本士兵在路上大笑着走过，太阳照耀着这一切。那日乔治和我匆匆走过，目光躲闪，去参加须贺上校的茶会。

今天来到广场，来感谢上天赐予自由。无论信奉主的还是不信奉的，都学会了祷告。

所有还能挪动的犯人都来了，也许有 1500 人吧，还有许多澳大利亚士兵和美国水手。跟随解放大军一起来的牧师有 3 位，但今天的主日活动不分教派，他们将印好感恩词的传单分发给我们。

开始了。我试着让嘴唇和声音，能够像我的心一样，跟随念诵。很快我便跟不上了，我默默地站在那里，开始发抖。

这几年我一直都在笑，那是为了藏住眼泪。今天笑声终于可以止住，我可以哭了。

我用一块被烟熏掉了颜色的手绢捂住眼睛，乔治紧紧抓住我的手，他知道这一刻太重大、太美好、太幸福。他知道除了士兵们带来古晋的巧克力、牛奶、面包和黄油之外，还有其他东西也一起降临到了我们的生活中。他也知道了还有友好和爱。他拉着我的手，使劲捏着，他懂。

自从在巴哈拉岛的第一个星期之后，乔治再没见我崩溃过。那之后都是无尽的恐惧、未知和害怕。今天，包围我们的是善意，和蔼的脸，保护的心以及爱。今天，在古晋，我感谢主的庇护，让我掉下眼泪。今天，我的儿子在爱和自由中获得新生。

乔治和我手牵手离开了广场，去男营探望躺在床上的哈里。

在这儿，我遇见一个来自好莱坞的美国海军上尉，他的家距离我曾经的家很近，现在也离我好莱坞的姑妈家不远。他带来了我的世界里的消息。

我母亲于 1943 年去世，当时的我音讯全无，生死未卜。在她去世时，大家都不相信我和乔治将能够从战争的粗暴和长期的拘押中挺过去，活下来。哈里后来也得知，他的父亲于 1943 年去世。另有消息说，我的哥哥结婚了。

霍金斯上尉坚持要我写封家书给我好莱坞的姑妈，他会将我的信装进他给自己妻子的信封里，用航空寄回去。

他甚至拿出纸和笔，放在我手里，说："现在就写，来，现在就写，现在就寄。求你了，写吧。我妻子会保证让你姑妈立即收到。"

他们真好啊，我对自己说，这些年轻人如此善良、强大，而且对于应该做什么如此明确。我希望我的乔治将来也会这样。

于是我稀里糊涂地写下了自由以后的第一封信。

> 我们都活着。乔治很瘦，但身体尚好。我们一直为之活下去的这一天终于还是来了。没有词语足够诉说，这对我们意味着什么。我也无法描述自己的感受。终于，和平与自由。感谢上帝。

12 天以后，这封信送到了我姑妈的手里。后来知道，这是我所有的亲人第一次知道我们的消息和下落，知道我们活着，自由了。我姑妈说，霍金斯太太把信送来的时候，她幸福地哭了。

乔治是她第一个想到的，她说："他是未来，他传递着火花。"

这一句话深得我心——这是我在整个拘押期的感受：我们的孩子是未来，至少他们的生命，值得我们去奋斗和坚持。

17. 回家的路

病人最先撤离古晋，然后是有孩子的家庭。我和哈里都是尚可行动的疟疾患者，加上我们有乔治，所以双倍符合优先撤离的标准。

这天一大早，哈里来到我们营里，今天我们将要撤离。我们不能带多少行李，第一步便是将我的所有日记从它们的藏身处挖出来进行压缩。拆开乔治的填充玩具、床垫，打开他那只活动底的小凳子，我又爬到营房下面去挖出那些生锈的铁罐，再去洗澡房下水道里捞出两个瓶子。第一次，这 3 年半来散放的日记聚在了一起。

这些日记可追溯到监禁的第二个晚上，在巴哈拉岛，我就着烛光写下："像这样，我们坚持不了几个月的！"这些最初的记录，充满了感情，大多是极不愉快的。随着时间推移，记录开始变得缺乏激情，语调悲伤起来，最后终于变成了流水账。"大米很少，每天 5 勺。没有糖了。盐的供应也断了。用哈里的白色球衣换了 12 枚鸡蛋。"记录的最后，为了纪念解放这一天，我写下了这样一句："我活得够长了，终于看到了这一天。"

我们取出这些日记，将它们卷进一份澳大利亚报纸里，变成了一个 1 英尺见方、6 英寸高的小包裹。

"好吧，就这些了，"哈里阴沉地说，"我觉得你这个带不上飞机的。"他总是对我的行李不满，无论是第一次来婆罗洲时我的 23 件行李，还是集中营日记的这个小包裹。这几乎成了他的一个定律，一定要证明，我行李太多，常识太少。这个关于行

李的老套抱怨，似乎激发了我已经死去的活力，这让我想起了我们一起经历过的每一次旅行，包括蜜月旅行。

我在拘禁期间曾经发誓，无论如何要将日记带出这里，死也要。当哈里要回去收拾他的行李时，他带走了我的小包裹，说了一句令我吃惊的话："我把这个放进我的包里吧，你还要带乔治。"可能他担心我为了带日记而把乔治扔下。

哈里刚走，就接到命令，让我们立即出发。"所有东西都留下，”命令说，“尤其是床铺。”（跳蚤立即出现在脑子里）“你们将先到纳闽，在那里稍事休养，所有生活用品疗养营都有。”经过了监狱生活，我已经不能相信，这个世界上还有任何地方，能够让我在不带上乔治的锅、搪瓷缸子、我的木屐、一张毯子、一瓶喝的水、一撮盐的情况下还能过得好。可我还是把这些都留下了。

我们乘坐巴士离开，穿过古晋，沿途一些本地的土著和居民为我们欢呼，孩子们险些从车上摔下去。来到一块停泊地，看见被炮弹炸毁的情况，这解释了航空通讯的延迟，着陆依旧很危险。

我们登上一辆 C-47 运输机，里边已经进行过最大限度的拆装。它显然超载，飞行缓慢。一共花了 3 个小时才到达纳闽。我们一路上欢声笑语，吃着澳大利亚牛奶巧克力，抽着澳大利亚香烟。我说，真想吃一点新鲜的绿叶菜啊，飞行员立刻变出半头生菜，我们于是撕成一叶一叶地分了。又有人说，他还想要一个苹果，于是又有了 3 个苹果，我们又拿来分了吃。所有孩子都轮流开了飞机，我的总体印象是，这一趟主要是孩子飞的。

下午，我们到达纳闽。

在纳闽，我们的前看管卫兵们继承了我们当初的命运。现在轮到他们被关在铁丝网里面，集合出工，被审讯关禁闭。

长田中尉，9 号战犯，自杀被抢救后处以绞刑

“扑克脸”，那位士官长，遭遇致命事故；“金鱼脸”被打死。“打老婆”“疙瘩脸”“小猪”“汕头强尼”，个个都遭遇了意外。TB 被关进禁闭室，被回赠了他作为胜利者时给予被征服者的教训。“鱼老婆”，过去一向很善于运动，现在被命令绕着营地外围无限期地跑。其他卫兵：呆子迪克、胖安妮、乡巴佬、“卡通人”、结巴斯蒂芬、“钢琴腿”、疯哈里、“黄鼠狼”、厕所比尔，通通都获得了体验罪犯应得惩罚的机会。

“好味道”是负责分配餐食的日本人，他的命运我没有听说，但我们希望他能走运一些。作为头号走私者，他在救我们的命这件事上，大概不比盟军的炸弹贡献小。

那位台湾岛来的卫兵，就是含泪向我告别的那位，我没有听到任何消息。

总的来说，关于这些卫兵遭遇的讲述和流传，都颇有欣赏的味道。过去，在营里很受欢迎的一件事，就是描述我们自由以后，要如何对待这些卫兵。我听过有些妇女这样说，“等着瞧！我们一定会让他们尝到他们让我们忍受的这些滋味。让我们也把日本妇女和孩子关押起来，让他们过上我们现在这样的生活！”

古晋集中营的军官全部被关押受审。长田中尉试图自杀，割了喉，被抢救过来，正在等候开庭。山本医生也试图自杀，被抢救以后再度尝试，结果尚不知道。其他所有军官都有过类似尝试，全都被阻止，以便将他们送上军事法庭。

现在，在纳闽的最后一章，我想写写须贺上校。这个小个子日本人，华盛顿大学的毕业生，艺术爱好者，“一战”勋章获得者，在这里写下了人生最后的篇章。他是一个光头的军人，一个不能吃糖的糖尿病患者，一个喜欢孩子的战士，一个佩戴着大刀的小个子男人，一位业余而肤浅的宗教人士；神道教出身，后转信天主教，一位有古怪性格的英雄，一名日本爱国者，婆罗洲战犯、拘押犯总指挥……以及人类的一员。如今纳闽为须贺上校写下了最后一笔。他在盟军禁闭室割喉，血流过多而死亡。那一天，哈里、乔治和我正在离开古晋，走向通往自由的路上。

这是他生命的终结，却并不是关于他这个存在的答案：他是好还是坏？犯人在一个受过西方教育，理解西方理念的日本军官手下，是走运还是更倒霉？在明知我们所持的种族偏见的情况下，他是否拥有更加强烈的针对我们的种族偏见？他帮助过我们吗？起码他为此努力过吗？

先从我所知道的好的方面说起吧。他对营里的所有妇女都彬彬有礼，对大多数的个体都带有足够的善意。他在本可以打我们的时候鞠躬，在本可以踢我们的时候微笑。礼貌不能当饭吃，不能填饱肚子，但礼貌可以舒缓即将崩溃的神经。大多数我们遇到的日本军官，既不能舒缓神经，也不能填饱肚子。

须贺上校将自己视作一名有文化的、仁慈的管理者。他在古晋建造了一座他认为“理想”的集中营。他对孩子们一向和善，常常带饼干和甜点给他们，并且提供了让他们受教育的方便，给了他们一定的宽容度。他们都喜欢他。

他有好而且善良的本性，真切地希望实现跨种族间的理解。对我个人十分友好。而且我相信，他救了我丈夫一命。

与此相对的，是婆罗洲的所有犯人都处于饥饿状态的事实。无论是战犯还是平民拘押人员，都遭受了殴打、虐待和迫害，集中营的生存条件几乎达到不能忍受的程度。

在山打根、拉瑙和文莱、北婆罗洲，成批的 50 ~ 60 岁的犯人被押送去挖自己的坟坑，接着就地被射死或被刺刀捅死，随即被踢进刚挖好的坑里，有些被踢进坑时，甚至还活着。在整个婆罗洲，成百上千有病、羸弱、精疲力竭的犯人被押送，进行长途步行迁徙，直到他们倒在路上，头被步枪头砸、推，活着被军刀劈开，就这样倒在路边直到腐烂。一次这样的步行迁徙，出发时的 2970 名战犯，到达时只剩下 3 名。

如果和平没有及时将临，古晋集中营原计划也将在 1945 年 9 月 15 日开始迁徙。这正是飞机撒下和平传单那一天，须贺上校读给我的那一纸后来作废的命令。

后来我陆续读到一些关于婆罗洲其他集中营的报道：它们中的大多数情况略好于我们，还有一些甚至更差。

对于这些关于集中营的黑暗篇章，须贺上校，作为婆罗洲总指挥，必须负责。

他所接到的命令是什么，我不知道。无疑他必须服从，否则他自己有风险。他有没有努力去拯救我们，我也不知道。但我明白，战争时期，为了人类价值挺身而出，质疑爱国狂热，这需要的不仅仅是身体上的勇气。没有亲身面临枪顶在你头上的情况，没有亲身面临被轻轻喊一声“卖国贼”，你永远也不知道在那样的情况下，你会怎样做。

须贺上校被日本人指责为偏袒我们，又被我们指控残暴。我当然记得，在一次残酷迫害的前夜，他神秘消失，就是当他知道长田中尉将要对付我时，他失踪了。出于人道动机，他兴许会帮助我们，但战争年代，人道主义是不存在的一件事。

在评价这个日本军人时，我想到了两件事。首先，我所描述的所有恐惧，都关乎战争，战争本身就关乎生死。接受战争就必然接受苦难和暴行，以及对尊严和美好品德的牺牲。战争，本身就是反人类的罪恶。当我们接受战争时，我们就接受了罪恶，因而我们没有立场来抱怨。

其次，我们在古晋，在须贺上校和日本军人的手下，承受了苦难。而须贺上校的全家被广岛原子弹彻底抹去，他自己在纳闽，盟军的禁闭室里割喉死去。

承受苦难的荣誉，与暴行，似乎就这样拉平了。

当须贺上校死讯的细节在纳闽的前古晋拘押犯中传开时，评论是这样的："半小时就失血而死？这还不够一半他应当受苦的时间！""太便宜他了！""我真希望我能亲手解决了这混蛋！""他们应该让他活着遭罪！""缓慢的折磨才是他所应得的！"

有一部分《囚禁》手稿，他大概随身带着的，澳大利亚军官在纳闽交给了我。

在这里，我们还听说了试图逃往婆罗洲腹地的一些欧洲人的经历和命运。这样的逃亡，我在日本人占领婆罗洲前也曾经计划过。

就在日军登陆婆罗洲美里[①]前不久，一队欧洲人，男男女

---

① Miri.

女，老老少少，有传教士，政府公务员，决定撤离到龙那湾[1]。龙那湾是一个废弃的荷兰军事前哨，位于荷属婆罗洲南端，从美里过去，大概需要6个星期的河流航行。

日本人进驻以后，大概有一年时间，没有听说这一队人马的消息。随后，有人逃到了龙那湾的传言，流进了日本人耳朵，于是他们沿河而上，轰炸了这一荷兰前哨，射杀了男子，将妇女和儿童都关进了监狱。2个月之后，又当着所有母亲的面，将孩子杀死，随后将所有的母亲虐待致死。其中一位受害者的丈夫，也是两个受害儿童的父亲，他当时留在岗位上，等候入侵的日军。日军登陆后，他被送进集中营，与我丈夫关在一起，活了下来。

很多的逃亡故事表明，日本人痛恨别人想要逃离他们。

也是在纳闽，我还见证了赛利亚和吉姆·泰勒夫妇的结局，哦，不，也许应该说，他们的开端。赛利亚，不论她眼下的健康状况如何，一直都是我们中最勇敢、最无私和最勤奋的一员。她总是对我说，她坚定地相信，一定能在战争结束时，活着找到她的丈夫。最后，她的故事，是当时少见的幸福结局。

自从和平降临，一直没有泰勒医生的消息，我却忽然在纳闽碰见他俩一起走在路上，活着，并且充满希望。于是他们一

---

① Long Nawang.

起，向我讲述了泰勒医生的故事。

离开古晋以后，泰勒医生被带到新加坡，关在那里的樟宜监狱。拜虐待和饥饿所赐，他虚弱且浑身是病。在这种状况下，他仅能设法活着，直到盟军来到新加坡解救了他。来自山打根的杰拉德·梅弗，与他同案获刑，不堪虐待死去。现在梅弗的太太也在纳闽。

泰勒医生告诉我们，他刚一获释就试图打探太太的下落，却得不到任何消息。那个时候查找失踪者下落几乎都是毫无指望的一件事。既然找不到她，自己又一身病痛，他决定先回到澳大利亚的家里，在那里继续等待消息。回家的第一站，他从新加坡飞来了纳闽，在这里等待飞机回澳大利亚。就在这里，在疗养营，泰勒医生见到了自己的妻子，她也正在等待回澳大利亚的飞机。见到我之前，他们刚刚巧遇。

我眼前的两个中年人，满脸风霜，双手粗糙，穿着不合身的红十字衣服。两个人在战争中失去了青春和健康，失去了一切物质，泰勒医生由于营养不良导致了瘸腿，而赛利亚又瘦又疲惫。

可看着他们的脸，我却发现了一些美貌所无法承载的东西，发现了一些甚至在光滑细腻、精心养护的脸上也很难看到的东西：爱的情绪。这个发现令我振奋而充满信心。恨，可以强大而具有破坏性；而爱本身，却能滋养，单单靠爱，人就能挺过去。

在古晋，卓太太、贝蒂·韦伯以及巴布斯·希尔也在搜寻她们丈夫的消息，他们一年前从古晋集中营被转移；艾莉森·斯杜克同样也在找，她找的是她哥哥，斯杜克医生。[①]

我们一共在纳闽待了5天。疗养营坐落在纳闽岛的一端；维多利亚港，美国海军总部所在地，在岛的另一端。从那里到我们营里来的唯一通路，是海水退潮时的海滩，涨潮时便无路可走。

孩子们在这里快乐得要疯掉了。他们与士兵们沿着海滩上上下下，一遍一遍地兜风，有时是吉普，有时是卡车，整日不停。还坐着水陆装甲车冲进海浪里去。一整天几乎不用与他们的妈妈相见。总之一句话，这帮孩子已经参军加入了澳大利亚第九军。

可大人们——椰子树在头顶拂过，南中国海在脚下轻扫，热带的太阳、月亮、星星尽了各自最大的努力来安抚，帮我们复原，可热带的诱惑已经死了，我们只想回家。

在等待交通安排的过程中，我答应了通过电台向澳大利亚讲述他们的军队怎样解放了我们。就在节目结束时，两名穿着粗布工作服的美国水手出现在电台帐篷前，交给我一封信。信中说，如果哈里、乔治和我愿意的话，我们今天11点半可以在纳闽维多利亚港，乘坐美国海军的PBY-25，向美国出发。飞

---

① 赵世平（卓太太）的丈夫，中华民国驻婆罗洲领事卓还来，以及文中提及的几位白人战犯，后来知道被日军枪杀并分尸。这一段历史可参看：http://baike.baidu.com/view/411983.htm。——译注

机最晚可以等到正午。

哈里、乔治和我，一直存在一个国籍问题。哈里是英国公职人员，而我是美国公民。他获取帮助的合法渠道是英国，而我是美国。他的合法目的地是经由澳大利亚，去英国，而我是美国。可抛开这些方式上的差异，我们唯一的目标，其实都是尽快离开，回到北美大陆，那里有我们在这个世界上所向往的一切：一个家，一群家人，以及可以单独在一起的机会。

也许对于没有亲身经历的人来说，很难相信，从监禁被解救后，我们并没有时时刻刻处在欢欣的状态。从身体到思想，再到情感，我们好像已经没有多少剩下的可以供我们欢欣的了。

3 年半的时间里，我们与战争和仇恨生活在一起，整个生活环境也都出自战争和仇恨，我们几乎就那么被毁灭了。我们也已经开始相信，只有尽快地回到爱和对彼此的关心之中，回到与爱人在一起的生活当中，也许还能重新焕发出生机，而不是趋于死亡。如果不这样，我们苟活下来的部分，也只是一场虚妄。

当我们读到这个好消息时，已经是 11 点半，我们将在半个小时后启程去美国。

“我们会去借一辆装甲车，从海滩上送你们去，然后再回来开我们扔在那儿的吉普，”水手自信地说，“你们的东西在哪儿？”

我匆忙向自己的帐篷跑去，去找哈里和乔治，去取我们的行李。哈里已经得到消息，我们将很快乘飞机离开，他已急着赶去营地总部，办理正式的离营手续。在去的路上，碰见佩涅洛普和杰弗瑞·格里，告知了我们即将离开的消息。

佩涅洛普和杰弗瑞是那种总能够在别人需要时提供紧急援助的善人，他们立即赶到我们的帐篷来帮忙。我到的时候，佩涅洛普正在叫醒熟睡中的乔治。

那天早上，正兴致勃勃地在一辆装甲车里兜风时，乔治掉了下来，摔伤了胳膊。我当时在写广播稿，哈里带他去看了医生，说是轻微骨折，要下午才能照X光，因此建议上一个临时的石膏板。在医生、护士和哈里的帮助下，石膏板装上了，乔治被送回来交给我。一经检查，我发现石膏板装在了好的那只胳膊上。

眼下面临着一趟飞往马尼拉的航程，乔治的一只好胳膊上绑着石膏，摔伤的胳膊又全无任何保护，我只得请佩涅洛普带着他再去一趟医生那儿，看能不能在我打包时，替他处理一下。

很及时地，佩涅洛普领着乔治回来了。受伤的手臂扎上了绷带，医生还带信说，一定要尽快进行X光检查。水手们开着吉普来了，乔治、行李还有我自己都放车上了，水手们跳上车，我们向营地总部开去，接哈里。

哈里上车之后，我们便行进至水边，在那里换上了装甲车，乘风破浪向维多利亚港而去。

经过被解救士兵的休养营时，看见他们在抽烟、吃巧克力、闲散地躺在海边，说笑玩闹。他们的外表已经可以看到明显的不一样，几年的营养不良之后，几个星期甚至几天的密集食品摄入，很快就让他们恢复了血肉。

又经过正在忙碌中的一群澳大利亚士兵，都笑着，欢呼着。澳大利亚人有着明显的外表特征，他们高、瘦、骨骼修长，面部轮廓硬朗，下巴方形而瘦削，鼻梁挺直。眼睛之间有明显的距离，似乎他们的大部分时间都用在了欣赏美好的事物，而极少皱眉蹙眼。

所有这些人都对乔治笑着挥手，这时候的乔治，已经蹲在装甲车顶上了。在这 5 天里，他遇到了好几千个士兵，每一个都成了他的亲密朋友。这些士兵眼里的他，不是乔治；当他们面对这个小男孩儿时，他是他们的儿子和弟弟。

在装甲车里行进了 20 分钟，我们到了城里延伸出来的机动车道在海边的终点，见到水手们扔在这里的吉普车，赶紧换了进去。这时，已经超过原定 12 点起飞时间 10 分钟。

我们停在路边，给海军总部打电话，电话那边的人告诉我们，“卡特琳娜”刚刚已经放行。不，请等等，它还停在那里！他们会等我们到 12 点半。

“我们一定要赶到。”我请求着水手一号。

“我们会的。”他保证道。这位海军现在就像我们一样下了决心，一定要让我们坐上飞机。

我们在路上疾驰，吉普没有减震，道路没有铺设，我们的座位没有椅垫，行李也没有扣上。两个年轻水手坐在前排，长腿蜷着，棱角分明的下巴搁在膝盖上，不停地嚼着口香糖。乔治安全地插在他俩中间，也在不停地嚼着口香糖。哈里和我在后座上颠簸起伏，一边试图抓住那些想要逃离的行李。飞奔着穿过维多利亚港，经过几处愤怒的军警。“我们不会为这些家伙停下来的！”水手一号说。

终于到了海军总部。一位负责替我们安排这趟行程的年轻海军上尉正在焦急地等待，他跳上踏板，引我们走上漂浮登陆架。这时，才向我们的水手们挥手告别，登上了一架海军飞机。

从那一天起，我对美国海军的偏爱就再也没有变过。我们飞出婆罗洲这件事，显然并没有最好地遵守条例，但我想，它最好地执行了海军对 S.O.S 的响应传统。我们是三个急需帮助的人，他们听见并回应了我们的呼救。

在和水手们相互的祝福声中，我们来到了我所见过的最美的水陆两栖动物翼下。

我们毫不费力地就站在了马上将要向马尼拉进发的“卡特琳娜”身上。回头再次向我们的海军朋友挥手再见，随后缓缓地被降到一个巨大的黑洞当中，这个黑洞与那只两栖动物相连，像虫穿过洞一样，我们来到了豪华的客舱。这里的座位都包着厚厚的椅垫，3 年半来，头一次，我们的屁股又遭遇了奢侈。

座位头顶上是上下铺式的床位，英俊的青年们试图将已经从兴奋中累得几乎睡着的乔治放上去。“可怜的小家伙，撑不住了！”然而这可怜的小家伙，不到彻底没有知觉，根本不肯上床。

这期间，他一直都在嚼口香糖。

这时，飞机已经离开水面，升到空中，我们最后一次看了看婆罗洲。下面的水，依旧湛蓝，宝石一般，鲜活的记忆一直停留在这最后一瞥，海岸线上那些绿色的热带岛屿，就像一个个迷你水族馆。从空中看下去，这个婆罗洲又变成了我最初热爱的那一个，11 年前，充满了爱、浪漫和探险的土地。

在那个婆罗洲，我失去了家园，我物质世界里的一切，我的青春、力量，还有一个未出生的孩子。

我还能忍受再回去吗？我问自己。

也许只有时间才能给我最后的答案，这时一阵凉意袭来，我只感到恶心。

一个高个子的漂亮海军关心地俯下身来。“如果你感到不舒服，要不要我帮你躺到上面的卧铺去呢？我想你很开心能离开这个地方吧，对吗？”

“是的，我很开心！”

另一个英俊的天使过来，手里拿着一些飘着咸味的东西，包在纸巾里边。“女士，您需要的其实是食物！来点美国热狗怎样？加点芥末酱怎样？再来杯美式咖啡和几支美国香烟吧？”

连哈里都跳了起来。

“你怎么知道我们会想要这些东西的？”

欢呼，我们的美国海军！

18. 三口之家

在马尼拉，我们换乘开往美国的军舰。这本应是我们一生中最幸福的时刻，可我们这些卑微的生命，已经被折磨得好像不能适应这个自由世界了。

饥饿感和疾病仍然没有离开我们。尽管我的体重已经飞快地有所增加，而肢体却因为循环不畅而一直麻木。皮肤一碰就破，就流血，伤口好像永远也不会愈合。指甲末端感染，流了好几个月的脓血和液体，现在连拿东西都有困难。视力也因为营养不良受损，一页印刷品也读不完，每晚放映的电影也因为眼睛无法聚焦而看不清。哈里忍受着同样的这些病痛，加上疟疾，还一直在发烧。在失去了婆罗洲的一切物质拥有之外，我们也没有了健康，以及这些年本可以幸福生活的时光。我们真的还能回来吗？我完全不相信。

船上大约有 1500 人，有被解救的美国战俘、士兵、军官和太太、几个中国家庭，还有一些美国军事人员的菲律宾妻子，她们纷纷利用这最后一趟免费交通去美国，并通过婚姻关系成为美国公民，还有一位黑人美国兵，带着他漂亮的太太和孩子，以及一些方济各会的修女，再就是大约 100 名像我一样刚刚从集中营里被解救出的平民。

妇女、孩子和军官们都挤在客舱或者甲板上睡觉，层层叠叠，每隔几个小时，大家一起在甲板上排队等候食物。

儿童大约有 35 个，其中大部分过去几年都在集中营里“享受”童年，对于下水道、椅子、桌子这些东西都不习惯，更不用说，欧美人坐在餐厅用刀叉享用盛在盘子里的食物这种方式了。他们这些年所获得的训练是，为生存而斗争。自由和充足对他们来说，是新鲜事。而母亲们大多和我一样，又病又乏，敏感而忧虑，没有体面的衣服，没有身体的舒适，从抗争中已经累到死去活来。

而我本人就像凯斯一家的代理。哈里一开始住在病区，出来之后仍然虚弱得不能排队领取食物。乔治，既不习惯这些饮食，也不习惯用刀叉，没了胃口，而且觉得跟我一起在餐厅里用餐，是极大的约束和痛苦。

我只好一个人吃，尽量吃得快些少一些、然后包起剩下的，穿过甲板给我家人送去。如果我错过了一餐饭，意味着全家都跟着挨饿。这个过程中，乘务员给了我很多帮助。我端着托盘滑倒时，他们把我扶起来，抖抖奶油泡芙上的灰，又将我送上甲板。不久我索性全部点干粮，这样即便掉地上了，擦擦灰尘就好了。

旅途中最好的一点是暖气一直没有停过。船上所有的指令都通过一个高音喇叭播出，这个叫作“公告”的系统，被人戏称为“公扰”。公告内容从呕吐到童贞，无所不包，并且风格多样，有些像是对学童的安抚，有些又好像对死刑犯的严厉谴责。但有一个共性，那就是居高临下。日本人曾经说过，我们是四等公民，可我们现在收到的通告，更像是讲给动物王国的成员。

开船之前的第一次通告，是针对哈里以及一些丈夫们的抱怨。抱怨的起因是他们被告知，在整个行程中，不得进入头等舱区域，哪怕是去看太太和孩子也不行。接下去的几个通告便是针对妇女和孩子们，以及一部分军官的：

“如果你不喜欢你在船上被分配的区域，可以下去。我不知道你们的习惯是什么，但这里是军队。你们都必须服从军事纪律，否则只能将你关进禁闭室，7 天，只提供面包和水。

“你们中大部分的丈夫都被安置在下面一层，部队用的舱位。有孩子的，可以允许丈夫在一天之中有一次短时间的探视，目的是帮你们照看一下孩子。如果他们来了不是照看孩子，而是跟你们这些女孩儿逗乐、玩儿，他们将不再被允许上来。

“你们并没有脱离危险，请随时穿戴好安全设施。这些水域里布满了水雷。还有什么问题吗？”

老太太问：“那些水雷，真的很危险吗？”

“别担心，我们还没遇到过，另外，我们也十分擅长在水域里探测航行。”

10 分钟后，正要起锚，轮船就向后撞上了一辆驳船。为此必须停泊 24 小时，用来检查和维修。等候中，我们看见不远处火光熊熊，显然一艘船刚刚触雷。

第二天，公扰系统又通过大喇叭恢复工作：“我对于父母和儿童的表现十分不满。孩子们绝不允许到休息厅来，父亲们除非在下面的船舱里跟孩子待了足够的时间，否则也不允许上来，上来的目的是为了照顾小孩，而不是为了享受罗曼蒂克。”

下一天："最近航程很颠簸，你们中间的一些晕船厉害。如果这不能避免，那么请找一个恰当的地方。如果在甲板或休息厅里呕吐，必须自己清理。

"甲板舱宿舍里年轻的女士们，请你们必须在午夜之前回到床上睡觉。请注意自己的床。"

下一天："小孩儿太吵了。如果他们的表现没有进步的话，我将连同他们的母亲一起，将他们从头等舱位里赶出去，去甲板舱分配铺位。"

下一天："小孩们居然打架！如果这持续发生的话，我将把小孩送去关禁闭，通过栅栏给他们喂食，一旦着陆立即将他们交给警察处理，并对母亲处以罚款。"

我几乎希望这事能够真的发生。如果被关押、挨饿了3年半的小孩儿，在美国的轮船上关着禁闭回到祖国，这绝对是最好的战争新闻故事。

轮船上的硬件条件与我们过去几年的生活相比是奢侈的，再说，哪怕只有一艘手摇船，我们大概也会划着它回家。可那几年，我们是作为俘虏，在敌人的集中营里。当日本人吓唬、欺侮、羞辱我们时，我们可以安慰自己的是："美国人不会这样做的！"

与此同时，当我们坐在休息厅里聊天，听广播时，我们明白了一点，这个世界一点也没有变。盎格鲁－撒克逊人还在歧视犹太人，犹太人依旧看不起菲律宾人，菲律宾人看不上黑人，黑人看不上华人，华人看不上所有人。美国人恨英国人，英国人恨澳大利亚人，人人都恨俄国人，而俄国人恨每一个自己人。对国家的爱在盛开，对人性的爱在枯萎；对主的崇拜在盛行，耶稣的教导却被抛在脑后。这是我们所赢得的胜利，这就是一部分人用血换回的世界。这是和平。

我们听士兵们讲述他们怎样粗暴地对待敌人，他们以为我们这些前战俘一定会希望听到这样的故事。有时我忍不住会问："你为什么要这样做呢？这让你快乐吗？"

回答是："他们曾经这样做过，所以我们回报给他们。"或者："哦，轮到他们了。"

我注意到一个双手缠着绷带的战俘，模样粗壮，他的故事很快就在船上传遍。据说他手上的伤来自被解放的次日，他赤手痛打看管他们集中营的指挥官和副官，直到那两个日本人命丧在他的空拳之下。他自己的手，也因此断了好几根骨头。

尽管我对于战争的思考也很模糊含混，但我绝不相信，我们的目的是为了报复，将我们自己遭受的不幸施加到他人身上。战争的本能，是将每一个参与者变得残忍，否则战争就无法进行下去。

快要靠近美国海岸线时，我开始为我的身份证明文件发愁，因为它在集中营里被没收了。我开始担心，没有能够证明公民身份的文件，我还能不能踏上美国的土地。看着周围不同肤色，因婚姻取得国籍的人们，拿着合法的护照，我这个出生在这里的人，什么也没有。我想象着，哈里和乔治被人从我身边夺走，以英国人身份被允许进入美国探访，而我，因为没有文件而被拒绝入境。我仿佛看见边境的官员们晃着手指说：“你怎么证明你是在这里出生的呢？”

接着天气一下子变得很冷。我们没有可以保暖的衣服，因为马尼拉的红十字会只负责提供热带用品。哈里和很多男士，连睡觉时盖的毯子也没有。于是大家都挤在休息厅里，有时一个椅子上挤十来个人。孩子们由于过度兴奋和紧张，又开始吵闹，在休息厅里极不受欢迎。可甲板上太冷，船舱里又太挤。

孩子们玩闹、推搡、唱歌或者在扶梯、走廊上打架，像一群在挣扎中的小虫，扭成团。我能理解“公扰”信息中所传递的情绪，但并不知道该怎么办，孩子们没有地方可去啊。我甚至带着乔治在女卫生间里站着，试图让他安静下来。

接着，感谢上帝，乔治遇到了爱德华。爱德华是一名美国大兵，21 岁，有一张甜蜜的娃娃脸，一副成熟强壮的成人身板，和 3 年的集中营经历。他让乔治和他整天待在一起，在甲板舱里，裹着他的毯子，跟他玩，使唤他，吓唬他，让他乖。很快，乔治开始崇拜爱德华，我也开始崇拜他。

后来乔治患了支气管炎，医生说需要卧床。我便将他放在床上，他厉声地抵抗，船舱里的其他妇女看上去都很不高兴，我开始担心怎么过得去啊，不知道还要多久，我们就会被关进禁闭室。这时有人来敲舱门，是爱德华，他经允许来探访他生病的朋友乔治。

爱德华将乔治安顿在了床上，让他吃药，给他讲故事，还唱歌哄他入睡。乔治睡着了，爱德华低头看着乔治说，“这么纯净的一个小东西,怎么忍心对他不耐烦！”然后爱德华走出船舱。愿主保佑爱德华。他每天都来，直到乔治康复。

乔治刚刚可以出门，他立即又在甲板舱与爱德华混在一起。那里的男人们跟我说：“他很乖，是一个有礼貌的小家伙，一个充满激情、自高自大的美国小孩儿，真的，女士，我们不骗你。”他们说：“我们都喜欢孩子！再带一些小孩儿到这儿来吧，让他们在这里和我们待在一起。那边那些人可能也希望能有小孩儿一起玩呢。”

我说:“可你们不嫌挤吗？”

他们说:“你看，我们习惯了挤，女士，这对美国大兵来说不算什么。”

这样，方济各会的修女、道明会修士、难民女士、单身男士、军官和太太，以及偶尔某一位大胆的丈夫，才得以坐在休息厅，收听“公扰”消息、物资供应的小道消息，罢工、交通困难、复员政策、朗姆酒和可口可乐、难民故事、集中营食谱交换，分享各自吃垃圾的经验……

薄雾一起，甲板舱的大兵们立即卷起行李给孩子们挪出空间，跟他们玩，逗他们，呵斥他们，给他们剥橘子，替他们解冻牛奶；告诉他们不许骂人、赌博或者撒谎，告诉他们听妈妈话，告诉他们，美国是一个好地方，值得回去，以及“哦，孩子，我们真的好开心就要到了”。

于是孩子们看着他们，听着他们，也相信了他们说的。明白了一件事，如果美国真和那些大兵记忆里一样的话，那是一个了不起的地方，值得回去。于是，在那些曾经为他们能有今天而战斗过的人的臂弯里，孩子们回到了祖国。

我说过，我生命中最黑暗的时光是日本占领山打根前的 48 小时，那几乎与我们即将踏上美国前 48 小时一样令人不安。

哈里和我都慌了，我们已经彻底没有了为任何事而抗争的心思。世界在前方等着我们，而我们在此踌躇不前。

我们唯一的希望和信念，寄托在一个人身上。如果这个世界上，有人能改变我们眼下这个状况，只能是他。从童年起，我的哥哥埃里克斯，就一直是我们两人共同的最好的朋友，靠岸前那一整夜我们都只有一个心思，一句话：“哎，只要艾里在！”

轮船原定停靠旧金山，在最后 1 分钟改为西雅图。艾里私下里得到消息之后，匆忙中因买不到火车票，便和他的妻子蒂亚决定开车去西雅图。路上车又出状况，最后居然包了一架飞机赶到。当轮船冷冷地触岸时，他们已经在码头上等我们了。从看到他们那一刻起，哈里和我就踏实了。

他们给我们吃，给我们穿，贿赂旅馆给我们房间住，把他们身上所有的都给我们或借给我们：蒂亚给我穿她的大衣，把艾里的给哈里。他们说我们看上去很好，我们很棒，他们为我们骄傲。是他们，令我们重新相信自己，重新对未来升起希望。3天后，我们离开西雅图时，已经感到自己正再一次成为人类的一员，而不是流离失所的个体。

回来以后，人们问我的第一个问题是，我认为自己当初决定去婆罗洲是正确的吗？

在我整个的婚姻生活中，我一直感到自己是丈夫的一部分。我们在身体、梦想和欢笑当中，在思想的享受过程中，始终都是一体。当战争降临到他身上时，我不可能置身事外，独自在安全、舒适中度过。如果那些年间我一直在自由中生活，那么我相信，今天我们不可能重聚。

那几年的监狱时光是我不能回避的，除非死。

在衡量得失时，我想真正对我们有意义的是：那些白白浪费掉的时光，我们失去了的那个孩子，以及我们本可以有的更多的孩子，那些年里彻底缺席的美好，无论是我们自己，还是我们所处的环境，或者我们赖以生活的感情，对自己和他人幻灭感的降临，以及对人类正在承受苦难的觉知。这些，将永远成为我们生命中的一部分。这些事，比身体上所遭受的任何苦难更甚十倍。

现在，再一次在和平中感受到安全的保障。我们双手紧握，一起将孤独驱开；用彼此身体的温度，将我们所目击的死亡带来的冰冷融化；在感受到彼此的心跳时，生命跳出孤独，获得重生。于是我们在一起，将彼此解放；在一起,我们逃离了奴役。

在拘押中，我以为自己变得坚硬、冷漠、粗糙，不会再受伤害，也不怕伤害别人。可现在，我再一次自由了，我发现自己还是过去那副软心肠。

我希望从今往后，在日本集中营里所获得的技能再也用不上。我希望从今往后，那些走私、抗争、乞求，不要再次发生。

我现在懂得了自由的价值，在我过去整个的人生经历中，作为一个自由人，我都没能懂得。

这是自由对我的意义，是与丈夫、孩子一起生活的权利，是去触摸他们、爱他们的权利，是向四周一望，不会看见有人在挨打的权利。

有一扇门和一把钥匙，门可以打开，也可以关上。可以给自己安静的一刻，一个地方可以哭泣，而没有别人看见。

眼睛有可以看地球，看山峰，看树，看田野，看海的自由，中间不再隔着一面铁丝网。身体有可以随风而动的自由，没有哨兵来阻拦我。还有获得食物，让我强壮的机会。可以在每1个月中观赏新月时，不用问自己，这美丽的光辉还将有多少次会洒在我身上？

我永远不会放弃这些权利。也许生命中还有更多，却没有生命可以失去这些。

离开战争，离开死亡，我们三个回到家，回到北美大陆。在这里，春天可以看见鹅黄嫩紫的番红花，紫色的报春花和紫罗兰，还有银柳、樱花、连翘。那些好像死了一样的树，忽然间活力焕发。空气中的雨，可以让你闻到新生命和脚下的新泥。腐烂和死亡一起远离。再一次，在这个季节里，我们被生活的甜蜜和美好包围。

再一次，我们日夜在一起，就像我们曾经梦想的那样。在每一个举动中，我们都再一次看见柔情。每天夜里的最后一个拥抱，早晨的第一杯咖啡，口腔里新鲜的牙膏味儿，早餐前的那一支烟，清晨空气里清新的味道，打开晨报时，有人和你一起大笑，弥漫着烤面包香气的温暖的厨房，还有知道你再也不孤独的信心。所有这一切，都因为我们曾经有过的记忆，于是为它活，为它死。现在我们再次拥有了，放心了。

回来一段时间了，在这块和平的土地上生活。有充分的休息，有好的食物还有维生素片，只是胸部、两侧手臂的持续疼痛，以及一只手不能正常活动这些症状还在，于是我去看了医生。经过他的检查和X光，发现了两处肋骨断裂的痕迹，以及锁骨创伤和左臂肌腱损伤，这些都是在古晋时被长田拷打审讯时所导致。治疗后，全都及时得到改善。现在，我终于可以侧身躺下，呼吸时也不再感到痛了。

那位医生，是第一个听我说起我用尊严和断骨换来6个鸡蛋的故事的人。我过去保持沉默，有3个原因。起初是在营里，我不敢说，担心自己也担心丈夫；后来我想要忘掉；再后来，和平到来，我不希望胜利者再以残暴去报复被征服者，这是战争之过，远非任何个体所能及。我知道在敌人手里无助时是什么样子。

在与医生的交谈中，我冲破了曾经我用来将整个这件事包裹起来的恐惧和耻辱的束缚。

于是，我又把这个故事讲给了哈里，并不知道他会怎样。你可以想象一个男人，当他被告知自己的妻子被攻击，被踢打时的反应。潜意识里，我想我是有一点期待某种戏剧性的反应的。

但是没有。他好像都知道，甚至我在告诉他时我会怎么说，他都知道。我从他倾听时的脸上看出了这一切，他随我的故事而沮丧，而遗憾，唯独没有吃惊。我也看见了一种对残暴的接受，对苦痛的承受。这些，没有经历过拘押和监禁的人会很难明白。他将这一切都视作平常，也没有因为这个发生在他妻子的身上，而让我感受到任何个人怨恨。

我看到，我们已经远远超越了曾经对荣誉和优雅的理解。战争中，妇女必定要用我们的所有去抗争，无论是与日本士兵，还是爆炸的原子弹。

如今凭借重新获得的健康，我开始审视我的祖国。我看到的是：健康，尊严，美好以及爱。这个世界上所有的我们，有了和平、安全和丰足。

在法律的庇护下，我们远离饥饿，远离迫害，远离对同类的恐惧。我们可以自由地吃和睡，工作和祈祷，爱或者梦。我们可以自由地选择。

我很自豪地称自己是一名美国人；但是我不认为美国是我的。它的美好和丰足，它的成果，它的人民，它的伟大理想，还有它的自由，属于整个世界。

今天我们生活在世界中，而不是一个家里。科学发现将时间和空间都无限缩短，将我们变成一个人类的共同体，没有国界，没有种族。这个共同体的责任，在每一个人身上。无论眼前的情况看上去有多好，我们不能忘记欧洲还有饥饿，亚洲还有衰败和战火。

随着健康的恢复，我丈夫 6 个月后即被召回了婆罗洲。

他写信告诉我，婆罗洲已经在敌人和朋友的双重摧毁下，被夷为平地。日本人将它烧光，盟军再把它炸平。随便一挖就是白骨，甚至死人随时会从地底下伸出一只胳膊。土著人、华人、欧亚人要么被杀，要么被炸，已近乎绝迹，他们好像没能从其中任何一方讨到好。合作者被一方以叛徒为名，或者被另一方以叛变不力为名，枪杀。

古晋集中营的所有军官都死了，不是结束在自己手里，就是作为战犯被处死。

我们自己家里的人，阿银死于疾病和营养不良；阿鲁萨普回到内陆他家乡的小山村，做着头人，枝叶繁茂；阿秋还在，

继续做厨师；安吉碧和赫尔曼这一对，死于饥饿。

一个接一个，那些幸存下来的人们，从丛林中、河岸边、深山里出来了。他们还在挨饿，有 95% 在忍受着疟疾和痢疾的折磨。缺吃少穿，缺医少药，那个国家无力照顾这么多苦难中的人，而救援力量微弱。这些人，曾经冒着自己生命的危险，送吃的给我们，救我们的命。我们欠他们的，绝不能忘啊。

大英北婆罗洲已经变成了政府殖民机构的一部分。我丈夫是其中一员，他负责食品生产。就是在这样的背景下，他返回婆罗洲。从监狱出来时，我们说，不能再忍受分离；可再一次，我们又忍受了。

我送他去西雅图，半夜里与他告别。我离开了两次，又回去两次。最后我抽泣着坐进一辆出租车，司机对我说：“我非常

为你难过，女士。”

我北上去维多利亚，他南下去乘船。他从旧金山给我打来电话，再一次说再见。他从澳大利亚给我打来电话，在我这里的星光和他那里的晨曦中。

如果健康允许，我将在5月里回到婆罗洲，带着乔治一起。乔治已经彻底恢复。他的身体充盈着新鲜的血肉。眼看着他一寸一寸地长高，脸颊像红苹果，脚板巨大，双手有力。那个婴儿已经不在了。这个乔治，是北美土地上的一个年轻生命，骑着滑板车，穿着轮滑鞋，玩着玻璃弹珠的强壮小伙子，脸上还沾着黑莓果酱。这就是乔治，他就是这块大陆，旺盛、精力充沛、结实、有理。

这是白天的乔治。然后，好像还在集中营里一样，夜晚降临，他变得甜蜜轻柔，告诉我，妈妈我爱你。对我说：“看，妈妈，你很棒。现在爸爸不在，我又像在古晋一样照顾你了。记得吗，妈妈？你真的射死过一只大棕熊吗？老虎能吃得下一头狮子吗？老鹰能杀死一只羊吗？鲸能吞下一辆吉普吗？嗯，妈妈……”

“睡吧，乔治，我明天再告诉你。”我看着这颗浅黄色的头，圆圆的脸蛋，长长的睫毛，紧紧抓着我的小脏手，眼泪下来了。这是我们的儿子，他活着。上天有眼。

维多利亚，不列颠哥伦比亚

1946 年 11 月

图书在版编目(CIP)数据

万劫归来/(美)艾格尼斯·凯斯著；穆青译. -- 北京：生活·读书·新知三联书店，2017.2
ISBN 978-7-108-05789-1

Ⅰ. ①万… Ⅱ. ①艾… ②穆… Ⅲ. ①游记－作品集－美国－现代 Ⅳ. ①I712.65

中国版本图书馆CIP数据核字(2016)第191632号

责任编辑　黄新萍
装帧设计　朱丽娜　张　红
责任校对　安进平
责任印制　徐　方
出版发行　生活·讀書·新知 三联书店
　　　　　（北京市东城区美术馆东街22号）
邮　　编　100010
经　　销　新华书店
网　　址　www.sdxjpc.com
排版制作　北京红方众文科技咨询有限责任公司
印　　刷　北京隆昌伟业印刷有限公司
版　　次　2017年2月北京第1版
　　　　　2017年2月北京第1次印刷
开　　本　880毫米×1230毫米　1/32　印张 12.5
字　　数　180千字　图 50幅
印　　数　0,001-8,000册
定　　价　45.00元

（印装查询：010-64002715；邮购查询：010-84010542）